LE SYNDICALISTE, LE SOUFI ET MOI

Du même auteur chez le même éditeur

Pressé Immobile, roman
De ce côté du mur, roman
La Septième Ville, roman (traduit en italien aux ed. Saecula 2015)
Que tu sois, poésie
La révolte des poètes, poésie

Ce livre a été réalisé avec le soutien du Ministère de la Culture de la Fédération Wallonie-Bruxelles

Tous les personnages dans ce roman sont fictifs

Retrouvez tous les livres de maelstrÖm reEvolution

à la Boutique-librairie maelstrÖm 4 1 4

Ouvert du mercredi au samedi de 14h à 19h ou sur rendez-vous
364, chaussée de Wavre — 1040 Etterbeek — Belgique
Tel. : +32 (0)2 230 40 07
maelstrom414@maelstromreevolution.org

ISBN : 978-2-87505-345-9

Dépôt légal : 2019/9407/17

Evrahim Baran

Le syndicaliste, le soufi et moi

Roman

maelstrÖm reEvolution

Laisser tout tomber et aller très loin où personne ne pourra me reconnaître.

Depuis quand ai-je eu cette pensée ? À croire que l'on naît avec une idée et que toute sa vie on la consacre à la réaliser ou à la regretter.

J'ai commencé très tôt à laisser tout tomber et à démolir avec une facilité déconcertante ce que j'avais construit. Cette tendance à ne m'intéresser qu'à ce qui est fugace, sans nom, indécelable, mirage est forte en moi.

Absente et souvent plongée dans mes rêves en classe, mes instituteurs me prenaient pour une enfant dérangée. Chaque année, à la remise du bulletin, ils suggéraient à mes parents de m'amener chez un psy. Ma mère était de leur côté. Mais mon père ne décelait en moi aucune anomalie et me considérait tout à fait normale.

Plus tard, je ne pouvais avoir beaucoup d'affinités avec les autres dès que leur nombre montait à plus qu'un. Je me sentais souvent tel un corps étranger parmi les copains et les copines lors de certaines activités collectives.

Deux personnes m'ont marquée profondément, orientant mes faits et mes gestes. La première était mon père, adorable, d'un amour sans borne envers moi, syndicaliste, combatif, revendicateur, œuvrant pour les siens avec une grande abnégation, marxiste-léniniste même en buvant un verre d'eau. La deuxième, s'appelait Afshine, notre concierge d'école, ignoré de tous, ami de mon père, un soufi, mon amour jamais atteint ou presque. Mon père était pour moi le symbole d'un homme engagé, celui qui retrousse ses manches pour former, déformer, conditionner et reconditionner sa vie et celle des siens. Afshine, lui, prônait l'isolement, la solitude voire l'inaction et voyait en mon père la continuation d'un comportement humain qui n'aboutissait qu'à l'affrontement, au mépris des uns et des autres et à la guerre.

La question m'était donc formulée assez tôt par ces deux pôles tout à fait opposés. Qu'allais-je faire et comment devais-je être dans ma vie ? Chercher, acquérir, accumuler, préserver et garder pour soi ou faire don de son temps, de son énergie et de ses capacités pour le bien-être de tous et surtout des plus faibles et des plus démunis ? Le choix m'était ouvert dans le chef de ces deux êtres que j'adorais. Je mis 20 ans à comprendre le contour des pensées de chacun. Ce qui m'aida surtout, au final, c'était la lecture de leurs mémoires concernant la période de fermeture des Forges de Clabecq, mon adolescence et eux-mêmes.

Pour une meilleure cohérence, je travaillai leur texte non pas pour écrire l'histoire des Forges de Clabecq, mais pour vous relater ce qui s'est passé en moi. Jeune fille en fin de secondaire, sensible, attentive, critique et à la recherche de ma voie face aux différentes facettes du visage humain. Des plus nobles aux plus pourries, des plus généreuses aux plus cupides. C'était une période de vie intense, concentrée, chargée à l'extrême comme si cet événement mettait les gens à nu autour de moi. Par chance, j'eus la capacité de les voir avec attention et me faire une idée de ce que nous sommes, nous tous. Et me voilà 20 ans après. Mon père et Afshine ne sont plus de ce monde. Chacun a eu la mort qu'il pouvait souhaiter. Dans ma pensée, je les vois heureux malgré la cruauté de leur disparition inopinée et dramatique.

Ce qu'ils m'ont apporté n'était ni la solution ni la réponse à certaines questions. Ils m'ont offert tout simplement une manière de voir les choses. Tous deux étaient solides et persuasifs dans leurs enseignements. Mon père parlait et m'orientait avec les mots et Afshine, lui, me mettait, avec une patience indescriptible, dans des situations où je parvenais moi-même à la conclusion. Dans les deux cas, ce qu'ils disaient n'était pas que des mots, ils les vivaient chacun à leur manière.

Malgré leur soutien et leurs lumières, j'ai constaté que rien n'est plus difficile que s'accomplir et être comme on l'entend. C'est une souffrance quotidienne, un état de veille permanent et une aptitude à être prêt tel un boxeur à encaisser et à distribuer des coups. C'était le choix de mon père, l'option d'un combattant, ambitieux et engagé qui peut être nourricier à souhait et en même temps responsable de tant de malheurs du monde, j'en conviens. Et puis l'heureuse existence du choix d'Afshine. Un monde doux, quasi mystique, plein de bonnes intentions, poétique, mais passif et malheureusement incapable de produire une miche de pain. Comment choisir entre ces deux amours allant en sens opposés ? J'ai passé 20 ans dans ce dilemme sans jamais en sortir parfaitement, sinon à peine de menues lumières m'offrant des moments agréables. Ah, que c'est reposant de penser à ses doux amours.

Parfois je me dis que je n'avais pas besoin de tout cela. On peut vivre normalement et avoir la joie et la tristesse d'une vie tout à fait ordinaire. Mais que puis-je faire ? Je suis là avec un passé chargé d'émotions, quelques noms brillants à des degrés divers, quelques sales gueules et puis avec du sang sur les mains.

Ni regret ni fierté, seulement l'étonnement quant aux tours que le temps peut nous jouer.

Je reviens aux textes demandés à Afshine et à mon père. Je leur demandai cette faveur à l'âge de 25 ans. Ils me l'accordèrent tout de suite, mais avec une seule condition imposée par tous les deux.

— On te les met sous pli, avait dit mon père, et tu ne les ouvriras qu'après ton 40e anniversaire.

Cela contrariait mon projet d'écriture, mais je savais que je ne gagnerais pas contre ces deux énergumènes. En acceptant leur condition, j'imposai quand même les miennes.

—Vous les écrirez en chapitres de 4 ou 5 pages tout au plus, en votre propre nom donc à la première personne. Et surtout, condition sine qua non, vous ne reviendrez jamais sur ce que vous avez écrit. D'accord ?

Nos chopes de bière s'entrechoquèrent au Bistro de la Gare à Tubize en guise d'accord. Puisque j'étais la troisième branche de cette convention, je me mis à écrire aux mêmes conditions que je leur avais imposées. Et pour faire réellement comme eux, je consignais chaque chapitre terminé dans une enveloppe destinée à être ouverte 15 ans plus tard.

Les aléas de la vie m'éloignèrent de mon père et d'Afshine durant toutes ces années. Je ne les voyais qu'occasionnellement lors de mes sauts de puce à Clabecq. À certains âges les hommes ne changent pas pendant longtemps pour devenir tout à coup très vieux. Ce fut leur cas aussi. Ils étaient tels que je les voyais à 18 ans, seulement un peu plus sel et poivre. Et en l'espace d'un an, ce fut la chute. Ils devinrent des vieillards bien installés dans leur dernière ligne droite.

À chaque passage à la maison, je remarquais avec intérêt que les enveloppes A5 couleur grise de mon père augmentaient en nombre. Elles étaient appuyées contre la volumineuse « Intégrale de Lénine » en italien, sur la bibliothèque.

Le 22 avril 2016, le jour de mon anniversaire, je m'en vais au « Bistro de la Gare » à Tubize avec vingt enveloppes de mes deux amours. Je m'attable là où nous étions 15 ans auparavant. Je demande à Marcello, le tenancier du café, à ne pas être dérangée. Ce brave gars d'origine italienne vouait un respect démesuré à mon père et par ricochet à notre famille. Nos regards se croisent un moment et il baisse aussitôt le sien.

— Si signora, si, dit-il.

Il s'en va tourner la clé de la porte d'entrée et afficher « Fermé ».

J'ouvre la première enveloppe de mon père et dès que je vois son écriture élégante je pleure à chaudes larmes.

C'était convenu entre nous de nous réunir ici-même pour me confier leurs textes en guise de cadeau pour mes 40 ans. Mais non, ils m'ont laissée seule et sont partis l'un derrière l'autre à trois mois d'intervalle. « Oui, c'est comme ça, on ne peut tracer une ligne de conduite pour le destin », disait parfois Afshine.

1

À l'âge de 14 ans, j'avais lu dans un roman que les soufis du Moyen-Orient n'avaient qu'une robe en laine brute et qu'ils vivaient uniquement avec ça été comme hiver. Alors en 3 ans, je brûlai à deux reprises toute ma garde-robe excepté les vêtements que j'avais sur le dos. Je voulais vivre simplement. Ne pas suivre mes copines. Ne pas être l'esclave de mon apparence, me disais-je. Un seul vêtement me suffisait. Au diable les petits T-shirts et les petites chaussures. J'en avais ras-le-bol de me demander comment m'habiller devant une tonne de fringues.

Dans le grand feu passèrent aussi tous les attributs de la fillette coquette que j'étais. Les petits bracelets de couleur, les montres, les bagues et deux tiroirs pleins d'élastiques et de pinces à cheveux.

Mes parents ne me dirent rien. Pourtant, ma mère était dans tous ses états. Je l'entendais parfois hurler seule dans la maison. Elle me croyait folle. Elle ne parvenait pas à me cerner du haut de son poste de haut fonctionnaire de l'État. Pour elle, j'étais destinée à suivre son exemple et je me devais être aussi en ordre que son bureau Louis XIV en marqueterie française.

Mon père se montra très amusé devant le rond calciné au fond du jardin. Je l'épiais de la fenêtre de ma chambre et le vis hocher la tête quelques fois. Je pouvais imaginer ses lèvres pressées l'une sur l'autre, grimace qu'il faisait quand un étonnement s'imposait à lui. Pendant le dîner, il ne dit rien non plus. Par contre, il regarda bien ce que j'avais sur moi : les chaussures, le pantalon et la chemise. Et quand il me vit finir tout à fait mon assiette, il sourit et murmura : « Bien, c'est bien. »

Puis les jours passant, la garde-robe se regarnissait tout doucement pour finir une deuxième fois dans le feu.

N'avoir qu'un seul vêtement est très agaçant. Évidement les soufis ne se mettaient pas à trois sur un seul banc à l'école, n'allaient pas au cinéma avec les copains, à un mariage où tirées à quatre épingles les filles te regardent d'un air moqueur.

Après le deuxième feu, je ne causai plus jamais de pareils dégâts à mes vêtements. Et si ma garde-robe ne paya plus les frais de mes pensées, mes profs et mes amis en virent de toutes les couleurs. Pendant toute cette période, j'étais tantôt amusante tantôt repoussante. Je faisais parfois éclater de rire ou hurler de stupeur.

Je ne manquais pas d'originalité. Il serait malhonnête de dire que tout ce que je disais et faisais était de ma propre invention. Les livres de mon père m'étaient d'une grande aide. Ses romans russes traduits en italien et les quelques ouvrages sur la philosophie et la sagesse orientales étaient pour moi une source inépuisable de pensée. Si je passais des jours plongée dans des histoires souvent à plusieurs volumes, je ne lisais pas pour autant en entier les livres philosophiques. Je les feuilletais seulement et glanais quelques mots et fragments de phrases. Ça provoquait des étincelles en moi, je brodais là-dessus et sortais un credo à ma propre sauce. C'est ainsi qu'un jour, au cours de mathématiques en quatrième secondaire, en réponse à la question de ma professeure je répondis : « Je ne sais rien parce que je ne pense pas. »

Elle fit semblant de ne pas avoir compris ma réponse, mais les éclats de rire de quelques copines l'obligèrent à rétorquer :

— Quooooi ? hurla-t-elle presque. Répète s'il te plaît.

Je lui répétai ma phrase. En colère, elle devint rouge, avala difficilement sa salive et reprit aussitôt l'attitude d'un professeur voulant résoudre un problème grave avec plus de sang-froid.

— Attends, attends, pourquoi dis-tu que tu ne penses pas ? Tu refuses de me répondre parce que tu ne connais pas la réponse, c'est ça ?

— Pour répondre, je dois penser, or je ne pense pas.

Cette discussion dans toute autre classe que celle de mathématiques aurait provoqué un chahut indescriptible, mais notre professeure n'était pas du genre à rigoler et je l'avais justement choisie pour lancer cette idée qui allait empoisonner pendant quelque temps ma vie à l'école et à la maison.

Elle ne dit plus rien. Elle mit avec prestance la craie à sa place et se dirigea vers la porte pour l'ouvrir toute grande et m'inviter à aller au bureau du directeur et l'attendre. En fermant la porte juste derrière moi je l'entendis dire : « Bon, si quelqu'un d'autre pense qu'il ne pense à rien qu'il se lève, sinon je reprends. »

Pendant les trois quarts d'heure passés chez le directeur, je ne confirmai qu'une chose : « Je ne pense à rien. » Cela menait à l'impasse les tentatives du directeur pour sortir d'une situation plus qu'embarrassante pour lui et pour la professeure qui nous regardait d'un air incrédule.

À dire vrai, ils n'étaient pas les seuls à se trouver dans un tel embarras pendant encore plus ou moins un an. Mes parents, ceux de mes amis, les copains et les copines passèrent tous par là. D'abord, on me regardait d'un air amusé, puis curieux, puis résolu à répondre et cela se terminait par un regard agacé au terme d'une discussion avortée souvent assez courte. Plus la personne se croyait importante plus, à la fin de la discussion, ses expressions faciales et les mouvements involontaires des muscles étaient prononcés.

Le refus de penser eut son résultat logique : je ratai l'année. Avec le recul, je me dis maintenant que c'était le seul aspect négatif de cette période. Par contre, cela m'aida à mesurer au plus près certains traits de personnalité de bien des gens. D'habitude, il est difficile de dire quel serait le comportement de la personne que tu as en haute estime face à une gamine obtuse et harassante, devant une situation saugrenue, une phrase ou une idée farfelue. Restera-t-elle calme ou s'emportera-t-elle ? Devant cette perturbation soudaine, est-elle capable de raisonner, garder une ligne de réflexion et rester pertinente ? Et maintenant, après des années, je ne me rappelle pas de grand monde méritant le respect.

Il y eut deux personnes qui me fascinaient pendant ces 13 mois de « je ne pense à rien » : mon père et le concierge de notre école. Je me souviens fort bien de celui-ci. Jusque-là, il faisait partie de l'ensemble mobilier et immobilier de l'école. Je l'apercevais sans aucun enthousiasme comme l'on peut croiser un tel homme, un bonjour évasif tout au plus.

J'avais raté l'année et on était au début de l'année suivante. J'étais déjà connue de tous et de toutes, on m'appelait « folle-mouche ». Je commençais l'année sous les pires auspices. Ainsi larguée, j'avais perdu presque tous mes amis. Et bizarrement je me sentais très bien comme ça et je ne détestais personne ni à l'école ni parmi les amis. Pourtant, j'étais comme un corps étranger vivant dans un milieu hostile susceptible d'être rejeté à tout instant. L'avantage, je bénéficiais de la libre circulation à l'école, entrais et sortais des classes sans la moindre permission.

Ce matin-là, il restait encore un quart d'heure avant la récré quand je quittai le cours de géographie pour aller au WC. J'avais suffisamment de temps et il n'y avait aucune raison de se presser. Aussi j'ouvris nonchalamment la porte des sanitaires pour me trouver face à Afshine, notre concierge. Je le saluai et il me répondit tout en nettoyant l'évier en inox. Je restais sur le pas de la porte et continuais à le regarder. Il s'en aperçut, mais ne dit rien. Je le fixais en pensant à son nom un peu bizarre pour moi. Ça ressemblait à l'aboiement d'un chien — AfAfAf —, ou au sifflement continu d'un serpent à sonnette — échecheche. Après quelques minutes, il me dit : « À quoi vous pensez mademoiselle ? »

— À rien, je ne pense jamais à rien.

Il me regarda dans le miroir et je remarquai son sourire comme s'il m'avait reconnue.

— Votre rien mademoiselle est bien rempli, me dit-il en se retournant vers moi.

Je ne dis rien, pourtant j'aimai beaucoup sa réflexion. Je me disais qu'il n'avait pas l'air malin, mais savait au moins manier les mots. Il est vrai que je bouillonnais de vie et personne ne l'avait remarqué.

Je ne désarmai pas et restai sur ma position.

— Je m'en fous de ce que vous pensez. Pour moi ce que vous dites ça ne veut rien dire car je ne pense pas.

— Soit, me répondit-il en se retournant pour reprendre son travail.

Il frottait l'évier et le robinet, le silence pesait. Je me mordais les lèvres et j'avais une folle envie qu'il parle.

— Vous ne dites rien ?

— Lisez la suite mademoiselle, me dit-il en se retournant pour me regarder dans les yeux. Ça vous aidera à mettre un autre mot à la place de ce Rien. Lisez la suite.

— Je ne vous comprends pas.

— Oui, la suite. Allez la chercher et lisez-la pour comprendre. Vous avez appris la moitié de la leçon et ça vous pourrit la vie. La suite va vous sauver.

— Mais ! ma parole, ce mec sait tout de moi, me dis-je. Comment connaît-il mes survols en diagonale dans les livres paternels ?

Mon étonnement était grand face à cet homme à tout faire que j'apercevais à peine. Il avait mis le doigt sur un point qui m'amenait à la fin de cette période m'ayant coûté au final une année scolaire, quelques amitiés et l'ulcère de ma mère. Je dois avouer que j'étais aussi au bout de mes argumentations. Je ne pouvais pas répéter à l'infini une seule phrase et réfuter tout avec une seule idée. Je ne l'avouai à personne bien entendu, mais il était temps que je change de registre et que j'aie autre chose à dire.

J'abordai encore quelques fois Afshine et parlai longuement avec lui. Ça m'aida à mettre certaines idées à leur place et à tourner définitivement le dos à ma première crise majeure. J'étais déjà en 5e secondaire.

Il me reçut à plusieurs reprises chez lui. La première fois qu'il me présenta à sa femme, il se référa à mon père. « Je te présente Gaëlle, dit-il à sa femme. Elle est la fille d'Eddy. »

Ainsi donc, il était l'ami de mon père et je ne le savais pas. Et puis le plus grave, mon père devrait être au courant de ma vie à l'école. Ils savaient probablement très bien qu'un des livres de mon père m'avait inspiré un credo me bousillant plus d'un an d'école et ils ne m'avaient rien dit et n'avaient rien fait. Je voulais demander des comptes à mon père, mais chemin faisant je réfléchissais à la patience dont il avait fait preuve. Voir l'année scolaire de sa fille s'effondrer, réfléchir dans toutes les directions pour trouver la source d'une seule phrase et avoir tant de tact et de retenue. Avait-il le choix ? Soit il interférait dans ma vie de façon ostentatoire comme ma mère et se voyait envoyer sur les roses, soit il guettait le moment propice pour m'insuffler à l'oreille la solution. « Oh ! papa, papa, me disais-je, il faut être toi pour avoir autant de patience, sale petit syndicaliste va ! »

2

Il y a du bon dans le fait d'être concierge d'une école. Le travail est dur certes, mais c'est un milieu qui t'insuffle de l'énergie, te propulse vers l'avenir.

Je dois avouer que c'était du bol pour moi de trouver ce travail. Intérimaire, j'étais parmi les premiers à quitter les Forges de Clabecq, suivi quelques mois après de plus de deux mille ouvriers tous au chômage suite à une restructuration.

Je m'étais à nouveau inscrit comme demandeur d'emploi. J'avais le choix entre policier, ramasseur de poubelles et concierge de cette école. J'étais qualifié pour les trois postes. Dans mon dossier aucun élément ne m'empêchait de postuler pour l'un ou l'autre.

En réponse à mon assistante sociale, je dis que je voulais bien essayer ouvrier de voirie. Elle regarda ses papiers et les feuilleta minutieusement et me dit que je devais faire attention quand même parce que le travail était dur. Mais moi je ne l'entendais pas de cette oreille. Avoir affaire à des poubelles me convenait mieux que fréquenter les gens.

— Vous devez passer un examen d'aptitude. Voici l'adresse. Il faut s'y présenter à 4 heures du matin.

Tout beau tout chaud, je me pointai devant un grand hangar avec quelques bureaux au bout d'une grande cour.

Trois hommes vaillants étaient dans la même situation. L'un d'eux, fumant à mes côtés, aux doigts minces et jaunis me demanda mon nom.

— Afshine, lui dis-je m'éloignant un peu de son champ de fumée.

Il me regarda incrédule, rétrécit ses yeux un peu plus.

— Quoi ? redemanda-t-il.

— Afshine.

— Répète.

Je répétai encore une fois mon nom. Il leva la tête vers le ciel, tira profondément sur sa clope et plongé dans un nuage de fumée je vis son visage s'incliner vers moi pour me lancer d'un air indéchiffrable et nullement méchant :

— Tu es de quelle origine toi ?

— Homo erectus.

— Je ne connais pas. C'est où ça ?

— La chine, tu la connais ? lui dis-je très sérieusement dessinant la carte du monde avec mes mains. Nord-est de la Chine, mais un peu vers la mer Baltique et pas tout à fait à côté des Philippines plutôt côté Pologne, tu vois ?

— Oui, oui, je vois. T'as fait du chemin toi. Qu'est-ce que tu fous ici, il n'y avait pas assez de soleil chez toi ? Sacré merdeux va... Tu t'appelles comment déjà ?

Le fonctionnaire qui nous salua chaleureusement nous précisa que nous serions « le pilier de la société moderne, la propreté ». Nous, on n'avait qu'à confirmer, c'était tout à fait juste.

Le test d'aptitude consistait à courir d'un pas soutenu pendant un certain temps derrière une camionnette roulant à 15 km à l'heure. Je décrochai après trente minutes. Je ne revis plus les trois autres piliers qui couraient vaillamment.

— Désolé madame, dis-je à mon assistante après deux jours. Je ne pourrai jamais faire ce travail. Je ne suis plus sportif et pas très jeune non plus. Les autres étaient des gaillards sachant utiliser leurs muscles. Mais moi, vous savez, je ne peux pas courir 4 heures par jour derrière un camion.

— Allons pour la police, alors, dit-elle. À votre niveau, vous n'aurez pas de difficulté pour y entrer. On vous demandera quel est le nom de votre pays, quelle est votre langue, qui est votre roi et puis quelques questions plus difficiles du genre : si un jeune arrache votre képi que faites-vous ? Si quelqu'un vous dit des gros mots, des injures, vous arrose avec un pistolet à eau, quel doit être votre comportement et des choses comme ça. Vous n'aurez pas de difficultés à réussir, détendu et zen comme vous l'êtes.

Je ne savais comment dire à cette adorable femme que pendant toute une vie j'avais souffert de tout ce qui était police, armée, soldat, uniforme, ordre militaire, matraque. Comment voulait-elle que j'aille maintenant accrocher à ma ceinture tous ces instruments de répression ? J'avais toujours dans mon âme et ma chair les blessures causées par ces gens-là. Non, je n'exercerais jamais l'honorable métier de policier ou de militaire.

— Allons pour la conciergerie, lui dis-je.

— Croyez-vous être capable de travailler parmi 700 gosses ? C'est plus épuisant que la voirie, vous savez. Et surtout dans cette école. Ce ne sont vraiment pas des lumières.

Je n'avais pas le choix. Je devais gagner ma vie autrement que sur le dos de la collectivité. Sa question était pertinente, soit, mais je me disais qu'être concierge d'une école, entendre et voir 700 gosses tous les jours, avait un peu la couleur et le parfum du travail que j'avais toujours voulu faire : professeur.

Ainsi, je suis devenu le concierge de cette école catholique. J'ai un appartement dans une aile du bâtiment et la charge de surveiller le bon fonctionnement des équipements. S'il y a un problème, je le signale et les hommes de métier s'en chargent. Parfois, je répare moi-même, alors soit ça se termine par un simple remerciement de la part du directeur soit je suis payé pour le travail effectué.

Pas de souci de logement, pas de problème d'argent, sobre et économe, je vis tranquille enfin après tant d'années d'errance.

Entendre et voir autant de jeunes pendant la journée a quelque chose de magique, disais-je. Depuis que je suis concierge, ma créativité littéraire a pris son essor.

Les premières années, je ne me lassais pas de circuler dans les classes et les couloirs après la fermeture de l'école. C'était des moments délicieux. Je marchais dans le bâtiment comme un écolier, m'arrêtais devant les fenêtres, regardais les petits détails dans le plafond et les murs, allais parfois pisser comme si j'en avais besoin, comme si je devais le faire durer longtemps pour regagner ma classe le plus tard possible.

Dès le deuxième mois de ma fonction, je m'offris un jeu une heure par soir. Refaire mes années scolaires, me remémorer mon enfance dans ce vrai décor.

Je m'imaginais être en première secondaire. J'allais dans une classe de première, je me mettais au deuxième rang, tel que j'y étais il 30 ans auparavant. Les mains écartées sur le bois du banc, je fermais les yeux et humais. J'entendais le bruit de la classe, les copains qui parlaient, je sentais la présence de l'élève chargé de l'ordre avant l'arrivée du professeur. L'odeur du chewing-gum à la menthe, du crayon trop taillé, de l'encre renversée, l'odeur neuve des cahiers de devoir et des cours. Mes mains moites sur le banc — ce bois avait exactement le même toucher que celui d'il y a 30 ans — m'emportaient, jour après jour, heure après heure dans le plis du temps.

Cela peut vous sembler de la schizophrénie, mais ce jeu dura 6 ans. Je mis une année complète pour chaque année d'école. Au moins quatre soirs par semaine, quand le temps et le travail me le permettaient, je revivais mon enfance. Pendant tout ce temps-là, je fermais les yeux et donnais libre cours à la partie mémoire de mon cerveau. Que diable, notre capacité est illimitée en la matière. Je me souvenais alors des détails qui m'étonnaient parfois. Des détails auxquels je n'avais jamais songé mais qui, maintenant sur le banc et les yeux fermés, me revenaient à mon grand enchantement.

Un sujet qui me préoccupait néanmoins dès la première année était l'absence d'un concierge dans mes voyages virtuels. Pendant six ans, presque à chaque séance, j'essayais de me rappeler le visage de notre concierge. Impossible. Et pourtant, je savais qu'il était là parce qu'à un moment donné il avait été l'auteur d'un acte pour le moins héroïque. Un poêle au pétrole était en feu dans une classe et averti par les cris des enfants et de leur professeur amassés au fond de la classe, il avait empoigné le poêle en flamme et l'avait défenestré. Je me rappelais par la suite ses mains blanchies par la brûlure, mais il m'était impossible de me souvenir de son visage. Ce bonhomme n'existait pas pour nous, tout comme je n'existais probablement pas pour ces 700 élèves.

C'est vrai qu'il est toujours difficile de mesurer le poids de son existence. On se croit parfois important, pourtant on n'est rien. On peut aussi se dire insignifiant et pourtant sa vie, sa présence allument une lumière, aussi faible soit-elle, dans un cœur. Je ne croyais pas que mon existence avait une importance pour quelqu'un d'autre que ma mère. Ma vie était tellement précaire, tout comme celle de ma génération, que la seule importance pour moi et mes camarades était souvent de survivre et rien d'autre. Je vivais pour servir une cause en louvoyant parmi le danger. Dans une telle situation, penser à sa propre importance aux yeux des autres était un luxe que je ne pouvais m'offrir. Et pourtant. Quelques mois après avoir laissé derrière moi les 25 ans d'une vie de misère et de persécution, lors d'une conversation téléphonique avec ma mère, elle me demanda si j'avais une amoureuse avant de quitter le pays. Je lui répondis que non. Vraiment, je n'en avais pas. Alors, ma mère raconta que dans la rue elle se fit aborder par une fille :

— Vous êtes la maman d'Afshine ?

— Oui

— J'ai entendu qu'il est parti. C'est vrai ?

— Oui ma fille, il est parti mener sa vie ailleurs.

Alors elle recula, me raconta ma mère, elle recula jusqu'à s'appuyer contre le mur d'une façade et se mit à pleurer en silence.

À l'époque, quand ma mère me rapporta cette rencontre inattendue, je n'y avais pas attaché trop d'importance. Mais quand je fis le lien entre le visage inexistant d'un concierge il y a 25 ans et mes moments de solitude dans le passé, chaque fois que je pensais à cette fille, je pleurais comme elle. Je remerciais cette inconnue d'avoir existé dans le silence et l'anonymat. Ça donnait des ailes de se sentir dans le cœur de quelqu'un, ça devenait même une raison de vivre.

Je vous disais l'importance de voir autant de jeunes tous les jours. Il faut être conscient de l'ampleur du sujet. On voit des hommes et des femmes de la société à venir. Les futurs employés, instituteurs, politiciens et politiciennes, hommes d'affaires, chefs d'entreprise, avocats, juges, scientifiques. Bref, les décideurs et les exécuteurs dont les traits de caractère se forment dès à présent. Voulez-vous que je vous dise quelles sont les ébauches de ces personnalités ? Non. Je suis très joyeux ce soir et ce n'est pas très gai de parler de ses désillusions. Je picore les grains de l'optimisme en ce moment. J'ai eu beaucoup de plaisir à quelques brefs échanges avec Gaëlle, la fille de mon ami Eddy. Tant qu'il y a une gamine comme elle parmi les 700, il n'y a pas de raison de broyer du noir.

3

Je rentrai dans le droit chemin les deux dernières années du secondaire. J'étudiais, sortais avec copains et copines, m'habillais, parlais et raisonnais normalement au grand soulagement de ma mère. Elle m'achetait des fringues sans compter. Ma garde-robe était de nouveau pleine à craquer. Je redevenais cette fille coquette que j'étais capable d'être. Résultats scolaires très bons, amitiés à profusion. Je ne plombais plus les soirées entre amis. Je croquais la vie à pleines dents et les garçons avec la sobriété d'une débutante. Une fille parmi tant d'autres me diriez-vous, soit. Mais, il y avait quelque chose qui bouillonnait dans les profondeurs et le secret de mon être.

Je remarquais que ma joie n'était pas comme celle des autres, ni mes moments de tristesse. Je n'avais pas les mêmes envies, les mêmes caprices, les mêmes coups de cœur et coups de gueule. Au fond de moi je pensais que ma présence était provisoire, susceptible de cesser à tout moment. Je vivais dans un monde parallèle sans toutefois manifester de désaccord avec personne. J'entendis ma mère dire que j'étais en train de me construire. Sur ce point, j'étais d'accord avec elle. Mais elle ne savait pas avec quoi je me construisais. À vrai dire, je ballottais déjà entre deux mondes tout à fait incompatibles. Celui de mon Père et celui d'Afshine.

Connaître Afshine fut pour moi un événement exceptionnel. Notre première rencontre m'avait fort marquée. Je m'étais dit que je n'étais pas en face d'un concierge normal. Il nettoyait les sanitaires d'accord, mais il avait d'autres mots en tête. Il ne volait pas au ras du carrelage.

Profitant de ma réputation passée je circulais à ma guise. J'en profitais pour le retrouver et échanger quelques mots avec lui. Il était très prudent pendant ces courts moments. Je m'approchais de lui pour ne pas parler à voix haute. J'avais envie de murmurer dans ses oreilles et qu'il chuchote dans ma chevelure. Mais je remarquais qu'il faisait un pas en arrière lorsque la distance diminuait. Il articulait encore mieux les mots et élevait même la voix lorsque quelqu'un passait près de nous. Je comprenais très bien son souci et son attitude ne me dérangeait pas. Nous étions en pleine affaire Dutroux. Les fausses accusations de pédophilies allaient bon train. Les jeunes filles se vengeaient des profs dont la tête ne leur revenait pas. Des carrières, voire des vies, avaient été démolies par de fausses accusations qui s'étaient avérées par la suite de simples gamineries ou règlements de compte.

Après trois ou quatre discussions de quelques minutes, je lui proposai de le rencontrer à un autre endroit pour être plus à l'aise.

— Mais oui, je suis d'accord, me répondit-il. Tu peux passer chez moi. Ma femme sera contente de te revoir.

C'est ainsi que le mercredi suivant, vers 16 heures je me pointai devant la grille de l'école pour entrer une deuxième fois dans un monde que je n'ai jamais cessé d'aimer malgré le passage des années. L'appartement d'un petit bonhomme serti dans le coin de la cour d'une école, une chambre, un salon, une cuisine et des sanitaires.

Vous pouvez m'imaginer entrant chez Afshine. L'homme, sa maison et sa famille totalement inconnus. On a toujours tendance dans pareille circonstance à l'allégresse et à la superficialité. On s'extasie, bouche bée comme des tarés, devant les bibelots. Très vite, quelque chose me dit que je devais arrêter d'imiter ma mère en disant ô que c'est joli ceci, ô que c'est beau cela. Le moment vint où je m'assis dans le canapé tous sens éveillés et je m'imprégnais tout doucement d'une simplicité humaine envoûtante.

Sa femme, Sara, me demanda en iranien, comme si je la comprenais sans difficulté, si je buvais du café ou du thé. Aussi bizarre que ce soit, je compris sa question, mais je ne savais comment répondre parce que je ne prenais ni l'un ni l'autre et un verre d'eau me suffisait.

Afshine rit et sa femme lui tira la langue telle une gamine et rit à son tour. J'eus le verre d'eau et Afshine son vin rouge. Il se mit à le siroter en s'asseyant à l'envers sur une chaise, dossier devant.

Il me laissa parler de moi-même, plus un mot sur ce que nous avions en commun et les êtres qui nous entouraient. Chaque fois que je déviais et déblatérais sur une personne ou une autre, il me remettait sur les rails avec une question sur moi et je redémarrais.

Avec le recul, je qualifierais cette rencontre d'un état des lieux de ma personnalité, mais avec beaucoup de tact et de simplicité. Il sonda les recoins de mon esprit pour juger probablement si je valais la peine d'être prise en main, d'être dépositaire de tant de choses qu'il allait m'apprendre.

Je donnais libre cours à mon imaginaire, évoquais tout ce qui était le plus cher et précieux à mes yeux. Il savait comment me relancer quand j'arrivais au bout d'une idée. Il était attentif et avait oublié depuis un bon moment de boire son vin. Il fixait parfois un point dans le vide et quand il atterrissait il posait un regard bizarre sur moi. Ce n'était pas un regard où tu te sens déshabillé non. Je n'ai jamais eu l'occasion de lui demander ce qu'il pensait en me regardant de cette manière-là. Un regard d'admiration, d'encouragement, de regret, de tristesse ? Non, plutôt de doute. Oui, avec le temps, je suis sûre qu'il doutait de la faisabilité des choses. Tout ce que nous voulons de plus noble se transforme en son contraire aux prises avec la réalité. Les mots magnifiques qui prennent une mauvaise tournure à la sortie de nos lèvres. Les bonnes intentions qui se transforment bien souvent en cauchemar malgré notre volonté.

J'embrassai sa femme en lui disant au revoir. Elle nous avait laissés discuter à notre aise pendant tout ce temps.

Quand j'approchais la bouche de la joue d'Afshine pour lui dire au revoir, j'avais une folle envie de le serrer dans mes bras, de sentir de plus près la chaleur de son corps. Mais bon, il n'était pas à moi et il avait l'âge de mon père.

Lors de nos discussions familiales, je ne disais souvent rien. Je subissais une ambiance et si je parlais, mes interventions étaient véhémentes. Mais avec Afshine je ne subissais rien et j'étais tellement bien à ma place sans voir la nécessité de m'affirmer. Devant autant de sérénité, je ne pouvais alors qu'être relax et m'exprimer sans retenue. Mais alors, comment une misérable école dans toute sa banalité pouvait cacher un trésor pareil ? J'y passai quelques heures dans une lucidité sublime. Je ne m'étonnais pas. Je savais que j'en étais capable.

Plongée dans mes réflexions, les portières du bus s'ouvrirent et j'étais saisie par le bonjour du chauffeur. Il avait une voix attachante et chaleureuse. Je lui répondis et je me plongeai dans le siège vétuste et dans un monde où tout était bon, beau, attentionné, doux. J'étais dans le bus pour aller chez une copine, mais la lumière et la chaleur de chez Afshine m'emportaient. Je ne me rappelais pas la distance jusque l'arrêt du bus. Je ne marchais pas, je flottais, je baignais.

Vous avez compris, je venais d'avoir mon premier coup de foudre et j'avais 18 ans. Très tardive, peut-on penser. Avec les années je dirais la même chose. Mais il n'y a aucune norme en ces matières, ça vient quand c'est le moment. Si tu forces, tu casses, tu tords ou tu restes tordu à jamais.

4

Afshine ne me parlait jamais de ma fille à l'école. Je ne lui demandai jamais rien non plus. Je le connaissais très bien pour provoquer sa colère. Il aurait sûrement évoqué le droit d'avoir une vie sociale à l'abri des regards connus même lorsque par malheur le concierge de l'école est l'ami de son père et des raisonnements de ce genre.

Afshine était trop attentif pour ne pas déranger les autres et ce d'une façon maladive. Ainsi, il passait à côté de certaines choses. C'était ce trait de caractère qui provoquait parfois des discordes entre lui et moi. Lui, d'origine iranienne, réfugié politique, avait été durant toute sa vie harcelé, épié, surveillé, contrôlé. Alors, il était toujours à un pas de distance avec tout le monde pour laisser les autres tranquilles. Tandis que moi, syndicaliste, activiste, je me devais d'avoir un œil sur certaines affaires, être observateur et attentif à nos droits. En cela, notre amitié était très saugrenue. Elle était vieille de plus de 7 ans et pourtant nous étions aux antipodes l'un de l'autre. Depuis que je le connaissais, je le voyais bavard avec les proches et muet devant les inconnus.

Il avait un langage lyrique quand il parlait de nos différends. Un français châtié, une locution qui manquait de fluidité. Parfois, il s'arrêtait net au milieu d'une phrase comme s'il avait buté sur un mot ou ne le trouvait pas.

Il attendait et au moment où l'on croyait que cela avait assez duré, il le sortait et la rivière de mots se remettait à couler : « Tu es un soldat, moi un bouffon des mots, tu es le fil rasant étendu jusqu'à l'invisible et l'infini d'une lame bien polie et efficace, moi la masse difforme de quelques idées émoussées telle une coulée de scories. Tu es un oiseau de proie, volant haut, arpentant les montagnes et moi un papillon, allant de fleur en fleur, ami des bourgeons. Tu es l'oreille attentive, le muscle raidi, le dos solide, moi, frêle au vent, aimant le silence. » Il était capable de verser des verbes durant des minutes quand il s'agissait de me fustiger en tant que syndicaliste. Je n'ai jamais compris pourquoi il détestait autant mon engagement syndical. Par cette fonction, j'étais souvent le bouclier des autres et j'estimais que cela méritait le respect. Il était témoin du bouleversement des Forges et de mon abnégation dans la lutte que je menais pour sauver nos acquis et nos droits. Mais avec Afshine ce genre de discours ne passait pas. Il était impitoyable quand je lui parlais de tout cela et ce malgré son amitié que je ressentais. Il était certes près de moi dans la lutte sociale que je menais, mais jamais il n'approuva même à demi-mot mes actions et celles de mes camarades. Cette dualité dans son attitude me dérangeait. Mais je le comprenais. S'il était si attaché à moi, c'était parce que selon lui j'étais le seul à avoir manifesté un tel intérêt pour sa personne.

Je ne veux pas vous parler ici de mes activités syndicales, mais sachez que notre première rencontre eut lieu quand les Forges de Clabecq travaillaient au ralenti à cause des arrêts sporadiques. Pour contrer l'action des grévistes, la direction engageait des ouvriers avec un contrat à durée déterminée. Ceux-ci n'avaient pas la vie facile parmi les camarades et leur présence ne durait d'habitude qu'une journée.

Le secrétaire me téléphona au bureau pour venir chercher « un coup de main ». Je mis suffisamment de temps pour m'y rendre. Le « coup de main » était un petit homme, type hispanique, timide, mais au regard perçant. On se dit bonjour de façon laconique et nous sortions du bureau pour lui montrer son travail quand le secrétaire, un camarade, me rappela :

— Eddy, viens un petit moment je vais te montrer quelque chose.

Je plantai le nouveau à l'extérieur du bureau et j'y retournai. Le secrétaire avait l'air à la fois agacé et amusé. Il me montra un formulaire signé avec l'empreinte digitale.

— Tu te rends compte, dis. On nous a envoyé un type qui ne peut pas écrire son nom. Je ne sais pas si c'est vrai ou s'il s'est payé ma tête, mais j'ai dû remplir le papier à sa place. Il a noirci son index et il l'a signé ainsi.

Et avant d'ouvrir la porte pour sortir, le secrétaire rajouta : « Fais gaffe Eddy. »

Il n'y avait pas à faire gaffe. Afshine était d'une douceur, d'un calme olympien ! Un type malheureux à la recherche d'un gagne-pain. Un homme déraciné, déporté, puis-je dire, par l'injustice politique et sociale. Il s'était présenté comme un simple ouvrier, sans qualification, sans diplôme, analphabète même. Était-ce possible ? Bien sûr que non. J'imaginais bien qu'il cachait quelque chose. Trois mois après, devant un verre de bière, je lui tirai les vers du nez.

Il avait un doctorat, était chercheur immunologue. Profitant d'une conférence en France, il n'avait plus regagné l'Iran.

— Et pourquoi tu n'as pas pu trouver de boulot dans ton domaine en Belgique ?

— J'ai averti tous mes contacts en Europe et aux États-Unis de ma situation. Même l'institut qui m'avait si chaleureusement invité pour venir en France. Sans résultat.

— Quoi, tu pouvais devenir médecin, pharmacien, ou infirmier que diable ! Tu es médecin quand même.

— Aucun de mes trois diplômes n'a été accepté. J'ai même dû passer les examens pour homologuer celui de la fin du secondaire. Je n'avais même pas le droit de faire une piqûre, m'a-t-on signalé.

— Diable de diable. Et tu as fait quoi avec tes diplômes ?

— Je ne te le dirai pas.

— Allez s'il te plaît, qu'as-tu fait avec tes diplômes ?

Il ne me le dit pas tout de suite, mais bien plus tard j'appris de sa propre bouche qu'il avait été à la côte belge où, au hasard des promenades sur la plage et sur les digues, il avait acheté des ballons gonflés à l'hélium. Il y avait attaché un par un ses certificats de fin d'études et les avait confiés au vent de la mer. Et à la fin, quand il ne lui était rien resté dans les poches, il s'était dit : « Plus jamais, alors plus jamais, tu ne seras ce que tu étais jusqu'à présent. Tu viens de commencer une autre vie. Tu seras un simple ouvrier, un homme comme tant d'autres gagnant son pain à la sueur de son front. »

Il commença alors à poser le bout de son index en guise de signature tel un analphabète, ce qui lui valut le surnom de « Digital » auprès des ouvriers. Pendant longtemps je prenais cette histoire comme unique raison du changement qu'il s'était imposé. Mais Afshine était quelqu'un de très complexe et d'extrêmement difficile à cerner. Le refus de ses diplômes n'était pas la seule raison de ce changement de cap. Il disait au sujet de lui-même qu'il avait du couscous dans la tête.

Son arrivée correspondait au moment où nous cherchions des prétextes pour ralentir la production ou faire la grève. Un des camarades me proposa : « Erreur de manipulation de la grue, le nouvel arrivé sous les mitrailles, usine en deuil, ça te va Eddy ? »

C'était une plaisanterie bien sûr même si dans le passé on avait mis ainsi hors circuit un entrepreneur trop zélé. Mais bon, on n'était pas des criminels non plus. Et puis, Afshine prit très vite sa place dans le cercle de mes amis.

Nous avions pratiquement chaque semaine une ou deux réunions syndicales. Elles étaient assez animées. Je ne me rappelais pas la participation d'Afshine aux débats. Il reculait une chaise dans un coin, un peu en dehors du cercle fiévreux que nous formions. Je le voyais écouter sans rien dire et souvent perdu dans ses pensées.

Un jour, je lui demandai pourquoi il ne parlait pas, ne donnait jamais son avis. Il me dit que notre lutte était juste, mais qu'elle n'était pas la sienne.

— Quelle est ta lutte alors ? lui demandai-je.

— Me taire, dit-il.

Je croyais à une boutade. Je le regardais siroter sa bière. Je remarquai qu'il l'avait dit sérieusement.

— Quoi, est-ce si difficile de se taire ? lui demandai-je. Pourquoi d'ailleurs, pourquoi il faudrait se taire quand on veut t'arracher le pain de la gueule ?

Il ne dit plus rien. Je m'aperçus qu'il avait plongé son regard au fond du verre de bière. Ce n'était pas normal que quelqu'un comme lui s'impose ce silence en réunion. Il me parlait et me donnait parfois des analyses très pertinentes, mais alors qu'était-il arrivé à ce bonhomme pour qu'il n'ose pas ouvrir la bouche devant les autres ? J'essayais de rendre l'ambiance un peu plus détendue tout en restant dans le sujet pour lui tirer les vers du nez.

— Tu as peur de raconter des conneries, c'est ça ? Ne t'en fais pas, tu sais, de nos bouches ne sortent pas que des perles et des diamants non plus.

— Surtout de la tienne, me dit-il, en me tapant sur l'épaule.

Il s'était à nouveau emmuré dans ses pensées et je devais visiblement attendre une autre fois pour avoir ma réponse.

On ne renouvela plus le contrat d'Afshine quelques mois après et il était devenu ce qu'il était à présent, le concierge d'une école secondaire. C'est beaucoup dire que j'étais content pour lui. Il avait trouvé un travail stable certes, mais à sa place je me serais battu à mort pour valoriser mes diplômes. On ne peut pas avoir fait de si bonnes études et se contenter d'être un simple manœuvre ou un concierge. Ce que je ne comprenais pas chez lui c'était son revirement mental. Il était très engagé dans sa prime jeunesse et à ce qu'il me dit durant ses études à l'université il était un activiste de gauche invétéré. Mais dès qu'il arrivait au moment clé de l'explication, il ne parlait plus et il m'était difficile de comprendre comment ce battant s'était transformé en brebis.

Une chose importante à signaler : malgré sa vie difficile, il n'est pas du tout quelqu'un de triste, au contraire. Les traits raides de son visage font craindre un homme trop sérieux, mais il faut le connaître pour savoir quel cabotin il est. Afshine est sujet à des fous rires inoubliables pour moi. Un de ces moments, c'était quand il me sortit pour la première fois son « couscous dans la tête ». Il m'expliqua que la première syllabe du mot couscous voulait dire « vagin » dans sa langue maternelle. Nous rîmes ensemble de cette association de syllabes et de ce que pouvait donner la présence de plusieurs « cous » dans sa tête. Alors son fou rire commença. Après quelques minutes, il avait les yeux mouillés et hoquetait quelques menus mots pour me faire comprendre l'image qui le faisait rire. Je l'accompagnais bien sûr et ne pouvais m'arrêter d'enchaîner après lui des idées hilarantes qui me revenaient à l'esprit. Un plateau de « couscous ». Enlever le couvercle d'une casserole et voir le « couscous » bouillonnant. Aller chez le boucher marocain du plateau de la Gare et acheter du « couscous ». Avec ou sans os ?

— Ah ! ça devient dégueulasse, arrête, me dit-il péniblement sous l'effet du fou rire.

Il n'en pouvait plus. Et quand nous fûmes calmés, il me dit en essuyant ses yeux : « Heureusement qu'on est entre mecs. Si les femmes savaient combien nous avons rigolé de leur couscous. » Et puis son rire reprit. Cette fois, il ne pouvait se contrôler. Il était épuisé, bavait dans son mouchoir. Je savais que l'histoire du couscous était finie et qu'il pensait à autre chose, mais à quoi ? Je lui demandai, impossible qu'il sorte un mot. Je devais lui laisser le temps de se reprendre. Quand il s'apaisa je lui demandai la suite.

— Non, non, ça suffit pour aujourd'hui. Je te raconterai la prochaine fois l'histoire d'une Iranienne qui aime cet apéro qui s'appelle « Kir » surtout sa version « royal », mais n'ose pas en demander en présence d'autres Iraniens.

Le fou rire d'Afshine était une institution pour les copains. Et nous savions pourquoi dans des situations très sérieuses, officielles ou tristes telles qu'un enterrement à l'église, il se mettait toujours à un endroit facile pour pouvoir déguerpir et regagner la sortie. Son imagination fertile lui jouait de sales tours et ça lui prenait quand il ne le fallait pas.

5

J'étais en pleine préparation de l'examen de fin d'année quand je vis un jour mon père rentrer du boulot avec une tête de déterré. Je savais que ça n'allait pas fort aux Forges et j'étais habituée à entendre mes parents parler de ça, mais cette fois-ci je ne voyais aucun espoir dans les yeux de mon père quand il vint m'embrasser dans ma chambre.

— Ça va papa ?

— Bof, pas tellement, non. Ça sonne le glas.

— C'est vrai, c'est fini ? La fermeture totale ?

— Pas encore, mais quand ces saligauds ont décidé quelque chose, ils savent comment y arriver.

— Vous n'allez pas vous laisser faire papa, n'est-ce pas ?

Il s'appuya à mon fauteuil et glissa sa main entre mes cheveux et ma nuque. Elle était froide, mais d'une gentillesse habituelle.

— Vous allez faire quoi maintenant ?

— On est tous en colère. Et les idées d'actions viennent de partout dans nos réunions. Mais pour la première fois je suis vraiment désespéré. Depuis 7 ans que ça dure et à chaque fois ils ont injecté une petite dose du malheur pour voir les réactions. Ils avancent à petits pas et à chaque fois on a reculé pour leur laisser de la place. Maintenant c'est l'injection totale, on ferme.

Le désespoir de mon père n'était pas sans fondement. J'étais très attentive cette dernière année à ce qu'il vivait et je remarquais qu'il revenait souvent déçu et désespéré. Pourtant, il continuait à se battre pour ce qu'il appelait la justice sociale. Je ne mesurais pas le contour de ce que cela voulait dire précisément, mais je pensais le comprendre et je le soutenais. Cela n'était nullement la position d'Afshine, au contraire.

Ma relation intellectuelle avec Afshine ouvrit un court chapitre de fréquentations entre les deux familles qui se referma aussitôt après un dîner à cause de ma mère. Les deux hommes ne cessaient de parler politique. Mon père, marxiste-léniniste convaincu de la lutte des classes, et lui, Afshine, paisiblement sceptique à tout ce qu'avançait mon père. J'avoue que je balançais de l'un à l'autre telle une pendule. À chaque prise de parole, je leur donnais raison car en toute sincérité tous deux étaient suffisamment réfléchis et posés dans leurs propos et ce qu'ils disaient était juste. Ils parlaient avec beaucoup d'attention, ne laissant aucune brèche dans leurs raisonnements, comme s'ils se méfiaient l'un de l'autre.

Je m'abreuvais de leurs idées et de leur personnalité, mais diable qu'il était difficile de se fixer sur l'un après l'intervention de l'autre. Et quand ça chauffait dans ma tête, je m'en allais voir ma mère et Sara dans la cuisine. Avec ces deux-là, ma tête se reposait pour mieux reprendre le travail après.

Je ne vais pas trop m'attarder sur ma mère et Sara car il y a déjà assez à dire avec les deux hommes et leurs différends intellectuels qui m'ont modelée. Pourtant un de mes splendides coups de gueule à l'encontre de ma mère est à raconter. Cela vous expliquera pourquoi je ferai désormais abstraction d'elle dans mon récit sauf à de brèves occasions.

Ma mère m'était seulement la voie, dans le sens propre du terme, pour venir au monde, sans plus. Je n'ai rien appris d'elle qui puisse être utile pour un sou. Elle détient à elle seule la panoplie de ce que l'on peut voir séparément de désagréable chez des gens. Je n'ai jamais compris comment mon père était capable de vivre avec une femme pareille. Son attitude la plus repoussante pour moi est son goût d'être prétentieuse. Le problème c'est que l'on n'est pas prétentieux tout seul, on l'est par rapport aux autres. Et ces autres sont la famille, les amis, les connaissances etc. Et quand ce comportement interfère dans mes relations et pourrit mes contacts avec les autres, il y a de quoi ne pas rester indifférent.

Je n'ai jamais compris ma mère, je l'ai tout simplement détestée. Être avec elle parmi d'autres personnes est une source de vexation depuis que je peux raisonner. En fonction des convives, ses questions et réflexions stupides arrivent tôt ou tard et à coup sûr. La solution consistait à ne pas me mettre dans cette situation et cela m'a pris du temps pour la trouver.

Je ne vais pas vous énumérer toutes les gaffes qu'elle a commis, mais l'arrivée de Stéphane était l'une des plus importantes avant celle d'Afshine. D'ailleurs, cette dernière valut à ma mère une mise au point très sérieuse de ma part.

C'était en pleine période de « je ne sais pas et je ne pense pas ». Stéphane, un camarade de classe, se proposa pour me venir en aide pour rattraper des cours de latin.

Stéphane était roux, avec un grain de beauté sur la joue gauche et plein de taches de rousseur sur le visage et même sur les oreilles. Un gars gentil un peu à l'écart des autres lui aussi, toujours pensif, rêveur et qui s'en sortait bien aux interros.

On passa l'après-midi à étudier très efficacement. À un moment, je m'assis près de Stéphane et essayai de l'embrasser. Du haut de nos 16 ans, on pouvait faire autre chose un dimanche après-midi que d'étudier seulement le latin, estimais-je.

Il tremblait et je ne sais pas pourquoi ça me donnait plus d'assurance en moi. Pourtant, ce n'était que la deuxième fois que j'avais mes lèvres sur celles d'un garçon. Le premier avait une bouche et des lèvres si froides que ça m'avait dégoûté pendant deux ans. Mais celles de Stéphane étaient douces, tendres et chaudes.

Vers 17 h ma mère nous appela pour prendre un morceau de tarte. À 4 autour de la table, on regardait papa la couper, couteau en main. Après quelques plaisanteries sur sa capacité à faire ce travail, il distribua les quartiers dans les petites assiettes. On rigolait et c'était au moment où je m'apprêtais à entamer ma part que ma mère sortit une phrase adressée à Stéphane. Après tant d'années je vois encore l'expression de son visage et l'assurance qu'elle affichait en ces moments pour se donner raison et se hisser au-dessus des autres.

« Le couteau à la main droite Stéphane », dit-elle. Gênée, honteuse, je ne sortis qu'à peine un « maman » appuyé pour me retourner vers mon copain qui se fit tout petit en changeant le couteau de main.

Et mon père ne dit rien. En général, c'était lui le tampon et l'adoucisseur de situation. Mais cette fois, il me laissa toute seule devant cette énorme vexation.

De retour dans ma chambre, je m'approchai de Stéphane pour l'embrasser encore, mais il s'écarta. Et devant ma question « ça ne t'a pas plu ? » il me répondit : « Si si mais ta langue est si froide. »

C'était après cette énormité de la part de ma mère que j'avais décidé de ne plus jamais mettre mes amis en présence de ma famille. Mais un jour papa proposa d'inviter à dîner Afshine et sa femme. Même si maman restait fidèle à elle-même envers papa et moi en nous humiliant parfois, depuis l'histoire de Stéphane, je n'avais subi aucune vexation majeure de sa part à l'encontre de mes amis. Quelques réflexions stupides parfois au sujet des parents de mes copains, mais c'était tout. Je commençais à oublier son goût immodéré de se sentir d'une classe supérieure aux autres. J'appuyai donc fortement la proposition de papa.

Afshine était mon Dieu. L'homme qui m'avait sauvée d'une errance intellectuelle et avait donné non pas un but, mais une direction à ma pensée d'adolescente. J'en étais éperdument amoureuse, mais je me gardais de m'exprimer à ce sujet. Il dégageait une telle prestance que je ne me permettais pas de m'approcher de lui à plus d'un pas. J'étais subjuguée quand il me regardait et me parlait. J'admirais sa manière de marcher, de se tenir, de feuilleter un livre, de bouger ses épaules et sa façon de se retourner vers moi pour me répondre ou pour me donner la parole. Et ça faisait deux ans que cette flamme me brûlait. Il venait maintenant chez moi avec sa femme, nouvellement marié.

Papa me précéda pour leur ouvrir la porte et les accueillir à bras ouverts. Ma mère et moi le suivîmes et dans le vestibule l'embrassade alla bon train. Ils avaient apporté un bouquet de fleurs et une bouteille de vin.

Sara était rayonnante et souvent pendue au bras d'Afshine comme si elle le retenait ou le tirait vers elle. La journée aurait pu passer normalement et sans encombre pour tout le monde si ma mère n'avait pas fait subir à Afshine, et par la même occasion à papa et à moi, une de ses phrases vexatoires pour marquer je ne sais quelle supériorité pathologique qu'elle ne pouvait réprimer. C'était d'habitude sous la forme d'une question qui n'en était pas une et contenait un tas de préjugés. Une question à laquelle on ne pouvait répondre qu'avec un sourire amer. Je suis sûre, telle que je connais sa gestuelle, qu'elle se trouvait dans ce cas bien supérieure à celui qu'elle venait de vexer.

Je ne sais plus comment je finis la soirée, mais à peine le couple était-il parti que je prenais énergiquement ma mère par la main au pas de la porte et sans écouter ses « mais Gaëlle lâche ma main », je la conduisis au salon. Mon père qui devinait comment la situation allait tourner nous suivait. Je lançai d'un air autoritaire : « Maman assieds-toi j'ai deux mots à te dire. Papa veux-tu être témoin de notre conversation s'il te plaît ? »

— Ah bon, c'est comme ça maintenant ? dit-elle en exécutant mon injonction.

Mon père, rictus mal dissimulé, s'adossa au mur, près de la photo de son père sur une desserte. Je me mis dans le canapé juste en face de ma mère pour la regarder bien dans les yeux.

— Maman, nous sommes une famille modeste, mais vivons cette modestie dans la dignité. Et tu peux me croire j'en suis très fière. Voyons un peu ce que nous sommes. Tu as fait l'unif et tu en es sortie avec juste ce qu'il fallait sans faire des études mirobolantes. Ton mari est grutier dans une usine qui risque de fermer à tout moment et l'envoyer au chômage. Ta fille n'est pas une lumière non plus. Elle a fait en deux ans une année scolaire que les autres font en un. Bon-papa était un employé de la police et ta maman une femme qui savait à peine lire un nombre à 5 chiffres. Du côté de la famille de papa ça ne vole pas plus haut non plus. Nonno a passé sa vie dans les mines de charbon pour nourrir sa famille et mon adorable nonna était une paysanne illettrée. Ça c'est notre généalogie immédiate et je ne pense pas qu'en remontant plus haut j'arriverai à un ancêtre seigneur, noble ou je ne sais quoi d'autre de ce genre. En plus, personne dans vos familles respectives ne vend des tableaux à des prix exorbitants et on n'a pas eu un quelconque prix Nobel non plus. Alors je ne sais pas, maman, d'où te vient le goût immodéré de te prendre pour une noble, une aristocrate, une « de la bonne classe », selon ton expression habituelle. Maman, il ne faut pas jouer les riches quand on n'a pas le sou disait Brel. Une bague en diamant ne fait pas de toi ce que tu n'es pas. Et en jouant à ce jeu, tu agaces non seulement les autres mais tu fais le vide autour de nous. Tu nous casses les pieds et on nous considère comme une famille infréquentable.

— Tu as fini oui ? dit-elle comme si elle se reprenait.

— Non je n'ai pas fini. Tu places mal ton orgueil, maman. Malgré ce que j'ai énuméré tu as de quoi être fière, mais tu es incapable de le voir. Au lieu de te montrer pour ce que tu n'es pas et de te ridiculiser aux yeux de tout le monde, tu peux être fière de ce que tu as réellement et qui vaut beaucoup plus que cette « bonne société » que tu crois la panacée des choses. Être fière de ton mari qui ne passe pas la moitié de ses soirées au bistro du coin et ne vomit pas au pas de la porte en rentrant. De ta fille, qui ne vient pas trois fois par semaine à la maison avec des microbes ambulants et des mecs baraqués, tatoués et rotant bruyamment. De vos parents respectifs qui ont vécu avec dignité leurs conditions de vie. Si tu plaçais ta fierté en tout cela, tu serais guérie de cette maladie qui te ronge maman.

— Bon ça suffit maintenant, dit-elle. Tu arrêtes ou je m'en vais.

Papa qui était resté silencieux jusque-là, demanda à maman de se calmer « car, dit-il, une fois pour toutes il faut finir avec cette affaire et dire tout ce qu'on a sur le cœur pour ne plus y revenir ».

— Quoi, tu permets à cette gamine d'insulter sa famille pour défendre je ne sais qui ? dit-elle.

— Elle ne défend qu'elle et moi pour avoir été mis à mal bien souvent dans de pareils cas.

— Quoi, je vous mets à mal avec mes questions, c'est ça que vous insinuez ?

— Mais ma chère, dit papa, je dois avouer que c'est de très mauvais goût de demander à un invité, devant sa femme même si celle-ci ne connaît pas très bien le français, combien ça lui a coûté de faire venir sa femme par la Poste.

— Et comme si cela ne suffisait pas, enchaînai-je, tu en sors une autre quelques minutes après en lui demandant de ton air faussement innocent, « au fait, combien de chameaux coûte une femme chez toi » et encore pour enfoncer le clou tu poses une autre question cette fois assez sérieusement « c'est vrai que vous battez vos femmes tous les jours ? ». Maman, tu ne sais pas même qui est cet homme et tu ignores parfaitement quelle place a cette femme dans sa vie. Pourquoi te sens-tu obligée de meubler avec des questions stupides ? Tu me tapes la honte maman. Quand on n'a rien à dire on se tait tout simplement. Zut et zuuuut.

Ma mère, désemparée, regarda papa attendant une perche de sa part. Et il garda le silence en compensation, je suppose, de tous ces moments désagréables qu'il avait endurés.

Le lendemain, je demandai à papa si je devais m'excuser auprès de maman. Il resta un moment silencieux en gesticulant les deux lèvres, montrant qu'il réfléchissait.

— Non, me dit-il finalement. Ne pas t'excuser. Tu avais raison sur toute la ligne. Elle est telle qu'elle est et elle ne changera pas. Ce genre de pathologie se soigne à l'heure actuelle si la personne en est consciente. Et ce n'est pas son cas. Elle va se calmer un moment sous l'effet de tes mots et recommencer plus tard. Mais va quand même l'embrasser et dis-lui que tu l'aimes. Je voudrais que tu en finisses avec l'histoire de ta maman et n'en plus parler.

J'écoutai son conseil. Je ne parlai plus jamais à maman sur ce ton. Et ceci clôt le chapitre de ma mère dans l'histoire que je raconte. Je ne vous parlerai plus d'elle, promis juré.

6

Tubize est en effervescence. Avec elle, toute la région voire la Belgique entière. Elle est l'épicentre d'une secousse qui fait trembler le monde industriel du pays.

Mon ami syndicaliste Eddy se trouve en première ligne d'un combat qu'il prend très à cœur. Il ne tient plus en place, agité, aux aguets de la moindre réflexion qui lui donnerait un argument complémentaire.

— Tu es le seul, me dit-il une fois, que je sens si proche de ce combat et de ma personne. Il me semble que tu me comprends, même tes sporadiques sarcasmes ne me rebutent pas. Tu sais, chaque fois que je repars de chez toi, je me sens ragaillardi, serein et confiant.

— Et pourtant, répliquai-je, je n'approuve pas vos actions et je ne manque pas de te le dire parfois avec beaucoup de méchanceté.

Je me rappelle qu'il avait ri après cet échange, comme il pouvait rire « à la manière des soldats cosaques », remontant son menton vers le ciel, ouvrant grand la bouche en sortant son « hahahaaaaa » tonitruant. Je l'ai toujours vu rire de cette façon. Hormis cette manifestation ostentatoire, il était d'habitude calme dans l'expression de ses sentiments.

Cela n'empêche que je le trouve dans un état particulièrement lamentable ces derniers temps. Ça ne vient pas des tracas du meneur d'hommes, je ne pense pas. Il y est assez habitué pour ne pas se laisser abattre. Comme s'il avait des difficultés à sortir de la tête une réflexion trop encombrante.

Il vient pratiquement tous les jours chez moi, même quand j'assiste à leur interminable réunion syndicale. Il prend un café serré et me rapporte le bilan de sa journée digne d'un Général en campagne. Je l'écoute faisant souvent abstraction de mes avis personnels sur leurs activités. Nos rencontres quasi quotidiennes durent entre une et deux heures et chaque fois il me quitte en me donnant rendez-vous pour le lendemain.

Je fais tout mon possible pour assister à leurs réunions auxquelles je suis cordialement invité par mes collègues de jadis. Cela me touche certes, mais je ne sais pas pourquoi je bénéficie de ce privilège. Leurs réunions ne sont pas à huis clos mais même quand on met tous les non-affiliés et journalistes dehors pour cause de tension extrême je suis nommément invité à rester. Cela m'octroie une place et un privilège que je me dois d'utiliser avec prudence et respect. Je me fais tout petit dans un coin caché derrière les autres. À quelques rares occasions, je refis surface pour donner humblement mon avis lorsqu'ils étaient bloqués sur l'attitude à adopter. Je dois avouer que l'attention était totale, rien à reprocher à l'écoute ni à la prise de note concernant la proposition. C'est comme cela avec tout le monde. Même quand le délégué Sergio, un pontier à l'accent sicilien appuyé, commence à parler en évoquant et paraphrasant son défunt père. Sergio est un homme très particulier, on peut le qualifier de juriste raté. La dureté de sa condition sociale ne l'a pas épargné et il essaie de récupérer à l'âge avancé. Il a souvent un exemplaire du Code civil belge sous le bras et, dès que le temps le permet, il le feuillette et le lit. Les ouvriers viennent parfois lui demander de voir dans « la loi » la solution à leur problème. Il a un vocabulaire de charretier. Il gueule et insulte avec assez d'aisance et je ne sais pas comment il arrive à ne vexer personne.

— Tu regardes un peu Sergio ce que je peux faire ? lui avait demandé un ouvrier d'origine turque au Bistro de Clabecq.

— Si si Abbas j'ai trouvé. Il n'y a pas de solution dans ce cas. Entre toi et ta femme la loi est du côté de ta pute.

— Comment ça, rétorqua Abbas, quelle est ma faute ? Je vis comme un idiot moi.

— Idiot non, comme un chien, avait conclu Sergio. C'est connu tu sais : les hommes mariés vivent comme des chiens et meurent comme des rois, les hommes célibataires vivent comme des rois et meurent comme des chiens. Tu as pigé dans quelle merde tu t'es fourré ? Mais ne t'en fais pas, au moins tu vas mourir comme un roi. On assistera tous à tes funérailles et on te rendra hommage à coup de grands discours.

Je connais Sergio depuis le temps de mon engagement aux Forges. Eddy m'amenait le premier jour à mon poste de travail quand je passai devant le sien. Il me salua, la main sur le boîtier à commande. Son sourire était un souhait de bienvenue. La deuxième personne dont je me suis rapproché par la suite, c'était lui.

Malgré la tension extrême au sein de l'usine, une chose assez remarquable pour quelqu'un de fragile comme moi, c'était cette ambiance détendue entre les travailleurs. Tu étais vite abordé et entouré de quelques personnes.

C'était grâce à Sergio et Eddy que j'avais appris à connaître la Belgique. Nouvellement arrivé, je ne connaissais rien de ce peuple qu'ils m'ont appris à aimer par la suite. J'avais sauvé ma peau certes, mais je devais entamer une nouvelle vie dans un pays dont j'ignorais tout. Et cela commençait par le travail. Ainsi, mon statut d'ouvrier intérimaire aux Forges était ma première porte d'entrée à ce recommencement. Une porte qui donnait sur un monde agité, un monde de feu, de muscles, de gueules encrassées, de revendications syndicales. Bref, un monde de lutte et de combat pour se faire une meilleure place. Tout ce que je venais de rejeter au prix d'un grand effort intellectuel. Je voulais supprimer le mot lutte de mon langage, de mon vocabulaire, de ma manière d'être telle que j'avais été jusque-là. Et voilà que dans une usine sidérurgique où l'on ne parle que de combat, je rencontre deux êtres qui sont d'accord avec moi. Très bizarrement, ils détestent le poing fermé au même titre que moi, mais sont engagés pleinement dans une bataille dite de classes sociales. Et, paroxysme de la contradiction, ceux-là, Eddy et Sergio, n'y vont pas avec le dos de la cuillère. Ils sont délégués et le deuxième surtout est un agitateur renommé, respecté des ouvriers et méprisé grandement par la direction. Bref des gens complexes, compliqués, ô combien solides et dignes de confiance. Dès ma première rencontre avec eux je savais que j'aurais du mal à confirmer ce que j'avais construit dans ma tête ces derniers temps. Cette fois-ci, je ne devais pas expliquer certaines choses uniquement à moi-même. J'avais en face de moi deux hommes adorables et aimables à qui je devais donner autant qu'ils m'avaient offert si généreusement. Je me devais de temps en temps de rompre le silence et de répondre clairement à leurs questions. Et ça risquait d'être très dur, car je n'avais pas encore échafaudé totalement mon credo. Idéologiquement, ils étaient à un endroit que j'avais quitté, renié, rejeté. Ils avaient leurs raisons qu'ils exprimaient avec clarté et j'avais aussi les miennes perdues dans les dédales de mon esprit agité.

J'avais tourné le dos à mon passé de combattant, à ne plus vouloir mourir arme en main, à être un bouclier et un porteur de drapeau. J'avais abandonné toute idéologie de lutte, de prise de position et voilà que par la force des choses j'étais témoin, sinon impliqué, dans tout ce que je voulais refuser dans ma nouvelle vie en Europe. Et cette fois-ci ma lutte n'était pas une lutte solitaire avec mes ombres. Deux gars d'origine italienne, deux hommes pétris de bonne volonté et d'énergie débordante d'une culture syndicaliste et de revendications ouvrières me faisaient face, non pas avec hostilité non, mais avec tellement d'amitié et d'attention que j'avais honte de leur en vouloir. Pour le peu que je les mettais au courant de mes états d'âme, ils étaient d'une indulgence indescriptible. Mais cela ne les empêchait pas de me contredire avec autant d'égard et de sévérité qui les caractérisaient. Je me rappelle qu'un jour j'avançai le mot « non violent », en me positionnant comme adepte de la non-violence. Eddy se contenta de me regarder d'un air amusé, par contre les mots de Sergio, non moins pertinents, raisonnent encore dans ma tête après autant d'années : « Ça ne sera pas avec moi. Si c'est nécessaire je défendrai, moi et les miens, à coup de fusil. Être non violent à tout prix quand il y a autant de connards dans ce monde ? Non. »

On était en 1987 et maintenant, après plus ou moins dix ans, je les vois toujours en première ligne. Nos chemins se sont séparés, je suis devenu concierge d'une école un an après notre rencontre et eux sont toujours sur les barricades pour défendre leurs droits. Malgré nos discussions interminables, parfois très animées, je ne me suis pas laissé retomber dans ce que j'étais et refusais désormais d'être : un combattant. Plus jamais je ne me permettrais de poser un regard désobligeant et méprisant sur quelqu'un même si...

— Même si quoi, dis ? Même si on bat à mort ton vieux père à la jambe brisée devant toi pour te faire cracher les infos ? me dit cette fois Eddy reprenant l'histoire que je leur avais racontée, celle d'une de mes amies qui avait subi ce sort. C'est ça que tu veux dire ? Non mon ami, on est des hommes et on le reste avec tout ce qui nous appartient, tantôt bonté, tantôt violence. À chaque jour sa peine et son plaisir.

Depuis 10 ans, j'ai fait du chemin pour pacifier mon âme, panser mes blessures et je ne compte plus revenir en arrière. Je laisse aux autres leur monde et je plonge dans le mien et si par hasard ces deux se croisent, je me tourne de quelques degrés et je passe mon chemin.

Les discussions avec Sergio et Eddy m'ont aidé à approfondir ma pensée. J'avoue que je me sentais souvent démuni devant leurs raisonnements implacables. Mais j'avais appris à garder le silence et à trouver la solution au cours de mes réflexions solitaires.

Après quelques années d'accalmie, les Forges de Clabecq bouillonnent encore. Nos rencontres sont de nouveau animées par l'actualité. On se connaît trop bien après dix ans d'amitié et on n'essaie plus de se convaincre comme jadis. On communique simplement des réflexions et on échange des idées. Ces années passées ont fait de nous des gens installés dans l'âge. Plus posés, plus mûrs et chacun sait comment il est fait. Mais le passage du temps a apporté une nouveauté pour moi. Il y a maintenant un visage que je vois quand la dualité et l'incompatibilité de nos points de vue font débat. C'est celui de Gaëlle.

Elle se situe précisément à l'interstice de cette opposition entre son père et moi. Héritière de l'énergie débordante et du sang chaud italien de son père, c'est une fille qui est capable d'avoir une poigne de fer. Mais visiblement elle a des réticences pour suivre cette voie et s'attarde beaucoup sur ma position. Assez précoce, elle a commencé très tôt pour les gosses d'ici à se lancer dans ce genre de débats d'idées. Les jeunes de son âge, je suis bien placé pour le savoir, sont à mille lieues de son cheminement intellectuel.

Je me rappelle qu'Eddy m'avait dit que sa fille, en 3e secondaire à ce moment-là, avait brûlé tous ses vêtements dans le jardin et ne circulait qu'avec ce qu'elle avait sur le dos. Et puis j'entendis parler d'elle à l'école quand elle commença à mettre ses profs en boule avec son « je ne sais rien car je ne pense pas ».

J'y vis tout de suite l'impact de la traduction en français d'une poésie de Hafize que j'avais faite et transmise à son père. Hafize disait qu'il s'inclinait devant la volonté ardente de celui qui se libère de toute appartenance. Et c'est là que surgissait le génie de Gaëlle, cette fillette toute mignonne de 15 ou 16 ans. Elle avait fait la liaison entre le choix d'une pensée et les contraintes d'une appartenance, entre ce qu'elle voulait et ce à quoi une fille de son âge s'identifiait, vêtements, bijoux en cordes tressées, bracelets de billes de couleurs, etc. Je vous avoue que cela m'amusait au début et flattait mon ego d'être à l'origine d'une telle influence. Mais quand Gaëlle rata son année scolaire je tombai dans une profonde dépression. Je me maudissais et me punissais moi-même, non pas pour cette influence impossible à contrôler que l'on peut avoir sur les autres non, mais pour cet orgueil que j'éprouvais. Le même orgueil que je ressentais dans le passé quand je finissais l'écriture d'un texte qu'un ami allait lire lors d'une grève d'étudiants à Téhéran. Il l'avait lu et à la sortie de l'université il avait été tabassé à mort par les Hezbollahs. Les mains qui avaient fracassé le crâne, brisé plusieurs côtes et un tibia de mon ami n'étaient pas les seules responsables. La mienne était tout aussi coupable en mettant des mots les plus percutants sur papier avec toute la satisfaction du monde. Cet orgueil m'avait empêché de penser à ce qu'adviendrait de celui qui allait le lire. Avais-je le droit de me sentir innocent quand j'envoyais quelqu'un à la mort ou faire perdre une année scolaire à une fillette ? Gaëlle avait le courage de brûler ses fringues, en avais-je autant à me libérer de mes appartenances ? Ce que Hafize prônait n'était sûrement pas de se débarrasser de ses petits conforts matériels. Il ne volait pas si bas, lui. Il visait la certitude et l'opiniâtreté d'avoir raison et l'ensemble des faits et gestes pour les justifier et les admettre.

À la sortie de cette dépression, ou grâce à Gaëlle, j'avais monté une marche encore sur cette voie que j'avais entreprise. Je démantelai une fois encore cruellement et sans concession toute ma structure mentale. Je m'efforçais à penser autrement les choses auxquelles je croyais depuis toujours. « Très bien, je me disais, tu as raison, mais mets ça de côté, tu peux y revenir après. Es-tu sûr que ça ne peut pas être autrement ? » Et chose incroyable, je trouvai à chaque coup ma démarche justifiée après de longues réflexions ou des lectures étalées dans le temps. Je pouvais donc toujours faire autrement et oublier ma certitude initiale. C'est ainsi que je remarquai avoir été formé par un ensemble de mauvaises leçons véhiculées depuis des générations par mes semblables. Le goût de cet héritage m'était très amer, son poids pesait lourd sur mon dos et il me fallait un outil plus performant que la réflexion solitaire pour m'en débarrasser. C'est ainsi que je projetai, l'été suivant l'année où Gaëlle avait redoublé, une randonnée solitaire d'un mois dans les montagnes. Quelque chose me disait qu'en altitude, plus près du ciel, je pouvais me faire quitte de ce désordre dans ma tête, déposer par terre cette charge du passé et dire respectueusement à ceux qui me les avaient donnés en héritage : « Mes chers parents-ancêtres-amis, voilà ce que vous m'aviez confié. J'en ai pris soin, je l'ai conservé jusqu'à présent au prix très fort de l'égarement, du mensonge, du sang et de la vie humaine. Sauf votre respect, à partir de maintenant je ne veux plus de votre héritage, je vous le rends. »

Mais jusqu'à cette randonnée salutaire il me restait encore quelques mois à finir mon travail de concierge et les réunions presque quotidiennes avec Eddy. Et encore plus important, les examens de fin d'année approchaient et je me devais de soutenir Gaëlle qui avait bien décidé de réussir cette fois.

7

Afshine est venu en Belgique avec une seule valise de taille moyenne, une chaîne et une bague en or destinées à être vendues en cas de besoin, 200 dollars, un diplôme d'immunologie, beaucoup d'expérience en matière de contestation estudiantine, un esprit révolutionnaire affûté de tendance marxiste-léniniste et un grand mépris envers le capitalisme. « J'avais amené surtout avec moi beaucoup de prétention, de certitudes et de préjugés, dira-t-il plus tard au sujet de lui-même. J'étais l'homme qui connaissait tout, comprenait les choses que les autres ne comprenaient pas. Je regardais avec un sentiment fort péjoratif toute hésitation, tout tâtonnement de ce qu'il fallait faire ou dire. Tout était clair et net pour moi et les Belges qui haussaient les épaules et faisaient un bruit avec leur bouche avant de dire qu'ils ne savaient pas m'amusaient et me faisaient sourire. C'est vrai que je n'avais jamais autant auparavant entendu les gens dire : je ne sais pas. »

Afshine était particulier sans être pire que nous. Une manière de parler et de raisonner très lente, parsemée d'affirmations multiples. Cela le rendait parfois difficile à supporter. Il ne semblait pourtant pas imbu de sa personne et je ne pouvais pas l'accuser de fausse modestie non plus vu l'état dans lequel il s'était mis.

Comment et à partir de quand a-t-il commencé à changer, je ne sais pas, mais je suis sûr que c'était quasi tout de suite après son arrivée en Belgique. Je me demande même si le ver n'était pas dans la pomme avant le voyage. La métamorphose d'Afshine ne s'est pas faite en une seule fois. Vous imaginez un homme pétri dans d'idéologie, de prise de position hargneuse où l'on dit soit oui soit non et le milieu n'existe pas, un homme de combat, de lutte et d'action se muer en une seule fois en homme de dialogue, de relativité et de permissivité ? Non, je suis sûr qu'il a eu de durs moments avec lui-même pour se défaire de ce carcan qui l'enveloppait en arrivant en Belgique. Il faut dire qu'il a tellement bien réussi dans cette lutte avec lui-même qu'il va maintenant dans le sens opposé. Il a en quelque sorte jeté le bébé avec l'eau du bain et refuse toute implication sociopolitique. Décidément, Afshine ne peut pas tenir le juste milieu. Il doit être d'un côté ou de l'autre. Un peu de tout n'est pas dans sa manière d'être. Je ne l'ai jamais vu voter l'abstention quand il travaillait aux Forges. Pour lui, soit tu es d'accord soit tu ne l'es pas, point barre. Une discussion violente nous opposa un jour à la sortie d'une réunion concernant mon vote d'abstention. Il estimait qu'en tant que délégué, je n'avais pas le droit de m'abstenir, donc de prendre une position de compromis. Et il était impossible de lui faire comprendre que notre système était fait de ce genre d'accommodements. Nous n'allons pas à des réunions avec l'idée de casser la gueule de notre interlocuteur. On y va pour faire un pas en avant et un pas en arrière. Le mot compromis, à ce qu'il me dit plus tard, est une injure, une insulte et une position insoutenable dans la culture politique iranienne.

Vous vous rendez compte, un homme si buté et si catégorique se transforme en un être adorable auquel il ne manque que des ailes. Et cela ne se fait certainement pas en un jour. Derrière son apparence toujours en ordre, habits et coiffure soignés, barbe rasée de près un jour sur deux, il devait y avoir un champ de bataille pas joli à voir. Il ne m'est pas difficile de l'imaginer pendant la solitude de ses soirées, visage décomposé d'effroi, s'obligeant à se défaire de notions bien ancrées et prenant de la distance des êtres les plus chers avec lesquels avec lesquels il avait vécu et grandi. Le petit texte de l'histoire de sa 1ère fête du travail en Belgique, que Gaëlle m'apporta en feuilles volantes, me hérissa les poils d'horreur. Elle avait vu cette nouvelle chez lui, parmi ses écrits et l'avait empruntée. Gaëlle me la donna, les yeux rouges et un joli sourire qui trahissait son amour pour Afshine. Après dix ans d'amitié, j'avais un élément de plus pour connaître le monde de mon ami. J'aurais dû être là pour l'aider lors de ses premiers mois dans un pays si étrange à ses yeux.

Ce qui suit est écrit de sa main et je le rapporte tel quel. Parle-t-il de lui-même ? Je ne sais pas et peut-être que je ne le saurai jamais. Les écrivains, c'est une drôle de race, disait Afshine lui-même. Ils manient le mensonge avec la subtilité d'un chef cuisinier utilisant les épices. Mais quoi qu'il en soit, cette nouvelle de quelques petites pages montre dans quel état Afshine était lors de son arrivée en Belgique. Ça lui ressemble très fort. Même si ça me fait mal au cœur, je pense qu'il aurait pu mettre son propre nom à la place de « il ».

L'assistante sociale lui demande :

— Donnez-moi votre pièce d'identité, s'il vous plaît.

Il lui tend avec respect sa carte orange. L'employée jette un regard au recto-verso de cette carte si inhabituelle et peu courante. Elle l'examine sous toutes ses coutures et puis se penche sur le formulaire. Quelques minutes plus tard :

— Voilà, dit-elle en pointant le bic au début de la deuxième page. Et maintenant quelques autres questions. Nom du père ?

Il le lui donne, l'épelle aussitôt face au désarroi de son interlocutrice. Il n'attend pas la question suivante, articule le nom de sa mère. L'épelle aussi.

— Leur date de naissance ?

Il ne les sait pas au juste, mais il lui dit une date qu'il avait arbitrairement établie lui-même.

— Frère et sœur ? Par ordre s'il vous plaît.

Oh ! C'est un os cette question. Comment peut-il le savoir ? Il y en a une douzaine, peut-être deux ou trois en plus n'ayant jamais atteint un âge qui vaille la peine d'être né.

Chaque fois qu'il doit répondre à cette question il a la nausée. Ses mains deviennent moites. Le visage de ses frères et sœurs, petits, morveux, sans chaussures, grands, paraffinés, à la mode pour deux d'entre eux, défile de-

vant lui. Ils n'ont pas d'âge ! Jamais il n'a connu leur âge. Ils sont là. Ils sont vivants. Peu importe le reste. Mais si. Il faut remplir les formulaires.

La première fois qu'il vit une case concernant le nombre d'enfants, il fit la grimace. Un, deux, trois, quatre. Quatre places. Mais oui, mon vieux, ici on en fait quatre tout au plus. Pas comme chez toi. Papa boit son thé, maman crie, non elle pousse, voilà un petit frère. Les gosses ont bien mangé, il fume encore sa cigarette sans filtre, elle pousse de nouveau, voilà une petite sœur. Une concurrence loyale avec la chienne de la rue. Alors, on remplit ces putains de cases ? Que faire ? Écrire voir ci-joint ? Ridicule ! Tu en choisis quatre et tu laisses tomber le reste. Invente leur date de naissance et leur emploi. Mais rappelle-toi, partout ça doit être pareil. Est-ce possible ?

Elle préfère lui confier le papier. Il le lui rend 15 minutes après, les mains trempées.

— Maintenant, le volet C, dit-elle. Niveau d'études, qualifications ?

Il lui tend son diplôme d'université. Elle regarde un peu le document dans une langue qui lui est tout à fait inconnue.

— C'est quoi ça ? Vous n'avez pas sa traduction ? L'avez-vous homologué ?

Il lui explique la nature de son diplôme. Mais à défaut d'un document conforme, elle ne peut rien indiquer de précis.

— Quand vous aurez mis vos documents en ordre, vous revenez et je corrigerai votre dossier. En attendant

vous pouvez faire quelque chose, travail manuel, intellectuel, autre chose que la médecine ?

— Non.

— Pourtant, je dois vous répertorier.

— Quand j'étais gamin, dit-il comme s'il se rappelle de lointains souvenirs, mon père me confiait chaque année à un artisan pendant les grandes vacances. Fabricant de paniers, de caisses à raisins, apprenti chez un maçon, chez un cordonnier, quelques mois chez un coiffeur, dans des épiceries. Je sais tout faire et rien. Oh, Si. J'ai fait la révolution. Ratée, mais j'y étais très actif et courageux et personnellement je l'ai bien faite. Oui. C'est ça. Notez révolutionnaire, agitateur.

— Nous sommes en démocratie monsieur, rétorque-t-elle, amusée. Plus besoin de révolutionnaire ni d'agitateur. Nous dialoguons ici, nous ne cassons rien.

— Et pourtant. Ça fait du bien madame, vous savez. Quand certaines limites sont atteintes il faut casser tout pour recommencer. On arrache une dent trop pourrie. Mais qu'est-ce que je suis bête. Cracheur de feu. Oui, notez ça, s'il vous plaît. Je le fais très bien.

Elle l'écoute, perplexe et incrédule. Les muscles de son visage font des mouvements compulsifs. Elle ne sait pas qu'en penser pourtant griffonne quelques mots. Heureusement, le reste est réservé à l'administration et sera fait par la suite. Soulagée d'avoir fini avec quelqu'un de si bizarre, elle remplit une petite carte et lui attribue un numéro de registre.

— Voici votre carte d'inscription, dit-elle. Vous êtes

inscrit dans le domaine du cirque. Chaque fois que vous passez ici présentez-la. Pour l'instant il n'y a rien pour vous.

— Vous avez oublié la date, madame.

Elle reprend la carte et y mentionne le 28 avril 1985.

Il est midi, l'estomac crie famine. Une baguette fera l'affaire. Il mord dans la croûte.

— Cirque. Révolutionnaire. Chienne de vie ! marmonne-t-il les mots et les idées pêle-mêle. Il ne me reste qu'à faire le guignol. Tu passes ton temps à demander la justice, une vie meilleure et on te propose de faire le clown. Cracheur de feu. C'est vrai. Mais pas partout nom de dieu. Je n'ai jamais demandé un sou. J'amusais soit, mais je servais surtout. On était content de me voir dans leur rang. Chacun avait son arme, moi la mienne. Pas moins efficace que les autres. Une bouteille d'essence et un briquet. Un cracheur de feu. Dix bouteilles d'essence et dix briquets. Dix cracheurs de feu. Nous choisissions le bon moment. Puis, tout à coup, dix bouches de dragon. C'est comme ça que nous faisions notre coup. Nous apportions notre contribution à cette putain de révolution. On nous cherchait plus que quiconque dans une manifestation pour nous faire la peau. Cirque. Clown. Merde alors.

Il continue à penser et à déambuler dans les rues de Bruxelles. Tout près de chez lui, à un carrefour, il s'arrête entre deux rues. Hésitant. Sa chambre exiguë ou les petites mains de Nadine. Quelques minutes plus tard, il pousse sur la sonnette. Elle ouvre. On s'embrasse. Dans la chambre, il lui relate sa journée. Elle a un sourire amer. Ça fait quelques mois qu'elle l'accompagne sans pouvoir faire quelque chose pour lui. Elle sait tout de lui. Ils s'amusaient en remplissant les formulaires en tout genre. Celui du bureau d'immigration, des Nations-Unies, du CPAS, du ministère de la justice, de la croix-rouge, de Caritas, de l'école de langue. Elle était complice de tout ce qu'il inventait pour noircir le questionnaire d'un fast food. Il lui laissait le champ libre pour remplir celui de Colruyt, expliquer la motivation de son choix, de ses hobbies et de ses loisirs. Que d'âneries ! Quelle motivation peut-on avoir pour travailler quand la poche est souvent désespérément vide ? On demande à un chômeur, à quelqu'un qui est dans le pétrin financier, qui compte ses petits sous pour s'offrir parfois une couque suisse, quels sont ses hobbies et ses loisirs. De quoi ils parlent ces gens ? Quel hobby, quel loisir quand on vit dans la détresse permanente ? Heureusement que Nadine était là. Elle savait comment répondre. Elle connaissait le langage des siens. Alors elle répondait que le nom de Colruyt l'avait toujours fasciné et qu'il rêvait de faire partie de leur équipe, etc. Ô sacrée Nadine va ! Elle savait comment utiliser les mots qui ne voulaient rien dire.

Le soir tard, ils reprennent le fil de l'histoire du jour en sirotant un thé.

— Si on me veut en amuseur, je le serai. Mais sache que pour moi ce sera la fin du monde.

— N'exagère pas. C'est pour gagner ta vie, dit-elle. Il n'y a pas de honte à travailler dans un cirque. D'ailleurs, c'est un travail tout à fait respectable d'amuser les gens.

— Soit, dit-il un nœud dans la gorge. Je vais jouer devant les gens, mais que ferai-je alors avec mes rêves de chercheur en science ? Comment dois-je répondre aux énormes sacrifices que mes parents ont consentis en me payant des études ?

— Crache-les mon amour, crache-les en même temps que les flammes vers le ciel.

Le lendemain, il se munit de ses instruments et prend le chemin de la Grand-Place. À peine quelques bouffées de pétrole, un policier lui demande son autorisation.

— Autorisation de quoi ?

— D'artiste ambulant.

— Regardez toutes ces pièces que les gens me jettent. Je les amuse, ça ne suffit pas ?

— Pas de discussion, ramasse tes affaires. Que je ne te voie plus par ici.

— Tu vois Nadine — lui dit-il au soir un peu soulagé de cet arrêt de travail — on ne peut même pas être guignol. Il faut un visa pour tout.

Une larme perle sur la joue rosée de Nadine. Elle ne sait plus que faire pour cet homme qu'elle a littéralement ramassé à la rue. Le malheureux était exténué de faim et de soif derrière la grille fermée d'une station de métro en grève pendant tout un week-end. Personne n'accédait à sa demande de téléphoner à la police pour le libérer. Les gens accéléraient le pas quand il les interpellait. Il était là tel un chien errant. Nadine s'était arrêtée et avait fait le nécessaire pour le libérer et ensuite elle le prenait chez elle. Quelques jours avec elle l'avaient remis de ce traumatisme qu'ils évoquaient parfois en riant. Depuis quelques mois, il ne dort plus dans la rue certes, mais elle remarque que toutes les portes lui sont fermées. Aucune perspective ne se présente à ce gars qui visiblement a quelques aptitudes et aussi un diplôme en poche.

C'est pour détendre un peu l'ambiance qu'elle lui propose une prestation d'artiste pendant la manifestation du 1er mai 2 jours plus tard.

— Oh oui. Ma première fête du Travail sera bien chaude dans ce pays.

Nadine fait une grimace et il se met à pêcher dans les souvenirs des grands moments.

Le matin du 1er mai, il refuse catégoriquement la compagnie de Nadine. « Une fille si fine n'a pas sa place dans... » Dans quoi ? se demande-t-il. Que vais-je faire ? La casse, la révolution ? Oh non. Ne recommence pas. La révolution c'est bon quand on la fait, mais après, c'est le bordel. Tout comme boire : pendant, c'est gai, après, c'est la gueule de bois. Regarde-toi, un réfugié, un clown, une gueule de bois. Ça te va ça ?

Il range et reprend quelques fois sa bouteille. Il est comme un paysan qui a des fourmis dans les jambes à l'arrivée du printemps. Il endosse finalement un vieil anorak, histoire de ne pas le regretter après les bagarres. Il serre bien les lacets de ses baskets, met la bouteille dans une poche et le feu dans une autre.

Pendant tout le trajet jusqu'au centre de Bruxelles, il se répète des phrases qui l'ont toujours aidé à prendre des décisions. Des mots et des idées empruntés à ses lectures dissidentes. Il se sentait d'ailleurs redevable de cette littérature ayant formé son credo et celui de toute une génération de son pays. Ces phrases, même les titres des livres, bouillonnent dans sa tête. « Un loup reste un loup, se répète-t-il, même s'il vit avec les hommes. Prive le feu de la chaleur et de la lumière, il n'en restera rien. C'est bon pour la poubelle. Va, reprends ton rôle dans la société. Tu es la tempête, si tu te calmes, tu es mort. Vive les travailleurs. Vive les travailleurs. »

Cette dernière phrase, il la crie de toutes ses forces. Les gens le regardent d'un air bizarre. Il avale sa salive.

Les rues du centre de Bruxelles sont combles, son bonheur aussi. Il regrette son hésitation de départ devant la foule et les bannières niquant le ciel du « capital bouffeur du monde ». La couleur rouge lui est familière, ainsi que les portraits et les regards de Marx et du Che. Son cœur bat à nouveau l'espoir. Il n'avait point imaginé tant d'enthousiasme de la part de ces gens. Il se demande avec étonnement où étaient tous ces communistes dont il ne voyait aucune trace au quotidien. « Un marxiste-

léniniste doit rester un marxiste-léniniste même en s'appuyant contre un réverbère. » Mais alors pourquoi ne les avait-il pas vus jusqu'aujourd'hui ? Mais cesse de broyer du noir, se dit-il, ils sont là maintenant et c'est ça qui compte. C'est peut-être intelligent de ne pas s'exposer inutilement à la cruauté et à la persécution de « l'Impérialisme ».

Pourtant quelque chose cloche et lui échappe. Les manifestants sont souriants, bien habillés, relax, comme on va à la foire, au cirque, au feu d'artifice. Sont-ils conscients du danger que représente la fête du 1er mai ? se demande-t-il. Chez lui, chacun sort en ayant rédigé ses dernières volontés. C'est le jour des adieux, ne point revenir, ne jamais revoir son aimé, faire face aux policiers et à l'armée et recevoir une balle dans le ventre. Évidemment, tu ne te rends pas à un tel rendez-vous tout endimanché.

Il est aguerri. Il sait où se placer pour mieux voir l'ennemi et donner son coup en temps utile. Pas dans la foule, il y serait embarrassé. Ni sur le trottoir, il y serait trop visible et ne gonflerait pas les rangs non plus. Il se met à la lisière pour jouer à la fois son propre rôle et protéger les autres. Il avait affiné avec ses amis, au cours des années de protestations réprimées violemment, toutes les règles du combat de rue. Il savait quand rester calme même lorsque la distance avec l'oppresseur n'était que d'un bras.

À chaque instant, il enregistre automatiquement les nouvelles données : les coins des rues, les poteaux d'éclairage, la profondeur des rigoles, les porches des maisons pouvant offrir une protection, les portes entrouvertes, un soldat énervé, l'autre fatigué, les agents en civil.

Sous la bannière des rouges et dans l'ombre de Marx, il est vigilant, aux aguets. Sa main humide tient le goulot de la bouteille dans sa poche. La longue rue qui achemine les manifestants est bondée. On ne voit pas le bout, ce qui lui donne beaucoup d'espérance. Mais cela ne le rassure pas. Il sait par expérience qu'en dix secondes tous ces gens-là peuvent disparaître. La fragilité de la foule ne lui est pas inconnue. « Un jour on vous autorise à manifester, on est des milliers, disait un de ses amis d'antan. L'autre jour on vous tire dessus, il ne reste que quelques-uns. Vous voyez, la dictature n'est pas loin de la démocratie. La distance que le doigt parcourt pour pousser sur la gâchette. » Des formulations faites en prêt-à-porter. Il est constitué de ces idées-figées-bloc-savon. Il se nourrit d'un nombre incalculable de phrases toutes faites. Mais ces derniers mois tout s'effrite et se décompose en lui. Petit à petit, mais insidieusement.

Plus il est attentif plus il voit des éléments perturbants. Il voit les gens quitter les rangs pour aller s'acheter de la crème à la glace, des popcorns, de la barbe à papa. Les policiers piétinent. Les agents en civil assez nombreux n'ont pas l'air de trop s'inquiéter. Un cracheur de feu amuse des passants. Il a envie d'aller lui demander un peu de dignité. Mais si le bonhomme lui réplique qu'est-ce que ça veut dire, que pourra-t-il répondre ? Il est consterné, perdu. Il se sent inutile parmi tant de bavardages décontractés, de sourires et d'expressions de joie.

Il quitte la lisière, s'enfonce dans la foule pour s'y perdre. Un sentiment embarrassant commence à le ronger. Le sentiment de s'être trompé de foule, de milieu et d'appartenance. « Quand le tam-tam change de rythme on change son pas aussi, sinon on a une danse ridicule. Tu as changé de pays, de culture, de peuple, une vision des choses contre un autre regard sur le monde et tu n'as rien compris. Tu continues à danser comme avant à un rythme visiblement tout à fait différent et tu es ridicule. Ici, tu es inutile tel que tu es. Tu les vois, ces gens, avoir besoin de toi ? De ton esprit de guerrier, de tes allégories périmées de loup, de feu et de tempête ? De ta protection stupide de cracheur du feu de dragon et des conneries pareilles ?

Le cortège arrive au niveau d'un pont. Il le quitte, gravit les marches nonchalamment. Du haut du pont parmi quelques badauds, il observe cette bande colorée d'êtres humains. Des mots s'entendent dans sa tête, des visages défilent devant ses yeux. La policière rigole. L'assistante sociale demande le nom de son père. Le tortionnaire frappe plus fort, l'autre interroge : combien, fils de pute, combien êtes-vous ? Quinze, fabriquer quinze cageots à raisins par jour, c'est peu, c'est trop peu, crie le contremaître. Nadine toute nue, bouge les fesses blanches en l'air, remplit la case des hobbies et des loisirs. Tu veux être un footballeur ou un pêcheur, lui demande-t-elle en le déshabillant du regard ? Combien de frères et sœurs s'il vous plaît ? Madame, il manque la date. Pourquoi avez-vous quitté l'Iran ?

Il a la main toute moite. Le goulot de la bouteille d'essence est glissant. La foule passe en dessous de ses pieds tel un serpent. Il sort la bouteille prudemment. Il la regarde un instant, puis s'adresse à son voisin, un quinquagénaire barbu et hirsute.

— Vous ne voulez pas cette bouteille d'essence monsieur ?

L'homme le regarde d'abord amusé et souriant, puis ses yeux deviennent ronds, grands et inquiets.

— Que voulez-vous que j'en fasse ?

— Rien, c'est de l'essence additionnée d'huile d'olive. C'est bon pour les cracheurs de feu. Je n'en ai plus besoin, je ne veux plus cracher du feu.

L'homme presse ses lèvres l'une contre l'autre en poussant les commissures vers son menton et accepte avec hésitation cette offre saugrenue.

Débarrassé, il enfonce sa main dans la poche, le nez dans son col relevé et prend la direction de l'appartement de Nadine.

Il a les idées très difficiles à mettre les unes derrière les autres. Mais quelque chose lui dit qu'au bout il y a la lumière. Il a vu une lueur, croyez-moi.

8

La dernière année de secondaire ne me semblait pas compromise, mais autour de moi tout était en ébullition. Les Forges de Clabecq en grande agitation me concernaient par ricochet. Tout aussi important pour moi, Afshine m'apportait énormément de matière à penser.

Quant aux études, je ne savais pas encore qu'en penser. Elles faisaient partie des options qui se présentaient à moi. Un mouvement pendulaire entre mon père et Afshine occupait mes jours et mes nuits.

Ils représentaient deux mondes opposés et je ne pouvais faire mon choix. Refaire le schéma classique d'une vie ordinaire, travailler, accumuler, me faire une place en jouant des coudes, avoir un poing de fer et être une battante, une excellente syndicaliste, politicienne, fonctionnaire ? Tel qu'était mon père défendant ardemment sa position en jouant son rôle au sein des Forges de Clabecq moribondes. Ou dire non à ce chemin tout tracé, offrir au lieu d'accumuler, faire don de mon temps et de mes capacités au lieu d'être compétitive et égocentrique, tendre la main ouverte vers les autres et non pas les garder à distance en la fermant, refuser toute fonction m'opposant à quiconque, bannir de mon vocabulaire les mots combat, lutte et compétition ? Position préconisée par Afshine qui la mettait au grand jour lors des discussions avec mon père et moi.

J'avais certes quelques mois avant les examens de fin d'année et de décider si je continuais des études ou non. Mais en attendant ni Afshine ni mon père ne me facilitaient le travail non plus. Il faut dire qu'ils étaient tellement absorbés par l'actualité que je n'avais visiblement pas de place dans leur planning. C'était en quelque sorte un champ de bataille où ceux-là s'affrontaient et moi, la spectatrice. J'allais définir ma vie future en fonction du résultat.

Je n'assistais que rarement à leurs discussions. Par contre, je prenais le temps de les interroger sur leurs positions respectives. Je menais ma vie et eux la leur et parfois ces trois se croisaient à mon grand plaisir.

Comment ces deux-là étaient amis, je n'en savais rien. Et après des années, je ne comprends toujours pas ce qui avait uni mon père et Afshine par ces moments si durs de la période de fermeture des Forges de Clabecq. Je ne voyais à vrai dire aucun point commun entre ces deux hommes. L'un bavard, l'autre silencieux, l'un réfléchissait en parlant, l'autre réfléchissait avant de parler. Mon père était spontané, avait un avis sur tout, répondait avant la fin de la question, répétait quand il avait raison, insistait et martelait quand ça ne passait pas et dans ce cas ses mains brassaient l'air, il ne manquait pas sa deuxième assiette de pasta et buvait beaucoup. Afshine était tout le contraire. Ce qui me fascinait surtout chez lui c'était ces yeux vifs et ses petites lèvres charnues. Ç'aurait été un bonheur si je pouvais les avoir sur les miennes.

Leur monde était antagoniste et leurs idées auraient pu les mettre dos à dos vu les moments difficiles que passait mon père. Eh bien non, ils s'aimaient d'un amour fraternel et se voyaient presque tous les jours. Notez, j'étais ravie de les voir ensemble même quand la discussion prenait un goût amer et se profilait, croyez-moi, un claquement de porte. Alors, par magie, à un moment donné la tension retombait, les visages devenaient moins sévères et les sourires détendaient leurs traits.

Ce qui mettait surtout mon père en boule c'était cette mise en question de leurs actions syndicales. Non qu'il fût buté non, il disait que c'était leurs seuls choix efficaces, légitimes et légaux pour améliorer leurs conditions de travail. Et si l'on mettait cela en cause, il fallait proposer un autre outil protecteur des droits des ouvriers. Afshine avait décidé d'être sourd à ce raisonnement. Pour lui le monde devait tourner autrement qu'uniquement sur le mode d'action-réaction. Tant que l'on se mettait dans cette logique, il y aurait toujours des affrontements.

— Bien sûr, disait mon père, et nous allons au-devant de cet affrontement parce que nous avons le droit et le devoir de leur faire face.

— En quoi montrer ses poings fermés vous avance-t-il ?

— Tu caricatures notre rôle. Mais si tu veux savoir à quoi cela nous avance, je vais te le dire moi. Écoute bien. Il y a à peine 15 ans, les ordres de nos contremaîtres aux ouvriers étaient verbaux et manuels. Tu as bien compris, ordre manuel autrement dit des baffes et des coups de pied. Va décharger cette benne et un coup de poing entre les omoplates, etc. Tu te rends compte, mon père a reçu littéralement des baffes et des coups de pieds au cul dans cette usine pour nous nourrir. Un jour, un des nôtres, un certain Giovanni, en a eu marre. Il a dit haut et fort « des coups de pied, je n'en veux pas, mais je veux bien en donner ». Il a réussi à interdire les ordres manuels. Il est là maintenant ce délégué, il circule comme un homme normal, mais à mon avis, même si je ne suis pas toujours d'accord avec lui, il faut faire dresser son buste en bronze à un rond-point de Tubize. À supposer qu'un homme n'a rien fait de bien dans sa vie, absolument rien, un tel travail peut faire de lui un grand homme dont le nom doit être mémorisé.

— D'accord, mais tu te mets toujours dans cette logique d'affrontement et soulèves des faits d'armes sur lesquels tu t'extasies.

— Je pense que j'ai raison, dit mon père plus calmement en s'enfonçant dans le canapé. J'en suis même fier. S'il y a une personne qui sait ce que veut dire le racisme dans ce pays c'est bien toi Afshine. Et encore tu n'es pas noir. Ici en Belgique, nous, les Italiens aussi, sommes racistes. Celui qui n'est pas Italien, selon nous, n'est pas un bon étranger. Mais tu vois, les Forges de Clabecq c'est une usine sans racisme. Dans notre organisation syndicale, et ce depuis 1971, peu importe ta nationalité, tous les immigrés affiliés ont le même droit de vote et d'éligibilité aux élections. Ce n'est pas formidable ça ? Comment peux-tu alors parler avec tant de mépris de ces actions ?

— Pas uniquement de ces actions, dit Afshine décidé d'être provocateur pour visiblement faire parler papa. Je méprise, si tu veux, toute action de quelque nature que ce soit.

— Holà mon ami. Je ne te suis plus du tout. Je veux bien que l'on ne soit pas syndicaliste, mais ne pas bouger face à l'inacceptable n'est pas humain. Heureusement que tout le monde n'est pas de ton avis sinon on n'aurait pas obtenu l'interdiction du travail des enfants en 1872 si mes souvenirs sont bons. On ne peut pas rester les bras croisés devant l'injustice. Tu as cité un jour quelqu'un de ton pays qui disait : un peuple peut vivre dans la misère, mais pas dans l'injustice.

— Cela n'a pas empêché que ses suiveurs vivent ou imposent la misère et l'injustice depuis 1400 ans.

La joute verbale ne se déroulait pas toujours ainsi. Ici, Afshine faisait parler mon père, parfois cela se faisait dans l'autre sens. J'entendis celui-ci très éloquent répondre du tac au tac aux réflexions de mon père. Et je dois avouer qu'il se défendait bien. Sa position constituait pour moi une alternative à tout ce que l'on nous bassine au long de la journée et que nous transmettons à notre tour à nos enfants. Des mauvaises leçons qu'il disait. Nous apprenons ces mauvaises leçons et nous nous évertuons à les défendre au nom fallacieux de la culture, de la civilisation, du mode de vie, des valeurs de la société, de la survie de l'espèce, etc.

Il était parfois un peu moins évident à comprendre vu son langage imagé et ses tournures de phrases empruntées à une langue maternelle étrangère. Comme s'il piégeait à certains passages son interlocuteur. Il introduisait longuement son idée et quand tu croyais deviner ce à quoi il voulait en venir, eh bien tu t'apercevais que ce n'était pas cela qu'il voulait dire. En tout cas, il n'était pas du genre à tenir une discussion à la va-vite. Il lui fallait du temps pour s'exprimer. Et c'était un privilège de pouvoir entrer dans l'univers de sa pensée extrêmement complexe. Je pense que papa l'avait saisi dans ce sens et de mon côté, il était mon dieu tout simplement.

J'adorais quand il raisonnait à l'aide d'un petit récit, une parabole ou quelques vers d'un poème. Et je dois avouer que parfois il faisait mouche. Je pense qu'il était le seul devant qui mon père pouvait être pris au dépourvu et gardait un silence respectueux et pensif. Un de ces moments c'était quand il nous raconta l'histoire de l'éléphant. La discussion était dans l'impasse pour mon père et Afshine, pour s'aider, emprunta une parabole d'un célèbre poète iranien du 13ᵉ siècle.

— Le Maître du village, raconta-t-il, eut l'occasion d'amener un éléphant dans la cité où personne n'avait jamais vu cet animal. Alors, il se livre à un jeu. Il le cache dans un hangar obscur et demande à chaque villageois d'y entrer, de le toucher et de dire ensuite à quoi ressemble un éléphant. — Un éléphant c'est comme une pilasse ronde et solide, dit l'un ayant touché une patte du pachyderme. — Un éléphant c'est comme un éventail, dit l'autre après avoir caressé son oreille. Ainsi, chacun le qualifie en fonction de son point de contact, tour à tour de trompette, de gouttière, de ficelle, etc. Cependant s'ils avaient eu chacun une bougie, ils auraient vu ce qu'était réellement un éléphant. Nous avons tous, mon cher Eddy, notre point de repère pour reconnaître la vérité. C'est pourquoi on dit communément à chacun sa vérité, car nous agissons tels ces villageois ignorants et optons pour des actions correspondant à nos perceptions. Pour certains c'est la religion. Je l'entends au sens large et faisons abstraction si tu veux bien de son sens strict car on va trop loin si l'on ne parvient pas à faire l'impasse sur les différends entre catholiques et protestants, entre chrétiens et musulmans sans parler des juifs qui se prennent pour le peuple élu. Le point de repère pour d'autres c'est le communisme, le socialisme, le capitalisme, le libéralisme, etc.

— Et le syndicalisme si on parle de moi, dit mon père.

— Exact. Tandis que si nous nous offrions une bougie, un dénominateur commun, les hommes y verraient plus clair et la vérité ne serait pas multiple, mais une seule.

— Ce que tu dis existe actuellement en politique, enchaîna mon père. Sont considérés comme démocratiques les pays où il y a multipartisme, liberté individuelle, liberté d'association et ainsi de suite.

— Merci de ton aide, dit Afshine. Avec ce marqueur politique nous pouvons aisément savoir que certains pays au nom pompeux de République Démocratique de ceci ou de cela c'est de la poudre aux yeux. Malheureusement, cette bougie, cette lumière universelle, cet indicateur n'existent pas pour jauger nos actions.

— Et ta bougie à toi c'est quoi ? demanda mon père. Quel est ton indicateur pour juger nos choix ?

— Le refus de toute action et réaction de nature conflictuelle. Tout ce qui oppose les uns aux autres d'ordre militaire, politique ou social. Il en va de même pour tout ce qui a l'air plus innocent, tel que les concours artistiques et les compétitions sportives. Tu as compris que la politique et ses champs d'applications ont une grande place dans cette liste. Elle est à mon avis la source de bien des malheurs.

— Une tension dans un coin du monde, dit mon père, quand la politique et la diplomatie s'approchent, la guerre s'éloigne. Comment refuser cela ?

— En apparence pertinent, mais profondément faux. Montre-moi un seul conflit qui ne puise sa source dans les ambitions politiques de diverses natures. Supprime du monde politique la volonté de pouvoir, d'affirmation, de domination, de supériorité, d'exploitation, alors ses hommes et ses femmes se transformeront en Abbé Pierre et Mère Teresa.

Mon père ne dit plus rien. Cela ne voulait pas dire qu'Afshine avait raison, non. Il lui fallait le temps pour réfléchir. Les deux étaient conscients qu'il y avait énormément de lacunes dans ce qui avait été avancé. De retour à la maison, mon père m'avoua que le fond de sa pensée était juste.

— Mais, continua-t-il, tu supprimes tout ce qu'il dit, nous nous transformerons en légumes. L'action et la réaction de nature ambitieuse sont nos moteurs. Qu'en penses-tu toi ?

— Je pense que vos discussions évoluent tout doucement.

J'adorais mon père quand il se grattait énergiquement la pomme d'Adam en faisant une grimace amusante avec les lèvres. C'est ce qu'il fit et se retourna vers moi pour me sourire, assise à ses côtés dans notre toute nouvelle Citroën de je ne sais plus quel modèle.

9

Les ouvriers aimaient beaucoup les actions, les sorties et les manifestations. Et l'on avait décidé d'aller faire un tour à Tubize. C'était notre ville et il fallait se montrer. Mais comment ?

À ce sujet, je dois dire qu'à l'issue de la réunion générale Afshine me fit honte. Il était tout à fait à côté de la plaque dans un milieu qui se devait d'être revendicateur de ses droits. Son coup vint à la fin, juste au moment où tout le monde marquait son accord et je ne pouvais que me taire et me faire tout petit.

On était tous là en assemblée générale, les trois syndicats réunis, les Libéraux, les Chrétiens et les Socialistes, désignés selon leur couleur respective les Bleus, les Verts et puis nous les Rouges.

Sergio avait préparé la place dans le grand hall. Contrairement aux habitudes, il avait une de ces têtes à bouffer les nez depuis ce matin et pour cause il ne trouvait plus son exemplaire du Code civil. On avait toujours vu Sergio avec ce truc sous le bras. Il le chérissait autant que ses lunettes. Il ne cachait pas son humeur ravageuse.

Plus les heures passaient plus il était convaincu qu'on l'avait volé. Les ouvriers le taquinaient, le disant face à un complot capitaliste. « Une sale affaire, disaient-ils, hourdie par les services secrets britanniques, la CIA et le Mossad réunis. » Réflexion d'un délégué des Bleus : « Le pire c'est qu'il ne peut même pas compter sur un coup de main des Bolcheviks. Camarade Mikhaïl Gorbatchev les a déplumés. »

Ç'en était une de trop, surtout que ça venait d'un libéral et il avait mis le doigt sur un sujet sensible qui touchait au plus profond des sentiments de mon ami Sergio. Il était beaucoup trop brave pour dire des gros mots à un collègue même libéral, mais je sentais le sang bouillir en lui et je savais qu'il devait se décharger quelque part pour se calmer.

Au sujet de Gorbatchev, je dois dire que je vis rarement Sergio insulter quelqu'un à ce niveau. Il ne manquait pas de le traiter de tous les noms sans épargner non plus le capitalisme et tout son arsenal financier. Un mot pour en finir avec cette parenthèse qui montrait dans quel état de désaccord profond il était avec bien des choses pour marxiste-léniniste qu'il était. Notez que j'étais tout à fait d'accord sur ce que je l'entendais dire au sujet de Gorbi. « Nous devenons pâles dès que quelqu'un nous parle de La Révolution. Elle n'est pas bonne, nous dit-on, évolution à la place de révolution patati et patata. Et quand quelqu'un d'autre fait la révolution en notre faveur, alors non seulement on ne dit rien et en plus on lui décerne le prix Nobel de la paix. Votre lauréat a démoli du jour au lendemain un système qui gérait un empire composé de différents peuples et ethnies. C'est le chaos maintenant, la guerre civile et fratricide, la famine dans les républiques abandonnées à leur sort, sans compter la déstabilisation brutale de la moitié du monde. Des populations sont en train de payer cette idiotie et nous aussi nous payerons durant des décennies cette insouciance. C'est pour ça que vous l'avez offert ce prix, c'est ça ? Imaginez le désordre si les Chinois avaient aussi la bêtise de vous écouter et foutre en l'air ce qui les tient en place ? Mon père disait qu'une mauvaise loi vaut mieux que pas de loi du tout. Où sont donc ces prêcheurs de l'évolution à la con ? Hein ! »

Le grand hall fourmillait et ça me donnait chaud au cœur. J'ai toujours aimé le rassemblement des forces vives de la classe ouvrière. Je croyais fermement que l'avenir nous appartenait et battaient à Tubize le cœur et la conscience ouvrière décidés à ne pas se laisser faire. Ici, au sein des Forges de Clabecq, dans une petite commune au fin fond du Brabant wallon, une région démolie par le pouvoir financier, vivaient les hommes au cœur chaud d'acier. Si l'on parvenait à nous mâter, les usines de ce pays fermeraient les unes après les autres et les ouvriers devraient aller mendier leur pain quotidien à la porte des riches. Depuis une dizaine d'années, nous étions partie prenante de l'évolution de notre usine. Rien ne se faisait sans nous concerter. On savait que l'on se foutait parfois de notre gueule, mais notre présence se faisait de plus en plus marquante. Et maintenant que les banques, la direction et visiblement même le pouvoir politique avaient décidé de condamner notre gagne-pain, nous nous devions d'être forts et sans concession. Jusque-là, nous avions joué leur jeu démocratique sans sortir de l'usine, nous contentant des négociations interminables. L'idée de tous les délégués était de sortir et de marquer notre force et détermination. On ne peut pas se foutre de la gueule des travailleurs sans se casser les dents. Pas tant que Clabecq vit, pas tant que les sidérurgistes coude à coude et en rang serré battront les pavés des villes et des villages de ce pays.

À la table des délégués, on était six, deux par couleur. Giovanni et moi, nous représentions la FGTB, les rouges. Devant nous, une foule qui ne tenait plus en place. Et pour cause, un emprunt contracté par la direction auprès des ouvriers et des employés qui ne semblait pas vouloir être remboursé. On avait tous le sentiment d'être volés au grand jour et avec une finesse incroyablement machiavélique.

Pour détendre un peu l'ambiance, Giovanni prit l'initiative d'annoncer au début de la réunion que si quelqu'un trouvait le Code civil de Sergio, il était instamment invité à le lui rendre. « Pour sortir des inquiétudes un homme désespéré », rajouta-t-il. Cela fit son effet. Des mots de plaisanterie et des rires s'entendaient ici et là. Je vis Sergio, appuyé sur une grosse chaîne, me regarder et me montrer son majeur très discrètement. Il avait un sourire pas joli à voir et je prévoyais des interventions musclées de sa part. Le tout était de savoir sur qui ça allait tomber.

Je n'ai pas l'intention ici de vous expliquer l'ordre du jour de notre réunion, je parlais plutôt de la réaction inadaptée d'Afshine. Il était là aussi depuis le début, tout souriant et rayonnant. D'un signe de la main il m'avait salué et puis s'était mis à discuter avec quelques employés bleus, toujours un peu à l'écart.

On était tous d'accord qu'il fallait défiler à Tubize, se montrer, marquer sa présence et exiger, par le bourgmestre interposé, un financement pour relancer les Forges et nous faire rembourser nos économies si intelligemment volées. Raoul Lalande, le bourgmestre, faisait partie d'un comité de trois personnes illustres (nous les appelions Les Belles-Mères) pour gérer la crise des Forges. Il devait nous recevoir et écouter nos doléances. Je le connaissais, c'était un brave type, très poli, conciliant, mais d'une inefficacité exemplaire à notre goût. Un enseignant reconverti en politique et en homme d'affaires, député national aussi, qui avait occupé le siège de la présidence du parlement pendant quelque temps.

Tous les affiliés du front commun étaient donc d'accord avec ce tour à Tubize qui serait bref, non musclé, sans calicot ni dossard. On irait ensuite à la Grand-Place et les six délégués iraient parler à Raoul Lalande. Et à la fin de cette rencontre on se disperserait.

— Et si notre Raoul national n'est pas là, ou qu'il ne vous reçoit pas ou je ne sais quoi, demanda Jésus dit cacahuète (un ajusteur d'origine portugaise) ?

— Je vais lui fixer un rendez-vous, dit un permanent de la CSC. Il sera là.

— De toute façon, précisa un délégué bleu (CGSLB), on ne veut pas de violence. Même si notre discussion avec le Bourgmestre n'aboutit à rien on rentre tranquillement pour voir ce qu'il faut faire.

— C'est mieux que vous restiez à la maison, vous les Bleus, cria un Espagnol dit Copo (les cheveux frisés). Qu'est-ce que...

— C'est vrai il a raison, l'interrompit Momo (un électricien d'origine marocaine, son nom entier était Adbol Mohammed Aziz al Salam ou quelque chose comme ça. Bénis soient nos surnoms et sobriquets). Aller et revenir sans résultat, autant rester dans nos pantoufles et jouer au yoyo.

Quand les ouvriers prenaient la parole ça pouvait aller loin. Nous les avions toujours laissés s'exprimer avant les décisions finales. En attendant, le sujet revêtait une importance majeure. Livrer la ville aux mains de plusieurs centaines d'hommes désespérés rendait la situation incontrôlable. Giovanni calma quelques ardeurs des nôtres pour laisser plus de place aux Bleus. Il estimait que la présence des libéraux était nécessaire pour pondérer nos actions. Parmi eux il y avait aussi quelques têtes brûlées, mais en règle générale ils avaient une position mi-figue mi-raisin. À chaque action, nous ne savions pas si nous serions suivis ou soutenus par la suite. Leur position dépendait fort des accords obtenus et des retombées médiatico-politiques. Mais le grand danger pour les Rouges ne venait justement pas de ces Bleus dont nous connaissions la nature. Notre problème était plutôt les Verts, ces Chrétiens qui au début de tout mouvement étaient avec nous, faisaient partie intégrante des revendications, mais qui étaient souvent les premiers à lâcher. C'était dans leur sang de quitter les rangs au moment le plus problématique. Lorsqu'on avait besoin de persévérance et de fermeté pour préserver les barricades, ils lâchaient prise et nous laissaient seuls à continuer. Mais bon, ils étaient là et nous ne pouvions pas les ignorer. Il fallait faire avec eux et seulement prévoir leur coup qui n'allait pas tarder.

Tandis que l'enchaînement des interventions se clôturait plutôt vers une présence non musclée sans déclarer la guerre à Tubize, Giovanni donna la parole à Sergio.

— Nous devons leur montrer de quoi nous sommes capables, dit Sergio se détachant un peu de la grosse chaîne pour mieux se dresser et imposer ses mots. Mon père disait qu'on ne distribue pas des bonbons et des pâtisseries dans des bagarres. Nous sommes en guerre camarades. En guerre contre les banques, les politiciens, les capitalistes, les promoteurs immobiliers qui ont des grands projets pour notre usine. Vous avez vu qu'ils n'ont pas hésité à chaque fois de frapper fort, pourquoi alors nous ne leur montrons pas notre force ? Je propose qu'on prenne avec nous le gros bull (bulldozer). Les pauvres et les ouvriers ont toujours revendiqué leurs droits les outils de travail en main. C'est notre outil à nous et on le prend avec nous, n'est-ce pas Camarades ?

Ses mots et ses propositions passaient souvent sans aucune difficulté auprès des ouvriers. Si bien que l'ensemble du hall se mit à réclamer « gros bull ! gros bull ! » d'abord joyeusement et puis de plus en plus militairement.

Je trouvais de mon côté l'idée très intéressante, en plus elle avait l'approbation de tout le monde. Tout le monde dis-je ? Non ! Au moment où l'enthousiasme s'apaisait et la présence des bulldozers semblait acquise, Afshine demanda la parole. Je n'aurais pas dû la lui accorder. Il avança de quelques pas, ce qui ne présageait rien de bon pour moi. D'habitude, s'il intervenait ce n'était qu'avec quelques menues phrases et son geste d'avancer et vouloir prendre l'atmosphère en main me disait qu'il comptait opposer une idée avec persistance en usant de sa capacité d'orateur très médiocre. Je ne le voyais pas capable de discourir longuement dans le milieu ouvrier. C'était un intello nécessitant beaucoup de temps pour développer un sujet et tout le contraire de Sergio qui marquait souvent et assez rapidement avec ses proverbes paternels. Je devinais son opposition aux bulldozers et je savais d'instinct que je devrais trancher à un moment donné. C'est incroyable comme notre relation était fusionnelle.

— Mes amis, l'idée de sortir à Tubize est excellente, dit-il. Nous ne pouvons pas gagner sans l'appui de la population. Et cette population est votre famille, votre ami, vos copains et copines. Tous ces gens vous connaissent. Ils connaissent votre force et votre détermination pour défendre votre gagne-pain. Pourquoi, alors, aller à leur rencontre d'un air hostile, vous gonflant les muscles et soutenus par des machines qui ne dégagent rien d'humain ? Je propose d'aller envahir la Grand-Place d'une allure décontractée et sans animosité, parlons et expliquons à qui veut entendre notre combat. Allons-y avec nos femmes et nos enfants, pères et mères. Faisons un grand barbecue et distribuons pourquoi pas des bonbons et des confiseries aux passants. De la manière dont on nous présente aux médias, les gens imaginent des monstres et des brutes épaisses. Rien que notre nom leur fait peur. Ne leur donnons pas une raison supplémentaire pour s'écarter de notre chemin. Allons passer une journée avec eux et parallèlement un comité ira rencontrer le Bourgmestre. Ce n'est pas une fatalité...

À ce moment, Sergio fit trois grands pas vers le milieu et leva les deux mains vers l'assistance en proférant quelques « non » tonitruants pour interrompre son meilleur ami.

— Camarades, nous sommes face à une machination répressive, dit Sergio. Jusqu'à présent on nous a traités de tous les noms, pourtant nous ne réclamions que de préserver notre travail pour lequel nous avons dû y aller de notre poche et leur prêter nos économies. Ils ne veulent même pas nous rendre cet argent que nous avons arraché de la bouche de nos enfants. Ici, en Belgique, la police et l'armée sont les instruments des banques, de la bourse et des capitalistes. Dès qu'ils voient un danger ils n'hésitent pas à tabasser. Nos gosses réclament leurs droits estudiantins, on les accueille avec des matraques. On manifeste pour la protection des animaux, on revient le bras brisé et le visage en sang. Ce n'est pas notre première action aux Forges de Clabecq. Nous étions jusque maintenant calmes, pacifiques et conciliants. Et qu'est-ce qu'on a eu en retour ? Hein ? Que des sanctions et des licenciements. Allons à Tubize cette fois-ci et pour la première fois, oui, montrons de quoi nous sommes capables si on ne nous écoute pas. Mon père disait chaque pièce a deux faces. Ils ont vu notre face d'ouvriers gentils, montrons-leur notre détermination comme des guerriers, comme des pères de famille défendant leur maison.

Un moment de silence profond pesa sur nous. Pas un mouvement, pas un bruit, même les pigeons et les moineaux habitant dans ce hall ne battaient des ailes. Afshine répondit ensuite à Sergio et celui-ci rétorqua à son tour agitant merveilleusement les ouvriers. L'écart se creusait à chaque reprise. Sergio savait comment parler et animer les travailleurs et plus personne n'écoutait « Le Digital ». Il devenait de plus en plus intello, difficile à comprendre et moins net dans ce qu'il avançait. Pourtant il ne voulait pas lâcher prise et répondait sans convaincre qui que ce soit. À un moment, quand Sergio avait chauffé la salle et que la foule réclamait à nouveau « gros bull », Afshine leva les deux mains pour demander le silence quand une banane venue d'on ne sait où fendit l'air et s'écrasa sur sa tempe. Je vis le choc s'abattre sur Afshine. Je me levai brutalement de la table des délégués pour me lancer vers mon ami, mais je m'arrêtai car Sergio le protégeait déjà en mettant ses deux mains sur sa tête. Et puis, d'une colère connue de tout le monde, il hurla à se déchirer le gosier : « Qui a fait ça ? qui… a… fait… ça je vous demande ? » Un brouhaha entremêlé de désapprobations et de rires remplit la salle.

La réunion avait ainsi touché à sa fin. Tous les délégués se levèrent et nous annonçâmes que la sortie du surlendemain serait accompagnée des deux grands Bulldozers. L'affront à l'encontre de mon ami Le Digital était déjà loin derrière nous et la joie d'une coalition sauvegardée s'exprimait ici et là. Et pour sceller cette parenthèse fâcheuse et le coup de gueule de Sergio pour défendre Afshine, les ouvriers se mirent à chanter « Sergio, tu dors, ta grue est trop lourde, Sergio tu dors ta grue est trop lourde ». Alors nous levâmes tous la tête pour voir la grue de Sergio descendre tout doucement du plafond avec, accroché au bout, son « livre de loi ». Sa disparition était une plaisanterie concoctée par quelques-uns. Et lui, Sergio, ce grand bonhomme diseur de loi, cet orateur habile, cet idéologue marxiste-léniniste sec et aux mots durs, laissa Afshine qu'il soutenait encore, se précipita vers la descente de la grue, tel un gamin qui vient de retrouver son jouet préféré. Il voulait décrocher le livre noué de mille nœuds, les défaisant un par un assez nerveusement. Il proférait des injures gentilles en sicilien. Afshine s'approcha de lui, sortit un canif et coupa la ficelle d'un seul trait. Comme si la salle n'attendait que de voir le Code civil dans ses mains, on applaudit tous ensemble et Sergio leva les mains chargées du livre volumineux. Je vis Afshine sortir la banane de sa poche, la peler et mordre dedans avant de tendre le reste à Sergio.

Je remarquais qu'Afshine était toujours sous le choc sans trop le manifester. Il n'avait pas une bonne tête et j'aurais voulu lui parler, mais trop de mots disgracieux circulaient dans ma tête à son sujet et je craignais d'aggraver son état. Il me fallait du temps pour pondérer cette déception qu'il avait provoquée en moi. En passant devant eux, je m'arrêtai juste en face de lui, mis la main sur son épaule et lui demandai s'il n'avait rien. Le coup de banane avait marqué le rose de sa peau, pourtant il me dit que tout allait bien. Je prétextai devoir aller vaquer à mes occupations et lui fixai rendez-vous pour le soir à 20 h. Je leur tournai le dos et m'en allai avec le goût amer d'une amitié un peu écornée.

Cette amertume n'allait pas disparaître les jours suivants. Il y avait quelque chose de très viscéral qui s'était brisé entre Afshine et moi. J'étais engagé dans une lutte des classes à laquelle je croyais fermement. L'affrontement était sans pitié et il me fallait du cœur à l'ouvrage et éliminer tout doute quant à la justesse de notre cause. Et avoir quelqu'un à mes côtés qui mettait en doute nos actions équivalait à un discours rétrograde d'une époque d'asservissement des ouvriers. Nous avions toutes les raisons de faire le contrepoids face au patronat. Et j'estimais que nous étions très sages, lucides et pacifistes pour agir selon ce que les lois démocratiques de notre pays nous autorisaient. Malgré cela, dans l'histoire de notre usine mes prédécesseurs délégués avaient parfois payé le prix plein, licenciements, procès en justice, privations d'emploi, une vie de misère et j'en passe. Et cela montrait la nature cruelle du capitaliste. Malgré le soutien du législateur et certaines lois protectrices des ouvriers, le pouvoir de l'argent parvenait trop souvent à briser la vie de milliers de gens et de leurs représentants délégués.

Depuis 25 ans, nous avions cédé petit à petit du terrain au nom de la paix sociale, pour la sauvegarde d'une partie des emplois, au nom du civisme et du respect d'autrui. Personnellement, j'avais le sentiment d'avoir été leurré durant toutes ces années. On nous avait roulés dans la farine avec des discours sur des idées aguichantes et une éthique à sens unique. Cela nous a menés là où nous sommes maintenant : la fermeture pure et simple d'un outil de travail pour lequel nous, les ouvriers et les employés, avons consenti de grands efforts. Par leur intelligence, que j'ai toujours admirée, nos patrons parvenaient même à semer la discorde entre les syndicats et à briser nos actions communes. Et au final, tirer leur épingle du jeu, cumuler la fortune sur notre dos et continuer à nous exploiter, même voler nos petites économies pour financer l'usine cependant que les banques regorgeaient d'argent. Mais c'était fini tout cela, on n'était plus dupe. L'adversaire était toujours aussi malin, rusé, cruel, mais nous agissions désormais avec intelligence et une certaine maturité. Les syndicats avaient créé un groupe appelé « agir autrement » composé de 40 personnes pour nous aider dans nos réflexions et éviter que les patrons ne nous divisent. C'est ainsi que nous avions décidé de faire désormais une action chaque semaine, aller à la rencontre des ouvriers d'autres usines en Belgique, demander le soutien des syndicats d'autres pays européens et aller sur les marchés hebdomadaires pour rencontrer la population. Ce que j'appelais l'éveil politique du prolétariat après tant d'années de souffrance et de tromperie. J'estimais que nous étions beaucoup trop conciliants avec nos patrons. Et c'était souvent aux dépens des travailleurs. Rien qu'un exemple montre à quel point notre indulgence envers eux nous était préjudiciable : en 1975 nous étions 5453 ouvriers et 20 ans après, en 1996 nous en étions à 1803 têtes. Tout cela parce que nous n'avions jamais voulu montrer nos muscles. Alors, mon ami Afshine vient nous apprendre la douceur et la bonhomie. « Allons-y, nous dit-il, avec nos femmes et nos gosses. » C'est ça ! Vous me voyez aller au-devant des boucliers de ces salopards avec ma Gaëlle à mes côtés ? Pour qui se prend-il celui-là à nous donner des leçons pareilles ?

10

Nous avons toujours dîné très tôt à la maison. L'exigence maternelle. Souvent la table était mise vers 18 h ou au plus tard à 19 h. Passé ces heures, mes parents avaient tendance à ne plus manger.

À table, je voyais mon père taciturne. C'est vrai que ces derniers mois il avait une tête affreuse. Je ne voyais plus dans ses yeux cette lumière et cet éclat d'enthousiasme perpétuel que j'adorais. Je savais que les tracas au travail n'étaient pas la seule cause. Il se passait dans sa tête quelque chose que j'ignorais. Comme s'il était en désaccord avec lui-même et qu'il ne parvenait pas à avoir une idée claire. Il ne parlait plus avec son calme habituel. Il montrait un certain empressement à finir ses phrases devenues anormalement courtes. Je l'entendis quelques fois sortir des injures en parlant à ma mère, du jamais vu.

Papa était certes taciturne aujourd'hui, mais d'une façon différente. Calme et résigné, comme s'il avait pris une décision importante et qu'il fallait l'assumer maintenant.

C'est en lui demandant des nouvelles de sa journée que je sus ce qui était arrivé à Afshine. L'agression dont il avait été victime me mit dans tous mes états. Sans rien dire, je mangeai rapidement pour aller le voir. Papa posa sa main sur la mienne, me regarda avec tendresse et peine mêlées et me dit : « Mange tranquillement, on a encore une heure, je dois aller le voir à 20 h, nous irons ensemble. »

Je ne sais pas ce qui me prit, je fondis en larmes. Il m'était pénible de sortir ces quelques mots : « Pourquoi papa, pourquoi on agresse quelqu'un comme lui ? » Si je ne vous avais pas promis de ne plus parler de ma mère, je vous aurais rapporté la connerie qu'elle dit en réponse à ma question. Heureusement mon père, du haut de sa sagesse, ne répondit qu'indirectement et calma mes nerfs. « Je suis sûr, me dit-il, qu'il en a une idée. Tu lui demanderas toi-même. »

Je ne sais pas comment je passai dans ma chambre l'heure qui restait. C'était une éternité. Ma tête s'était transformée en une autoroute de pensées, les unes plus tordues que les autres. Vous imaginez, je me surpris à élaborer l'idée d'identifier l'agresseur et de lui envoyer une aiguille à tricoter de Nonna dans la joue. Je me voyais déjà l'avoir dragué, ma ruse avait pris et il s'apprêtait à m'embrasser et à recevoir ce bisou de dragon quand mon père m'appela pour partir. Rien que l'idée de vengeance m'avait donné la pêche et je n'étais plus la Gaëlle pleurnicharde à table.

De chez nous à Clabecq et de mon école à Tubize où Afshine était concierge, il n'y avait pas 30 minutes à pied, mais papa n'était pas du genre à marcher. Dans la voiture, je remarquai qu'il n'était que 19h30 et on était sortis trop tôt. Il répondit à ma question non encore posée. « J'ai à te parler un peu avant d'aller chez notre ami. » Il arrêta la voiture devant le restaurant Il Mediterraneo, baissa un peu la vitre malgré le froid de canard et entama tout de suite le sujet.

— J'apprécie beaucoup Afshine. C'est un brave type. Il est particulier et j'avoue qu'il est parmi les rares à me tenir tête. Il paraît que j'ai une grande gueule et que j'impressionne, mais lui, il n'est pas du genre à se laisser impressionner par qui que ce soit. Jusque-là mes contacts presque quotidiens avec lui m'ont fait du bien. Mais ça commence à me peser. J'ai besoin de conserver mes certitudes et avec lui ce n'est jamais certain. La vie de 2000 hommes et de leur famille est entre nos mains et nous sommes, tu disais comment… « les derniers remparts avant la serpillière ». Ça vient de qui cette expression ce n'est pas de toi non ? Ça colle vraiment à notre situation, soit on se bat soit on est à la rue le mois prochain. Moi et mes collègues délégués, nous subissons déjà énormément de pressions qui viennent de partout. On nous traite de tous les noms parce que nous défendons notre emploi. C'est notre boulot tu me diras. Mais je n'ai vraiment pas besoin d'en rajouter d'autres.

— Je croyais, lui dis-je, que le voir te faisait du bien. C'est toi qui m'as dit qu'il avait apporté quelques réponses aux questions qui vous préoccupaient.

— Mais toi aussi mon amour, tu m'as apporté quelques fois des lumières avec tes réflexions. J'ai l'habitude de parler et de demander des conseils. Quant à lui, c'est vrai qu'il était très utile jusqu'à présent, mais depuis un mois ça me pèse trop lourd. Je ne supporte plus les mises en doute de sa part.

J'attendais qu'il continue et qu'il me dise ce qu'il allait faire et ainsi de suite. Mais il gardait le silence et me faisait attendre. Tout à coup il revint à moi, à ma relation avec Afshine. Ce qui m'étonna fort car jusque-là il ne m'avait jamais parlé de mon amitié et de ma proximité avec Afshine.

— J'espère que ça ne te perturbe pas outre mesure. Je sais que tu es amoureuse de lui, mais, ma petite Gaëlle, ça va jusqu'où ?

Je ne sais pas ce qu'il vit dans mon regard pour reprendre aussitôt :

— Tu es majeure et je ne dois pas te poser ce genre de question. Mais je voudrais être rassuré.

— En quoi est-il si important pour toi de savoir le degré de notre relation ?

— Au regard que je dois porter sur lui, me dit-il d'un air résolu.

— Non papa, je n'ai pas couché avec lui. J'aurais voulu et quand je me suis blottie une fois dans ses bras, il m'a écartée, donné un bisou sur le front et m'a dit :« Gaëlle, c'est un honneur d'avoir tes faveurs, mais tu as encore toute la vie devant toi et je te souhaite la rencontre avec un jeune garçon, un prince charmant. Je ne voudrais pas être un mauvais souvenir dans ta vie. » Et puis il m'a mise gentiment dehors. Mais je me suis promise, un jour je l'aurai.

Mon père m'écoutait avec le sourire, tourné vers moi, le coude gauche posé sur le volant. À entendre ma dernière phrase et la promesse de coucher un jour avec son ami, il se détacha du volant, se tapa le dos contre le dossier et éclata d'un rire interminable. Je crus comprendre la raison de ce rire à la fois hystérique et interrogatif. Je pense qu'il aurait voulu me dire : « Ah ça ! Tu crois pouvoir l'avoir toi ? » Notre discussion à ce sujet s'arrêta là.

Avec Afshine, je n'eus plus la possibilité de m'offrir autre chose que son parfum envoûtant lors des chastes bises.

Dieu que je passai des nuits dans mon lit avec l'unique souvenir de son parfum ! Telle que je me connaissais, un jour je me remplirais à satiété les narines et les poumons de son odeur.

En arrivant devant notre école, on vit Sergio la quitter. Il avait rendu visite à Afshine. On s'embrassa et mon père demanda comment allait « le Digital ».

— Je lui ai demandé la même chose, dit Sergio. Il m'a répondu : « Ça va mais ne me crois pas. »

Nous prîmes congé de Sergio. Il rentra chez lui et nous chez Afshine.

Il était particulièrement souriant et de bonne humeur. Il avait préparé le thé et nous servit en racontant quelques histoires amusantes de l'école et de ces « 700 gosses ».

Mon père examina la trace de la banane sur sa tempe. J'étais moi aussi à 30 cm de son front et aurais voulu lécher cette peau un peu rougie sous le coup.

— Ça va, ce n'est rien, nous dit-il. Ce n'est pas un coup de sabre non plus.

Sa femme était absente et nous passâmes une demi-heure à raconter n'importe quoi. Il y avait une volonté manifeste d'éviter le sujet. Finalement, on aurait dit que mon père avait trouvé comment aborder le sujet d'un angle neutre n'engageant ni l'un ni l'autre.

— Tu crois que ça se terminera comment Afshine ? lui demanda-t-il. Hein ! tu as une idée ? Comment va finir cette histoire de fermeture ?

Il avala d'un seul trait sa petite tasse de thé, comme d'habitude. Et puis il nous regarda, balança sa tête par-ci par-là. Je pensai qu'il ne savait pas s'il devait répondre ou non. Finalement :

— Mal, répondit-il d'un sourire forcé. Elle va finir mal votre histoire surtout pour ceux qui sont en première ligne.

Le silencc tomba. On ne s'attendait pas à un verdict si cruel. Je pense que mon père croyait royalement à son jugement. S'il croyait que les choses se passeraient mal, ça serait alors le cas.

— Bon, nous allons parler de tout cela après, reprit mon père. Et tu me diras comment tu vois le déroulement de ce futur bras de fer. Peut-être ça m'aidera à anticiper quelques points.

Je pensais que la soirée avait touché à sa fin. Tout à coup une question me vint à l'esprit. Je ne savais pas si je devais la poser ou non. Mais je me hasardai quand même.

— Afshine, à ton avis qu'est-ce qui leur manque à mon père et aux ouvriers ? Je connais mon père et pas mal d'entre eux. Ce sont des gens malins. Mais qu'est-ce qu'il leur manque dans cette affaire ?

— Tu es un sacré bout de femme toi, me dit-il, les yeux brillants de mille feux comme si j'avais mis le doigt où il fallait. Réponse à ta très bonne question : des femmes.

Ni mon père ni moi ne comprîmes sa réponse. Et pour cause, elle était tellement inattendue.

— Ce qui manque aux syndicats des Forges de Clabecq, reprit-il pour nous sortir de cet égarement manifeste, ce sont des présences féminines à leur sommet.

La réponse devenue un peu plus claire, je voulus creuser plus, croyant l'avoir comprise.

— Tu veux dire que les femmes sont plus douces par rapport aux hommes et qu'elles agiront plus en douceur ?

— Pas du tout, pas du tout. Au contraire. Les femmes sont plus tenaces et plus hargneuses en affaires. Par contre, puisqu'elles ont bien moins ce qui est fort préjudiciable chez les hommes, la force physique et les gros muscles, elles emploient d'autres armes et développent d'autres stratégies que des coups de poing.

Ce qui se disait ne plaisait visiblement pas à mon père. J'entendais son grognement de temps à autres pour marquer son désaccord. Afshine avait décidé de l'ignorer et s'adressait uniquement à moi.

— Cette histoire de fermeture des Forges est celle des femmes des ouvriers aussi. À mon avis, elles ne doivent pas laisser les hommes la gérer seuls. Vous devriez intervenir et prendre part aux discussions internes et aux actions. Je sais que tout cela est compliqué dans un milieu qui sent les couilles, excuse l'expression, et les hommes vont vous malmener, mais c'est votre vie aussi qui se joue ici et vous devriez agir quitte à vous faire cabosser parfois. Et s'ils m'ont agressé aujourd'hui c'est parce que mon côté féminin était opposé à leur côté macho. Mais qu'à cela ne tienne, après-demain ils vont faire le premier grand faux pas avec leur engin de destruction.

Je remarquais papa perdre de plus en plus patience. Les grognements entre ses lèvres se multipliaient. Il avait le chic de garder le silence et de laisser Afshine parler et c'était à moi de ménager mon cher papa. Aussi, je fis signe à Afshine d'arrêter et leur proposai de passer à autre chose. Heureusement, Sara rentra de son cours du soir et nous épargna l'effort de redresser la mauvaise ambiance. On passa encore quelques minutes en leur compagnie et puis nous prîmes congé. Et chose toujours étonnante pour moi, ils se dirent au revoir avec une telle bonhomie et une telle amitié que je tombais des nues une fois encore. Pour bien moins que ça, ma mère, mes copines et moi étions capables de nous crêper le chignon ou de nous dire adieu pour toujours. Sommes-nous réellement plus hargneuses que les hommes ? Haa, haa, tiens, un jour je devrai lui reposer la question, peut-être qu'il plaisantait.

— Te verrai-je après-demain devant la maison communale ? lui demanda mon père sur le pas de la porte, ricanant malicieusement.

— C'est ça, lui répondit Afshine sur le même ton. Tu veux que je vienne conduire « le bull » peut-être. Salaud va.

Tous deux éclatèrent de rire et s'embrassèrent une fois encore chaleureusement et nous retrouvâmes la voiture. J'étais enchantée de leur tempérament et admirais leur grandeur d'âme. Cela ne dura pas longtemps. Le monde s'écroula autour de mes illusions quand j'eus le tort de demander à mon père s'il n'était pas d'accord avec l'idée que les femmes des ouvriers les soutiennent dans leur combat. Il me regarda du coin de l'œil très réprobateur et continua à rouler. Et lorsque je relançai le sujet en formulant ma question autrement, il trouva une place pour se garer et se retourna vers moi. Je vis dans ses yeux la colère.

— De un, me dit-il assez colérique, on a déjà assez de problèmes comme ça avec les Verts, les Bleus, les patrons, les Belles-Mères (trois politiciens chargés de superviser l'affaire des Forges et qu'on appelait péjorativement « Les Belles-Mères »), avec ceux qui disent oui, mais ne font rien ou ceux qui disent non, mais font de l'excès de zèle. Tu ne veux pas que je rajoute encore ta mère à cette liste. C'est déjà à la limite de la séparation entre nous, la voir à mes côtés lors des réunions, ce serait un cas de suicide pour moi, dis-toi bien ça. Et de deux, ça fait plus de dix ans que je connais Afshine. Quand il dit quelque chose, il faut savoir le pourquoi. Il dit une chose pour arriver à une autre. C'est dans son sang. « Je suis de la race des marchands de tapis. Je parle au mur pour que la porte l'entende. Je mens pour obtenir la vérité. Je m'agenouille pour remonter avec la jambe de l'adversaire, etc. » m'a-t-il dit un jour à son sujet en vilipendant sa culture d'origine. Et maintenant je me demande pourquoi il veut mettre les femmes dans nos pattes. Il ne m'a jamais parlé de cette idée, ça doit dater d'aujourd'hui. Je me demande si ce n'est pas pour se venger de cet affront manifeste, du mépris qu'il a ressenti.

— Papa, m'exclamai-je. Est-il tombé si bas à tes yeux ?

— La fidélité des intellos à la classe ouvrière, dit mon père se montrant assez fatigué, c'est comme les feuilles des arbres. Ça garnit un moment, ça tombe avec le premier coup de froid et ça disparaît après quelques rafales. Ce sont ses phrases à lui. Et je me demande si nous ne sommes pas dans ce cas de figure.

C'était la première fois que j'entendais mon père parler ainsi d'Afshine. Le choc était tel que je n'y ajoutai rien. C'était un moment de crise dans l'amitié de ces deux hommes adorables et c'était moi qui ramassais les pots cassés. Quelque chose me disait que je ne les reverrais plus ensemble de sitôt.

Le surlendemain, le jour de sortie des sidérurgistes, il faisait un soleil radieux. Je suis allée faire un tour à Tubize. Je ne sais pas si l'on savait qu'une vague d'hommes allait déferler dans les rues. Rien de particulier à signaler, les magasins étaient ouverts et les gens faisaient leurs courses.

J'avais décidé de ne pas me montrer à ceux de Clabecq qui me connaissaient. Rester dans un coin et voir le déroulement des événements. C'était pour moi le moment de tester dans la pratique ces deux visions que je voyais s'opposer depuis trois ans. L'une se voulait engagée, entreprenante, profitant de tous ses potentiels mentaux et physiques pour préserver ses acquis ou s'octroyer plus de possibilités. L'autre voyait dans cette attitude une source de malfaisance, de malheur et de dérives, prônant l'écartement de toute situation d'affrontement, de revendication et de lutte. Je dois avouer que j'étais assez perplexe sur ce qu'avançait Afshine. En tant que femme et féministe tout au moins, je ne pouvais renoncer à revendiquer certains droits sous peine d'un retour aux temps des curés.

Je remontais et descendais les rues et commençais à m'ennuyer. Je n'étais pas du genre à faire du lèche-vitrine, d'ailleurs ça ne valait pas la peine non plus. Les commerçants tubiziens s'acharnaient à ne plus en faire de jolies, de même qu'ils s'évertuaient à être de mauvais poil. Un écrivain belge dont je ne connais plus le nom disait qu'il fallait s'ennuyer dans une ville pour vraiment la connaître.

J'aimais cette idée. Maintenant que je m'impatientais de voir mon père et les siens, je voyais mon village tel que je ne l'avais jamais vu. Une partie des magasins fermés et les autres aux devantures ternes, sombres à l'image des bars obscurs des buveurs de bière dès 8 h du matin. Je voyais la silhouette de la marchande de casseroles et d'électroménagers qui ne m'avait jamais dit bonjour en rentrant dans son magasin. Le quincaillier, enfoncé derrière son comptoir, qui te regardait comme si tu allais l'insulter en entrant dans son établissement. Et le jeune pâtissier hirsute et aux fringues sales qui coupait l'appétit à celui qui avait un petit creux. Ma commune était moribonde comme sa sidérurgie. Pourtant en son sein battait encore un cœur d'acier peut-être lui aussi à la fin d'une vie glorieuse de deux siècles.

Une chose était sûre, je n'allais pas vieillir dans ce coin. Mais bon ça, comme disait Afshine, on ne peut pas tracer une ligne pour le destin. Je me projetais pleinement dans l'avenir quand j'entendis le vrombissement d'un gros engin. Je me dépêchai pour mieux voir ceux de Clabecq qui venaient vers le centre.

Les manifestants marchaient d'un pas résolu autour de deux bulldozers dont ils étaient visiblement fiers. Le cortège acclamait à intervalle de quelques minutes « tous ensemble, tous ensemble, tous ensemble ». Et les bulldozers prolongeaient leur voix d'un grand coup d'accélérateur donné au moteur. Leur tube d'échappement dirigé vers le ciel dégageait avec force une fumée grise. « Tous ensemble, tous ensemble, tous ensemble », se répétait encore une dizaine de fois avant l'arrivée à la hauteur de la Grand-Place. Je croyais qu'ils allaient l'occuper, mais non, ils continuèrent sur la chaussée de Mons, la principale rue commerçante. Ils remontèrent celle-ci sur une centaine de mètres pour revenir sur leurs pas et se positionner devant la maison communale. Durant tout ce trajet, je me cachais dans le creux des porches des maisons et des magasins pour voir et ne pas être vue. Leur démarche était sans animosité, ils laissaient même les voitures se faufiler entre eux. Les passants les regardaient d'un air amusé depuis les trottoirs. Je voyais mon père et les délégués syndicaux en première ligne tirant derrière eux cette bande de revendicateurs criant à présent plus fréquemment leur slogan d'unité.

Ça me faisait très drôle de voir mon père en meneur. Il était ma fierté tel que je le voyais jetant ses deux bras dodus vers le ciel et criant avec les autres « Tous ensemble ». Et en toute sincérité, je ne comprenais pas pourquoi Afshine le vilipendait pour cette sortie. À voir la tête des passants, ceux de Clabecq ne faisaient rien de mal. Je n'entendis pas un seul mot de désapprobation. Ils étaient là pour défendre leur emploi, une manifestation dans leur village et, sauf débordement, ça allait être un succès. Mais alors pourquoi tant de critiques de sa part ?

La Grand-Place grouillait maintenant d'hommes réclamant la présence du bourgmestre. J'avais toujours un œil sur mon père, mon héros adoré qui parlait à ses collègues délégués. J'étais tellement fière de lui.

Je disais parfois au sujet de ma mère, quand elle snobait les gens et faisait sa péteuse : heureusement qu'on n'en a qu'une. Mais un père comme le mien, je voudrais en avoir des dizaines. En plus ce qui faisait ma fierté, c'était son engagement à plein temps pour son usine. Il était tout le temps préoccupé par les problèmes des siens. Nous avions une fois parlé de ses activités syndicales à table. Je ne sais pas comment on arriva en rigolant à cette idée que dans quelques années on donnerait le nom de mon père à une rue de Clabecq ou de Tubize. C'était une boutade, mais mon père croyait fermement à la reconnaissance des gens. « Ils nous semblent ingrats, mais ils savent apprécier l'abnégation. Contrairement au patronat sans pitié et toujours à la recherche du profit, la classe ouvrière est reconnaissante aux hommes œuvrant pour l'amélioration des conditions de vie. » Alors ma mère dit quelque chose de très profond dont je me souviens encore après deux décennies : « La Belgique n'a pas de reconnaissance pour ses grands hommes et les a toujours maltraités. Si les Français font de leur casseur de McDonald's un homme politique respecté, ici, tu verras, on va vous démolir et vous traîner d'un tribunal à un autre. On vous traite déjà comme des voleurs. Tu as vu la semaine passée comment ce journaliste du journal télévisé te posait des questions comme on peut parler à un malfrat ? C'est ainsi, les Belges et la Belgique n'éliminent pas physiquement, sauf à quelques exceptions près, les hommes brillants. Ils les assassinent moralement et symboliquement pour n'en laisser que des débris insignifiants dans leur histoire. »

C'est vrai qu'après 20 ans, quand je pense à la réflexion de ma mère, j'en ai la chair de poule. Elle avait raison et c'est seulement la mort tragique de mon père qui mit fin aux souffrances causées par ses engagements.

La tension montait un peu chez les manifestants et pour cause, personne ne sortait de la maison communale. Pour rappeler qu'ils étaient là et qu'ils s'impatientaient, un des deux bulldozers actionna son klaxon et Sergio poussa sur les gaz. Les engins firent vibrer la place. Les Clabecquois chantaient en cœur le nom du bourgmestre : La Lande, la Lande, la lala Lande.

On continuait à rigoler ici-là et à se parler pour passer le temps. Je voyais quelques ouvriers se diriger vers les délégués. Je comprenais par leur gestuelle qu'ils parlaient des suites de leur rassemblement.

Ils étaient là depuis bientôt une heure et rien de particulier ne se passait. Je crus voir quelques silhouettes derrière les volets fermés, peut-être le bourgmestre ou des échevins.

Il faut imaginer maintenant la scène qui est restée pour toujours dans ma mémoire. Un événement et sa suite qui furent le déclenchement de bien des questions et des mises en cause pour moi. Sur une Grand-Place d'une commune d'à peine 30.000 habitants, quelques centaines d'hommes se mettent face à la maison communale. Ils laissent un espace vide entre eux et le bâtiment comme s'ils voulaient marquer cette séparation et se distinguer de ceux qui sont à l'intérieur. Au beau milieu des manifestants, deux engins de chantier entourés par la foule telle des pierres précieuses au sommet d'une bague. Une petite tête à la calvitie bien avancée, celle de Sergio, gesticule dans tous les sens à chaque fois qu'il pousse sur l'accélérateur pour animer sa machine et la foule en même temps. L'attente n'est plus tenable et on exige la sortie du bourgmestre. Les sourires disparaissent, les visages deviennent plus graves, la colère prend la place de la bonhomie, les petites phrases dures et violentes, les insultes fusent. Une question malsaine plane sur la place, pénètre dans l'esprit de tous, y compris du mien. Que faire maintenant quand tu viens les bras ouverts et que l'autre te chasse ? Le mépris est la sœur de l'insulte. Les réponses sont crachées avec autant de violence que l'offense ressentie. « On assiège la maison communale jusqu'à avoir une réponse. » « On va l'occuper ce nid de serpents. » « On n'a pas amené les bulls pour rien, détruisons ce putain de bâtiment. » Avec cette dernière phrase, de la voix rauque de Giuseppe, un colosse d'origine italienne et l'ami de mon père, la foule se met à chanter d'une allure martiale « tous ensemble, tous ensemble ». La place tremble sous les battements des pieds des hommes en colère, les carreaux des fenêtres vibrent au son de ces mots courts demandant une action plus violente. Sergio pousse sur le gaz et à chaque coup les bulls, à eux seuls, expriment avec tant de force une énergie facile à lâcher. Les esprits sont bien chauffés maintenant et il suffirait du moindre geste de la part des délégués pour que la maison communale se transforme en ruine.

J'avais la chair de poule, les yeux fixés sur mon père guettant ses moindres gestes. Je savais qu'il ne crierait pas un ordre tel que : « Allez-y détruisez-moi ce putain de bâtiment. » Le connaissant, il ferait simplement un petit signe des lèvres à peine perceptible pour lancer l'ordre. C'est comme ça qu'il faisait toujours avec moi. Depuis mon enfance j'étais habituée à ses ordres silencieux.

Mais alors, chose incroyable, en une fraction de seconde, toute mon attention positive envers cette foule et ceux qui la dirigeaient, mon père y compris, s'écroula. Et pour cause : une phrase d'Afshine qui disait que la différence entre un homme bien et un salaud c'était la seconde qu'il fallait pour sortir un mot ou lever la main sur sa femme. Et ici il suffisait d'un mouvement de tête de mon père à Sergio pour que la Grand-Place soit dévastée. J'étais bombardée de mes propres questionnements. Qu'est-ce qui avait fait que ces visages souriants se transformaient en ceux de monstres potentiels. Le refus de La Lande de venir discuter était-il une bonne raison pour se mettre en colère et vouloir tout démolir ? Ou derrière l'apparence aimable de ces hommes que je connaissais pour la plupart, se cachait-il des criminels assoiffés de sang ? Où est l'erreur, mon dieu ? Quel est ce grain de sable qui fait grincer cette machine ? Pourquoi cette manifestation ne se déroule pas comme elle a commencé ? Tous ensemble et puis encore tous ensemble, les ouvriers, les politiciens, les habitants, réclamant le droit primaire et légitime de préserver un outil de travail performant et ne pas le laisser démolir par les spéculateurs de tout genre. Ah, je suis en train de remâcher les mots de mon père. C'est de sa faute et celle des siens si on est là. Sortir et manifester sa force, comme si les autres ne pouvaientavoir cette même force de les affronter. Je savais aussi que dans les bacs des bulldozers il y avait suffisamment de barres métalliques pour armer les hommes au cas où. Ils veulent l'affrontement, ils l'auront. La Lande est sûrement en train de faire venir l'armée et la force antiémeute. Dans quelques heures Tubize verra une bataille rangée. Et ça sera bien fait pour leur gueule. Les gueules de qui, de mon père, de Sergio, de Giuseppe et tant de pères de familles nombreuses que je connais ? Quelle est leur faute ? Ils auraient voulu rester à leur usine et travailler et qu'est-ce qu'ils peuvent faire d'autre si on arrache le pain de leur bouche ? Ah mon Dieu je n'en peux plus. Ma tête éclate et je suis au bord des larmes. Qu'est-ce que je dois faire ? M'en aller ou rester et être témoin de la suite ?

Le sort de la maison communale ne dépendait donc que d'un signe de tête de mon père. On s'attendait à tout moment à une tournure plus violente des événements. Et l'occasion fut donnée, des murmures s'élevèrent : « Les policiers, les policiers nous photographient. » « Du commissariat, ils nous prennent en photo ces salauds. » Alors le commissariat de police au coin de la Grand-Place attira une partie de la colère des ouvriers. Ils défoncèrent la porte s'engouffrant en masse dans cet espace réduit pour le saccager. Les policiers battirent en retraite en remontant les étages pour se réfugier au grenier. Les carreaux partirent en éclat, le mobilier de bureau et les ordinateurs envoyés sur le trottoir par la seule fenêtre du rez-de-chaussée. On entendit la lamentation et le cri d'une policière sortant la tête de la tabatière. « Au secours, ils vont nous cramer. » Jusque-là mon père faisait semblant de ne rien voir tournant le dos au commissariat, mais son expression et son allure d'allégresse changèrent brusquement. Ses traits de visage devinrent graves. Il se précipita à l'intérieur du commissariat accompagné de Giovanni. Et juste après, je vis quelques ouvriers sortir tout aussi précipitamment comme si on leur avait botté les fesses.

Un autre détachement d'ouvriers prit la direction de la rue commerçante de la chaussée de Mons. Leur allure martiale faisait fuir les gens. On se barrait en rentrant dans les magasins qui n'avaient pas eu le temps de descendre leur volet. Gestes inutiles de toute manière, les ouvriers ne regardaient ni les gens ni les magasins. Ils en avaient seulement après les banques et les agences immobilières. Celles-ci y passèrent toutes, accusées d'être la source du malheur qui frappait la vie d'à peu près 2000 familles. Le distributeur de billets en face de moi de l'autre côté de la rue changea d'apparence sous les coups de barre de fer.

Voyant probablement que son refus de recevoir les ouvriers les transformait en casseurs, le bourgmestre envoya le secrétaire communal à leur rencontre et invita une délégation dans son bureau. Il était aussi temps pour les délégués de mettre fin à cette situation devenue incontrôlable. Ils demandèrent aux ouvriers de regagner l'usine et ils entrèrent, eux, à la commune.

La casse que les ouvriers avaient commencée continua sur leur chemin de retour. Ils ne firent qu'une bouchée des immobilières et des banques de la rue de la Déportation, celle qui menait à leur usine. Mais contrairement à l'autre côté de la gare (celle-ci divise Tubize en deux parties), les magasins de cette rue restèrent ouverts. Les gens se dressèrent en haie au long des trottoirs, tout souriants, applaudissant et lançant des « bravo » « allez-y les gars » « cassez ces merdes ». Ils se montraient admiratifs devant les grands bulldozers qui occupaient presque la totalité de la largeur de l'asphalte.

La bande d'hommes en colère, perçue si différemment par la population des deux côtés de Tubize, disparut progressivement du paysage. La circulation reprit son cours normal, mais je restai à ma place. Il me manquait une réponse pour bouger et mettre un pied devant l'autre. Où aller ? Je n'avais pas envie de rentrer à la maison. Il y avait un tel égarement et une telle colère en moi que j'étais capable de flinguer ma mère si elle me sortait une connerie. Et je n'étais pas prête à voir mon père de sitôt non plus. Je me sentais un peu suspendue dans le vide ne pouvant m'agripper à rien pour me situer. Des choses avaient été cassées en moi et je me demandais où aller avec ces débris encombrants qui m'appartenaient désormais. Un endroit où je pouvais avoir un peu de calme pour les recoller ensemble. J'avais l'impression que mes gros orteils traversaient mes godasses et s'enfonçaient dans le sol tels des clous.

Une main aimable se posa sur mon épaule pour me sortir de cette torpeur et puis une voix tout aussi attentionnée :

— Ça va Gaëlle ? Tu veux entrer et prendre quelque chose à boire ?

C'était Francis, le jeune patron d'une pizzeria italienne, Quadrifoglio, qui connaissait bien ma famille. Je me rendis compte que pendant tout ce temps j'étais sous le porche de son établissement, devant sa porte d'entrée. Et ce brave Francis ne m'avait rien dit. Avait-il remarqué mon état ? Qu'avait-il pensé de me voir telle une demeurée bloquant son chemin et l'empêchant de circuler. Ah, qu'importe. Ce n'était que Francis et puis, dans l'état où j'étais, rien n'avait d'importance. J'étais tout juste bonne à monter tout en haut du clocher de l'église et me lancer dans le vide.

Contrairement aux autres magasins, Francis n'avait pas baissé les stores de Quadrifoglio.

— Tu n'as pas peur Francis de rester ouvert ? lui demandai-je.

— Peur de quoi Gaëlle ? me répondit-il. De ces malheureux qui ne demandent qu'à travailler et à gagner leur vie ?

— Mais oui, ils pouvaient casser tes vitres aussi.

— Mais non, je les connais tous ces gars-là. Des forgerons savent taper juste sur la pièce et pas à côté.

Un homme âgé marchant nonchalamment s'arrêta devant nous. Il dit bonjour et nous montra ensuite de sa main la banque en face, de l'autre côté de la rue, dont la vitrine était partie en éclats et il continua :

— Vous savez, ils ont tort de casser seulement les vitres des banques, il faut les braquer ces vermines. Être un grand bandit, voilà ce qu'il faut être dans ce pays. Sinon tu es traîné dans la boue, exploité, taxé. Les bandits du monde, unissez-vous. (Il rit à gorge déployée). Je vous souhaite une bien belle journée monsieur dame.

11

Sara me pose quelques soucis d'ordre relationnel ces derniers temps. Et il m'est difficile de savoir d'où vient le couac. Je la croyais heureuse, en tout cas je faisais tout pour, mais quelque chose ne va pas entre nous et elle ne dit rien non plus. En ces matières, je n'aime pas deviner quand on peut avoir une petite explication. Jouer à la devinette peut amener l'imagination trop loin et on est souvent injuste quand on se livre à ce jeu. Et impossible de la faire parler. Je suis sûr que cela ne vient pas de nos rapports sexuels. Elle en est satisfaite, j'en suis sûr. Je ne suis pas une bête de sexe, mais j'ai mes compétences en la matière. Je prends le plaisir tout aussi bien que je le donne. Je remarque qu'elle prend son pied à ma grande satisfaction.

Mais pourquoi alors s'éloigne-t-elle de plus en plus de moi ? Elle va au cours de langue, se fait des amis. Je lui avais vivement conseillé de s'inscrire aussi au cours de flamand. Elle était réceptive aux arguments si bien qu'elle relégua le français pour les soirées et les week-ends afin de se consacrer pleinement au néerlandais pendant la journée. Je me rappelle qu'elle rigola quand je lui parlai à ce sujet en boutade et en caricaturant la Belgique non loin de la vérité.

— Parmi deux catégories, exécutants et décideurs, en règle générale, les francophones sont les premiers et les Flamands les deuxièmes. Rien qu'avec le français on a le droit de devenir coiffeur, chauffeur de bus, épicier, policier, guichetier, etc. Les Flamands constituent la strate des décideurs, chefs, commandants, premiers ministres et ainsi de suite. Si tu veux réussir dans ce pays, tu dois connaître le néerlandais. Ça t'ouvrira bien plus de portes que juste le français.

Je me rappelle qu'elle était très amusée. Elle me demanda la raison. Je lui donnai celle qui était la plus compréhensible pour elle.

— Les francophones sont comme les Iraniens. Héritiers d'un passé opulent, un sentiment de suffisance les engourdit. Du coup, ils sont pataudes, lourds à bouger, prudents et épargnants. Et les autres tout le contraire, tournant le dos à leur milieu paysan, ils n'ont que le souci de se hisser vers le haut. Et ce depuis plus ou moins 100 ans. Ils ont littéralement conquis les postes clés dans ce pays. Et ça n'a pas l'air de s'arrêter. Ils sont malins ces gens. Pour se promouvoir, ils ont laissé ouvert leur culture, leur économie, leur langue, leur cuisine, bref tout est ouvert pour s'accaparer et s'enrichir. Ça changera sûrement un jour, mais en attendant c'est comme ça et il faut en profiter.

Elle a une bonne capacité d'apprentissage des langues et se débrouille très bien en français et en néerlandais. Le problème c'est qu'elle n'est presque jamais à la maison et donc elle passe peu de temps avec moi. Est-elle sur une autre branche avec un autre oiseau ? Ce n'est qu'une supposition et avoir des preuves en ces matières est difficile. Mais quelques indices vont dans ce sens. Je vous le dis en toute franchise, je suis prêt à laisser la place si cela la rend plus heureuse, mais ce que je n'accepte pas c'est qu'on se moque de moi. Aussi je décidai de la laisser continuer son chemin pour se déclarer par elle-même. Sara était un tournant majeur dans ma vie en m'offrant son attention d'abord et puis son amour et rien que pour cela je ne la remercierai jamais assez. Quand j'étais au fond, grâce à son amour, j'ai émergé et si je parle et raisonne d'une manière équilibrée maintenant c'est grâce à l'équilibre qu'elle m'a apporté.

Il était 10 h du soir et dans notre salon je pensais à Sara et à ma vie commune avec elle. Elle n'était pas encore de retour, mais je pensais que cela n'allait pas tarder. Le téléphone sonna et je décrochai avec l'arrière-pensée d'un malheur qui allait être annoncé par la police du genre, monsieur venez à tel hôpital votre femme est dans le coma suite à... Mais non c'était Eddy. Je n'eus pas le temps de penser qu'il me téléphonait pour me faire le rapport de leur journée de manifestation à Tubize. Il me demanda d'un ton courroucé : Gaëlle est chez toi ? Ma réponse négative ne l'arrangeait pas. Je m'enquis de la situation et il m'expliqua que sa fille n'était pas revenue après l'école et suite à une longue attente, sa femme et lui avaient décidé de téléphoner partout pour trouver sa trace. J'étais selon lui son dernier espoir, mais en vain. Je lui demandai s'il avait contacté tel ou tel copain et copine de classe. Il avait fait comme tout parent inquiet du retard excessif de sa gosse. Je l'informai que je n'avais pas vu Gaëlle aujourd'hui à l'école non plus. Elle bénéficiait toujours de sa réputation de « libre circulateur » en tant que « folle mouche ». Ils étaient une dizaine, élèves réputés difficiles, à qui il ne fallait pas trop marcher sur les pieds.

Avant de raccrocher, il me demanda de l'avertir le plus tôt possible si j'avais des nouvelles. Je redevins seul dans mon salon. J'attendais une personne, maintenant j'en attendais deux. La première connaissait le chemin de la maison, mais l'absence de la deuxième était effectivement inquiétante. Mais où était-elle que diable ? Je passai en revue tous les noms de ses fréquentations qu'Eddy connaissait aussi. Une lumière s'éclaira dans un coin de mon cerveau. Ne serait-elle pas chez l'abbé Georges ? Mais pourquoi serait-elle, à cette heure tardive, chez le curé de la paroisse ? Je cherchai encore d'autres lieux, mais mon cerveau revenait sur le curé.

Georges était le curé de l'église de la Bruyère. Un brave bonhomme tout petit de taille qui marchait et bougeait d'une allure vive tel un lézard. Lui et son confrère de Clabecq fréquentaient le milieu ouvrier des Forges. Je vis quelquefois Georges dans des réunions ouvrières quand dieu était leur dernier recours pour remonter un peu leur moral. On se connaissait de loin et on se parlait avec beaucoup d'égard. Nous avions quelques atomes crochus. Il savait que depuis des années je faisais tribune libre chez mes anciens collègues. Mais bon, l'occupation respective de chacun ne nous avait jamais laissé le temps de nous connaître plus. Gaëlle me parla quelques fois de lui. Je savais qu'elle aussi allait chez le curé pour lui parler de ses états d'âme. Gaëlle le trouvait réconfortant, pourtant elle n'était pas du genre à aller à la messe. Ses parents, particulièrement Eddy, sont des bouffe-curés et moi je n'ai pas trop d'attirance pour ces gens-là non plus. Une simple relation humaine reliait le curé et Gaëlle tout comme elle nous reliait, elle et moi.

Finalement, je décidai de me chausser et de quitter la maison en mettant un mot sur la table pour ma femme.

Le presbytère était à 10 minutes de marche de chez moi. Je sonnai et très bizarrement Georges ne s'étonna pas de me voir sur le trottoir. Sans un mot, je compris alors que j'avais bien deviné. Il me fit entrer et je trouvai Gaëlle sur le canapé usé du salon. Elle avait les yeux rouges, une tête en désordre. Elle se leva pourtant, se précipita vers moi et m'envahit tel le vent caressant des matins du mois de mai.

Je priai Georges de pouvoir donner un coup de fil pour rassurer mon ami et lui dire que sa fille n'était pas au fond du canal. Eddy me demanda des détails, mais je le rassurai uniquement et évitai de donner l'adresse car je n'avais pas demandé l'autorisation.

Je ne vais pas vous expliquer les heures que Georges et moi passâmes à parler avec Gaëlle. Elle était en crise et il fallait la calmer et qu'elle puisse dormir.

Georges avait ses courtes phrases réconfortantes et moi, de mon côté, je refusais de répondre directement à ses multiples questions pseudo philosophiques. C'était son besoin d'avoir des réponses, mais elle n'était pas dans un état de discussion sereine. Je pensai que Georges était sur la même ligne que moi. Nous lui proposâmes de la conduire chez elle vers 1 h du matin. Elle refusa. Je ne voulais pas l'amener chez moi non plus. Georges, de son côté, avait une messe à célébrer pour un enterrement et il fallait qu'il se repose à une heure aussi tardive pour un homme de son âge. Finalement, on décida qu'elle dormirait sur le canapé là où elle était et que je redonnerais un coup de fil à Eddy pour lui expliquer un peu la situation. Je savais qu'au matin, après quelques heures de sommeil Gaëlle irait à la maison et qu'ils s'expliqueraient en famille. En attendant, je devais aussi rentrer. Un concierge n'avait pas à se coucher à 3 h du matin.

Le lendemain, en fin d'après-midi, j'eus la visite inattendue et très désagréable de Georges à la conciergerie. Je vous avoue qu'au début cela me fit plaisir de le voir dans notre salon. Nous étions seuls car Sara venait de partir pour ses cours de langue. Il n'était pas homme à tourner autour du pot, mais avant de poser directement sa question surprenante, il m'expliqua ce qui s'était passé au matin. Apparemment, Eddy était venu chercher sa fille à 7 h. Tandis que Gaëlle pleurait et embrassait son papa, ils avaient quitté le presbytère à la grande joie du curé. Et puisque j'avais l'air amusé de l'entendre, il m'en demanda la raison.

— Rien, rien. Je pensais à ma fugue à moi, lui répondis-je. Bien plus jeune qu'elle, j'ai fugué une journée. De retour au soir, j'ai eu quelques baffes et gifles et j'ai oublié pour toujours que la fugue existait.

— C'est vrai que mon père aussi m'en aurait collé quelques-unes, dit Georges d'abord souriant pour changer brusquement l'expression de son visage, sévère et interrogative. Bon, maintenant, puisque l'on a parlé de vous, dites-moi quel est le nom de votre secte ?

Je tombais des nues. Les ouvriers l'avaient surnommé « brute de forge », pour sa rugosité, tout comme un barreau d'acier sortant de la forge et n'ayant pas encore subi de polissage. Il avait l'habitude de marteler ses mots au lieu de les sortir au bon endroit, mais tout de même.

— Je vous demande pardon ? dis-je très étonné de ce revirement de ton.

— Ma question est : quel est le nom de votre secte ? répéta-t-il.

— Pourquoi croyez-vous que je fasse partie d'une secte ou quelque chose de ce genre ?

Je m'aperçus très vite qu'il était inutile de discuter avec lui sur ce sujet. Il s'était fait une idée et était venu en constituer les détails. Il était convaincu que je faisais partie d'une organisation et que toute ma relation postouvrière avec les Clabecquois n'était que du prosélytisme. Il se disait — et en avait vraiment l'air — berger qui voulait préserver l'âme de son troupeau.

— Vous croyez réellement, dis-je étonné, que telles ou telles personnes que nous connaissons tous les deux fassent partie de vos ouailles ?

Il s'appuya mieux au dossier du fauteuil pour me dire avec un sourire de satisfaction :

— Vous savez, en 20 ans de carrière j'ai vu sur leur lit de mort des bolcheviks purs et durs demander le pardon du Seigneur. On n'affronte pas l'éternité avec ce genre de bêtises à la mode. Il faut quelque chose de plus solide et de plus consistant pour s'appuyer et notre Seigneur est alors à nos côtés quand la peur de la mort nous envahit.

— Oui, vous avez raison, lui dis-je sincèrement.

J'aurais voulu pourtant remplacer le mot Seigneur par d'autres. Personnellement, j'ai toujours souhaité que la mort me laisse le temps de me remémorer quelques amours, beautés, amitiés, fleurs et notes de musique. Si j'ai cette chance, je n'affronterai pas l'éternité les mains vides. En attendant, je me trouvais devant un curé qui me faisait un procès qui plus est chez moi et dans mon fauteuil. Il était mon hôte et je ne pouvais le malmener, mais cela m'agaçait royalement de subir son inquisition, c'était le cas de le dire. Et quand je me trouve devant une situation pareille, il n'y a qu'une seule voie pour moi : résister, contrarier, contester, refuser et tout ce qu'il y a de plus contre-productif dans une discussion amicale. Si bien que je ne répondais qu'à côté de ses multiples questions. Ce faisant, je remarquai que je l'amenais à en dire plus à mon sujet et l'image que je véhiculais aux yeux de certains. Je crois que personne ne refuse de savoir ce que les autres pensent de lui. Désagréable au départ, cela devint assez vite un jeu pour moi et je retombais sur mes pattes de redoutable négociateur et manipulateur d'hommes que cultive abondamment la culture iranienne.

C'est incroyable comme on se trompe sur l'image que les autres se font de nous. Georges n'était pas un adversaire difficile pour moi. Il était facilement provoqué, excité et parlait beaucoup pour réparer les dégâts qu'il faisait. J'aimais sa simplicité et son langage limpide me détendit un peu. Je cherchais la paix chez les hommes et maintenant que je me trouvais face à quelqu'un qui parlait tranquillement assis dans le fauteuil et disait ce qu'il pensait je n'avais pas à me courroucer.

Je pouvais continuer avec lui sur ce ton de provocation, lui soutirer toutes les infos qu'il possédait et le mettre finalement à la porte dans un état d'animosité extrême. Mais depuis plus d'une décennie, j'avais effacé le mot méchanceté de ma mémoire. Si bien que je rassurai Georges sur un ensemble d'éléments. Que je ne voulais pas racoler ses ouailles au profit de ma secte imaginaire et que je ne tenais pas du tout à avoir raison lors de mes rencontres avec les ouvriers et par la même occasion lui faire concurrence en tant que soutien spirituel. La seule et unique raison de fréquenter ce milieu était de rendre ce dont j'étais redevable à la société belge. Ce dernier point l'avait intéressé. Je lui expliquai avec des mots sincères en quoi consistait cette dette. Valait-elle vraiment de s'exposer à un jet de banane et d'être malmené ? Oui, voire plus. Je pense que malgré mon refus de la violence je serais capable de me mettre dans une tranchée et viser l'ennemi qui court vers cette terre. Son attention envers le respect à mon pays adoptif fut le seul point positif de notre rencontre. Malgré mes efforts, son mépris et sa méfiance étaient de mise.

La discussion stérile avec Georges était l'occasion pour moi de me pencher sur ma position envers les autres. Pourquoi tant de fausses pensées à mon sujet, l'occasion de controverse même auprès de mes amis ? Je ne suis ni savant, ni sage, ni saint. Je ne prétends pas détenir du savoir à profusion et non plus la solution à tous les malheurs du monde. Pourtant, c'est cela que je véhicule et je comprends que cela puisse agacer certains même si ça me vaut le regard très gratifiant d'une jeune fille telle que Gaëlle. Je sais ce que je suis et je comprends tout à fait, surtout ces dernières années et avec l'expérience de l'âge, comment fonctionnent les autres. Rien d'humain ne m'est étranger, disait Térence. Et pourtant cette compréhension ne me sert à rien et j'ai l'impression qu'une barrière infranchissable est dressée entre moi et absolument tout le monde. Un mur d'incompréhension et de malentendu qui donne lieu à cette mésentente quasi généralisée même avec les personnes les plus proches. Il ne s'agit pas d'avoir raison ou non, mais rien que comprendre le pourquoi de cette distance si brumeuse malgré l'effort déployé par moi et même par les autres, j'en suis sûr. J'y pensai beaucoup et finalement, une fois de plus, ma source d'inspiration m'apporta non pas la solution, mais la réponse.

12

— Non, je ne l'ai pas vu depuis deux semaines, dis-je à Sergio, et je ne pense pas que ce sera le cas prochainement non plus. Nous avons assez à faire à l'usine et je dois limiter les va-et-vient avec Afshine qui m'apportent, et ça tu le sais, souvent des doutes qui ralentissent mes pas.

— Je n'ai pas de doute moi, dit-il éloignant un peu son verre de bière du Code civil posé sur la table.

— Oui, mais je ne suis pas aussi solide que toi, lui dis-je en toute sincérité. Tu es notre tête pensante, notre idéologue et moi je suis vos bras et vos jambes. Si je ralentis, tout le monde ralentit. Et pour te dire, je suis en ce moment assez encombré par un tas d'histoires familiales. Gaëlle est encore en crise et ne va plus à l'école. Elle veut laisser tomber les études, du coup elle se dispute presque tous les jours avec sa mère qui, elle, me tourne le dos et tu vois le tableau. Bref, c'est la cata. Alors, je m'économise, plus de temps à perdre à philosopher avec Le Digital.

Le fait de traiter Afshine par son surnom d'ouvrier fait comprendre à Sergio mon agacement extrême. À vrai dire, j'ai les nerfs à fleur de peau ces derniers temps et je cherche des puces à tout le monde. J'éprouve également de l'agacement envers Sergio. Il le remarque et me ménage un peu. Il se dit navré de mes problèmes périphériques et sort encore une phrase de son père qui ne résout rien à rien et que j'oublie aussitôt. Je ne sais pas d'où il sort tous ces petits proverbes et maximes. Je sais que ça ne vient pas de son père tel qu'il le répète toujours. Il cite son père, me dit-il un jour, pour avoir plus d'attention. Il prétend parfois que ça vient de tel ou tel peuple exotique pour la même raison et pour donner de l'importance à ce qu'il avance. Sinon, m'avoua-t-il une fois devant un verre de bière, c'est lui qui compose ces petites phrases pour appuyer ses paroles. Il en a une panoplie correspondant à chaque situation importante. Et je dois avouer que ça fait parfois mouche et ça permet de débloquer une discussion dans l'impasse. Ainsi, il y puise sa force et détermine sa ligne de conduite au risque parfois de faire rire ou de se faire moquer dans le dos. Un petit exemple pour illustrer que ces paraphrases paternelles amènent une solution et aussi peuvent détendre une atmosphère électrique.

C'était à la première de nos réunions communes avec d'autres délégués syndicaux pour savoir ce qu'il fallait adopter comme ligne de conduite face au patronat et à la restructuration draconienne qu'il envisageait. Les Rouges étaient pour l'arrêt de travail spontané et les Bleus refusaient toute action musclée qui nous mettrait en position de justification. Nous étions dans l'impasse et la réunion touchait à sa fin et à la séparation, au grand plaisir des patrons. Si nous ne parvenions pas à nous entendre dès le départ on était vraiment cuits et il fallait se résigner à être seuls pour nos futures actions. C'est précisément au moment où tous les délégués campaient sur leur position et la conclusion du désaccord était déjà formulée que l'intervention typique de Sergio fit son effet.

— Soyons très solides et un chouia humbles devant les patrons. Ils doivent sentir que tu as de quoi t'animer et bouger les choses sinon ça ne vaut pas la peine de commencer. Comme disait mon père, ce n'est pas avec les pets et les prouts qu'on chauffe la salle de bain.

J'avoue que même moi je ressentis un menu malaise à entendre ces mots un peu malpolis mais c'était Sergio, on le connaissait tous et c'était inutile de lui en tenir rigueur. Par contre, cet argument vulgaire et populaire fit rire absolument tous mes collègues. Ce fut un déclic et on se mit tous d'accord en faisant un pas vers l'autre. Aussi bizarre que cela puisse paraître le chef des Bleus entama avant tous ce premier pas en disant : « D'accord, on fait un arrêt de travail symbolique d'une heure, pas une minute de plus et on ira les voir après. »

Je me rappelle qu'en sortant de cette réunion j'étais assez perplexe sur le rôle de Sergio à mes côtés. Je connaissais sa tendance à être grossier et malpoli, à sortir souvent des verbes en dessous de la ceinture. Raisons pour lesquelles, je dus recourir à quelques stratagèmes pour éviter sa présence dans certaines réunions avec des gros bonnets. Mais il venait de rendre un grand service au monde ouvrier précisément aidé de cette même vulgarité. Depuis, j'ai changé de position et je n'ai jamais plus hésité à le trouver à une table de négociation. Tout compte fait, les mots sont les mots et les membres du corps ont la même valeur les uns par rapport aux autres. Pourquoi tout ce qui tourne autour de nos fesses doit être plus honteux que le reste ?

— Et alors, me demanda Sergio, que va-t-elle faire Gaëlle, puisqu'elle ne veut plus aller à l'école ?

— Elle a brûlé ses affaires. Tout est parti en fumée au fond du jardin, ses cahiers et ses notes. Même le beau plumier en cuir que sa maman lui avait acheté à Tolède. Je ne sais pas ce qu'elle va faire et elle ne le sait pas non plus, je suppose. Elle parle d'aller au Maroc lutter contre l'excision des filles.

Sergio me regarda d'un air amusé comme s'il se demandait si je me foutais de sa gueule. J'éclatai de rire, lui aussi. J'enchaînai.

— Tu peux rigoler Sergio, mais tu sais quoi encore ?

— Non, répondit-il curieux d'entendre la suite.

— Elle veut réunir les femmes des travailleurs pour participer aux négociations.

Soit il ne saisit pas bien soit il craignait d'entendre ce qu'il venait d'entendre. Il me demanda de répéter. Et je lui répétai et rajoutai que l'idée venait d'Afshine et que j'étais présent quand il nous avait parlé de ce manque, selon lui, chez les travailleurs et que nos réunions sentaient les couilles, avait-il dit en s'excusant de l'expression. Sergio me regarda les yeux arrondis d'étonnement et d'appréhension. Il voulut dire quelque chose, mais il me semblait qu'il n'osait pas. Il se contenta alors d'un « Merda merda, che miseria ».

— Mais qu'est-ce que les femmes viendraient foutre dans nos réunions ? me demanda-t-il quand il sortit de sa torpeur.

— Attends que je me rappelle ce qu'Afshine a dit : qu'il nous manquait un peu d'esprit féminin, qu'elles sont plus combatives et des conneries de ce genre. Je n'ai pas tout retenu, tu sais.

— Mais Gaëlle, elle a retenu à ce que je vois, me répondit Sergio assez courroucé. Si je voulais avoir une femme à mes côtés, je me marierais moi. Je te dis Eddy, tu laisses venir une femme à une réunion, je me barre du syndic. D'ailleurs, ont-elles le droit de venir ?

— Nos réunions ne sont pas toujours à huis clos tu sais Sergio.

— Merda, no no. Il faut arrêter ta fille tout de suite avant qu'elle ne rameute toutes les bobonnes. J'en connais au moins dix qui vont me donner des boutons rien qu'en les voyant. Et je m'en vais dire deux mots à ce soufi et qu'il arrête de nous empoisonner la vie. Heureusement que nos réunions sentent les couilles et ça, ce n'est pas mon père, mais c'est moi, Sergio, qui le dit : si les femmes gouvernaient le monde depuis 5 mille ans, il y aurait encore cent fois plus de guerres et de misères. Pis encore, je ne sais même pas si notre espèce existerait encore. Plus combatives, mes fesses oui, elles ne sont pas combatives, elles sont hargneuses, sans pitié, butées, cruelles. Combien de fois nous nous sommes disputés toi et moi et on est encore là à boire ensemble. Tu as vu deux femmes se disputer et ne pas vouloir la mort de l'autre ?

Il était dans tous ses états. Je ne l'avais jamais vu ainsi. Comme si j'avais mis le doigt, en parlant de l'initiative de Gaëlle, sur un point sensible. Je me demandais d'ailleurs si ce qu'il disait avec tant de véhémence ne constituait pas en partie la cause de son célibat. Il continua longtemps à me parler de la nature respective des hommes et des femmes, sortant des arguments parfois censés, parfois stupides. Et finalement, une fois qu'il se calma, il se frotta et se massa le visage pour sortir de l'état où il s'était mis. Il me regardait maintenant tel que je l'avais toujours connu, pensif et cabotin.

— Tu sais quoi, me dit-il avec le sourire d'un convaincu, je pense que tu dois encourager Gaëlle à aller s'occuper des clitoris des petites Marocaines. Tel que je te connais Eddy, tu souffrirais plus que moi de cette histoire si elle amène des femmes à l'usine. Elles vont nous ridiculiser, nous faire perdre notre temps et nous donner plus de fils à retordre.

— Je suis d'accord avec toi, mais je ne comprends pas pourquoi tu es si en colère avec cette histoire. Peut-être qu'on trouvera plus de poids en leur présence.

Il changea encore d'expression, ne tenant plus sur sa chaise, à la limite de me flanquer une boule.

— Tu sais quel est le problème des hommes mariés comme toi ? Le regret des premières années de mariage ne vous sert pas de leçon. Alors, vous vous enfoncez encore plus en faisant des gosses. Et là c'est foutu. Non seulement vous prenez goût à une vie merdique tout en râlant auprès de vos amis, mais vous la défendez en trompant les autres par des mensonges sans queue ni tête. Une femme est une femme et un homme est un homme. Égalité des droits tout à fait d'accord, mais égalité de capacité à l'heure actuelle, jamais. Nous avons des milliers d'années d'exercice du pouvoir derrière nous et nous avons appris à mettre de l'eau dans notre vin. Et ça fait seulement quelques années qu'on voit leur tête à elles par-ci par-là. Elles ne savent pas encore comment gérer le pouvoir que nous les hommes, les connards de mon genre et du tien, leur avons mis entre les mains. Ça va changer peut-être dans quelques centaines d'années, mais en attendant elles empoisonnent la vie publique. La preuve, Margareth Thatcher, heureusement qu'on vient de la virer cette dame de fer de mon cul. Un bourreau des pauvres ouvriers britanniques. Je parie que tu ne sais même pas le nombre d'ouvriers qui vient me demander que faire légalement contre leur femme méchante. Tu te rends compte, ces gaillards dits machos se laissent maltraiter, se font même battre par leur femme. Malheureusement personne ne les croit et on se fout de leur gueule quand on parle de leur misère, tout comme tu as l'air de te foutre de ma gueule en m'écoutant dire ça. Et puis tu veux que je rigole quand ta fille va amener ces mêmes femmes à l'usine ? Qu'est-ce je vais dire moi à ces gars qui ont des bosses de rouleau à tarte sur leur tête ?

— Holà, tu me fais pleurer dis donc avec tes hommes battus par leur méchante femme, rétorquai-je ironique. Tu exagères Sergio. Tu exagères royalement. Personne n'est content de sa vie, célibataire comme toi, marié comme moi. Mais ça ne veut pas dire qu'elles sont ceci ou cela. Elles ne sont pas toutes des bobonnes, la tête dans leur casserole de pâtes non plus. La preuve, ma femme, elle gère plus de 200 employés dans sa section à La Poste.

— Vas-y, raconte, dit-il en se levant et prêt à partir. Raconte des bêtises pour me brouiller et ne viens surtout pas me dire après que ta femme c'est la partie morbide de ta vie. Écoute Eddy et retiens bien ce que je vais répéter pour la dernière fois : une, une seule femme franchit la porte de notre local, je me barre.

Il agrippa son Code civil, le fourra sous son aisselle et partit d'une allure menaçante. Je restai avec tous ses mots bourdonnants dans ma tête. Poooouah, que ma vie était devenue compliquée ces derniers temps.

Je demandai une autre bière à Marcello pour avaler tout ça et puis pour ne pas rentrer tout de suite à la maison où m'attendaient deux femmes. L'une, Sergio avait raison, je la considère souvent comme la partie morbide de ma vie. Quand je pense à ma femme le verbe mourir m'envahit et non pas celui de vivre. Et encore mon ami a toujours eu le chic de ne pas me demander le pourquoi. Si je lui dis la raison, il va me couvrir de tous les gros mots siciliens. L'autre est ma Gaëlle, ma chère fille que je vois maintenant, avec un peu de chance, à peine quelques minutes par jour. Merda di merda, il avait raison le papa de Sergio : les hommes mariés vivent comme des chiens, reste à voir si je mourrai comme un roi.

13

En sortant de la véranda, Luigi voit le haut fourneau dans le lointain. Un moment de recueillement, un soupir profond puis il se dirige vers la prairie. Le seau à lait à la main, il passe devant le poulailler et les clapiers des lapins. Les poules se précipitent devant la clôture. Cela le fait sourire et ce depuis quarante ans qu'il entretient ces bêtes. Mais celles-là peuvent attendre encore, d'abord les moutons. Arrivé à la prairie, avant même de franchir le tourniquet, les moutons le voient et courent vers lui en bêlant. Certains agneaux ont du mal à suivre les grands. Maintenant, ils empêchent Luigi de marcher vers la bergerie. En bon berger, il leur parle, leur demande de le laisser passer. Quelques brebis fourrent la tête dans le seau au bout de son bras. Elles se frottent contre lui, marchent sur ses pieds. Luigi cogne leur museau avec le creux de la main. Il sait qu'en s'approchant de la bergerie, elles vont le lâcher et courir prendre place devant les râteliers.

Il y règne un chahut familier. Les plus fortes changent de place pour être les premières servies. Les chétives montrent leur mécontentement, poussent à leur tour, bêlent, s'égarent et reviennent à la charge.

Elles se calment devant l'orge aplatie et la pulpe de betterave. Elles mangent brouillement. C'est le moment où Luigi commence à les traire. Il reprend son seau, sort de sa poche un morceau de bas féminin. Il est en train de le fixer sur le seau lorsqu'il s'arrête d'un geste hésitant. Non, aujourd'hui, les agneaux peuvent tout boire. Non, il n'a pas le cœur à l'ouvrage. Il ne fera pas de la ricotta non plus.

Il sort devant la bergerie et regarde le haut fourneau grisâtre, silencieux, impassible. Il n'est pas surpris d'être en larmes. Au contraire, il se laisse aller. Ici, il est seul, loin des regards gênés des autres devant les larmes d'un vieillard.

Il s'en va vers la maison, toujours en larmes. Il se retourne tous les dix pas, regarde le haut fourneau, puis reprend son chemin. Arrivé à la hauteur du poulailler, il sèche ses yeux.

— Ne me regardez pas comme ça, dit-il aux poules amassées derrière le treillis. Je vous ai dit hier soir que je suis en deuil.

Il cherche néanmoins une louche de graines et l'épand devant elles. Un bref coup d'œil vers les lapins, ils ont toujours l'herbe qu'il avait coupée la veille.

Avant de rentrer à la maison, il se retourne une fois de plus. Il voit les lueurs rouges du soleil dans la même direction que les Forges. Le nœud est toujours dans sa gorge. Il met les mains devant la bouche pour étouffer ce sanglot qui se défait à grand éclat.

Débarrassé des galoches en caoutchouc, il chausse les pantoufles. La maison est silencieuse. Il augmente la température du chauffage avant de monter à l'étage, à leur chambre. Sa femme dort toujours. Depuis hier midi, sa femme ne cesse de dormir. Elle a à peine reçu quelques condoléances qu'elle s'est mise au lit.

Elle dort sur le côté. Il va devant le lit, pose la main sur sa joue si tendre. Il caresse cette peau qu'il a vue si fraîche autrefois. Sa main rêche parcourt les rides qu'il connaît si bien. Un sourire doux se dessine au coin de ses lèvres. Il se rappelle sa femme se regardant dans le miroir et de ses moqueries à lui. L'âge et les rides étaient des cruautés pour elle, et lui de dire : « Tu les as eues avec moi. J'aime tes rides. » C'est ce qu'il avait entendu dans un film.

Il parcourt encore ce visage de sa main crevassée par le travail. Il la trouve vraiment vieille. Mais cette vieillesse n'est pas de son fait. En un jour, depuis hier, sa femme a vieilli de 30 ans.

Il la caresse encore et encore. Elle dort profondément, visage détendu. Il cherche un mot dans sa tête pour l'appeler dans son sommeil. Il le veut le plus doux, le plus caressant et le plus amoureux. Mais lequel, quel mot peut contenir toute sa pensée douce pour elle. Un seul lui vient à l'esprit. Il met ses lèvres sur la tempe de sa femme, y pose un tendre bisou en chuchotant :

— Mon agneau, mon agneau.

Luigi est le père de Giuseppe, mon ami qui vient de décéder. Il était mon premier propriétaire à Tubize. Un septuagénaire d'origine italienne. Un bon travailleur que l'âge n'a pas obligé à rester dans ses pantoufles. En plus des bêtes, il a un potager, grand à nourrir dix familles. Bien sûr, une grande partie de sa production finit dans le compost.

Ses belles-filles et ses propres filles préfèrent les légumes des surfaces commerciales. Elles ne sont pas obligées de les laver cinq fois, lui ont-elles dit. Mais Luigi ne désespère pas malgré les mots méchants d'une de ses filles sur ses légumes boueux. Il continue à cultiver, c'est une question de santé pour lui. La première fois qu'il me montra son potager et ses bêtes, il crut bon d'ajouter : « Le jour où je ne peux plus travailler dans le jardin je serai bon pour mourir. »

Il se lève tôt tous les jours. Ses moutons l'ont toujours vu avant les premiers rayons du soleil. Trois fois par semaine, il fait de la ricotta pour laquelle il a quelques amateurs. L'autre occupation de Luigi est sa famille. Il est ce que l'on peut appeler un grand-père à mi-temps. À peu près tous les jours il a un gamin ou une gamine à aller chercher à l'école, à garder jusqu'au retour des parents.

Giuseppe était son troisième fils d'une série de 7 enfants. C'est lui qui avait demandé à son père de me louer le grenier aménagé. Le vieillard n'était pas très tenté. Hésitant, il m'avait demandé :

— Pourquoi tu es venu vivre dans ce bled, Afshine ?

Je ne lui dis pas la vraie raison pourtant ma réponse n'était pas fausse non plus.

— Je rêve de travailler un potager.

Il regarda incrédule son fils et moi. Aucun de ses enfants ne touchait la terre. Puis il posa sa main sur mon épaule et me dit que le grenier était à moi.

Au début, j'étais souvent absent. Préoccupé par quelques affaires à Bruxelles, je ne le voyais pas souvent.

Mais au fur et à mesure que je prenais distance avec la vie que j'avais fuie, je découvrais un homme admirable. J'avais droit à l'apéro. Il tapait du dos de l'index sa pomme d'Adam et d'un sourire adorable il me disait : T'as pas soif ? À partir du deuxième mois, je mangeais avec lui et sa femme. Quant au potager, je n'avais pas menti. J'allais avec lui, bêcher, semer, biner, etc. Il m'apprit à faire de la ricotta aussi.

Luigi ne parle pas beaucoup. Il a des difficultés en français. Mais il tourne bien ses phrases. Mélangeant sa langue maternelle et celle qu'il a apprise en Belgique, il parvient néanmoins à s'exprimer correctement. Il est mon interprète attitré quand sa femme me parle en sicilien. Une petite femme décharnée, desséchée. Elle circule à la maison avec un tablier en plastique souple couleur beige clair avec d'innombrables petits boutons de fleurs indéfinissables. Les deux poches de son tablier lui servent à cacher ses mains avec un sourire énigmatique quand Luigi parle de quelque chose qui ne lui convient pas.

Giuseppe était la personne à qui Eddy me confia le jour de mon arrivée aux Forges de Clabecq.

— Voilà messieurs, je vous laisse vous présenter, avait dit Eddy avant de nous tourner le dos et de lancer un ordre une fois qu'il s'était éloigné : Giuseppe, celui-ci n'est pas à bizuter, tout doux avec lui.

Le bizutage, souvent plus cochon que soft, était de règle aux Forges de Clabecq. Normalement les nouveaux y passaient, mais pourquoi on m'épargna ? Plus tard on m'expliqua en rigolant que j'étais trop petit et trop fin pour le supporter. Au sujet de volume aux Forges de Clabecq, je ne sais pas si vous avez déjà visité une usine pareille, tout y est démesurément grand. Si l'on vous dit une chaîne, vous penserez à la chaîne de votre pendentif, ou celle de la laisse de votre chien, etc. Mais une chaîne qui pèse des tonnes dont chaque maillon est plus large que votre tête, ça se trouve aux Forges. Tout est grand, sale et crasseux. Et Giuseppe était grand aussi, mais étonnement propre. Un colosse, une cabine téléphonique. Je pense sans exagération qu'il pesait au moins deux fois et demie mon poids. Je me suis toujours demandé ce que pouvait manger en un jour une personne comme lui pour satisfaire ses besoins.

Il était prompt dans ses mouvements, agile, rapide, coulant et avait un centre de gravité bien droit. Les méchantes langues disaient qu'il était le garde du corps d'Eddy durant leur sortie et qu'il fallait se méfier de lui. Ce qui était loin de la vérité. Il y avait évidemment à se méfier d'un homme d'une telle taille certes, mais il avait un cœur d'enfant. Le tout était de ne pas l'embêter. Et puis il faisait la joie de ses amis par un talent très poussé de mime. Il était capable de mimer toutes et tous, animés ou inanimés. Je le vis imiter le mouvement des peupliers et le chant de leurs feuilles au vent le long du canal. Diable je restai bouche bée. Le plus drôle était quand il faisait les moutons qui marchaient sur la prairie en pente côté canal et les petits qui couraient après leur maman. On savait qu'il avait fabriqué pour son père une couveuse pour avoir des petits poussins. Et on savait aussi qu'il avait quelques problèmes de réglage de température, selon lui. Si bien que ses poussins naissaient presque tous difformes. Certains avaient le bec croisé, d'autres le cou tordu, les pattes de travers, etc. Et quand il nous expliquait cela au « Bistrot de la Place » de Clabecq, nous étions tous morts de rire. Comment un homme aussi volumineux que lui pouvait imiter un poussin de trois semaines au bec croisé qui n'arrivait pas à chasser un ver de terre ? Il marchait ou piaillait comme eux. Je me rappelle ce jour-là, au café, on ne pouvait pas boire nos bières au risque de suffoquer tellement qu'on riait.

La dernière chose que je vis de lui, c'était l'histoire du coq vaseliné. Une histoire rigolote mimée avec un talent indescriptible, plein d'enseignement à bien y regarder pour quelqu'un comme moi. C'était une histoire qui montrait aussi à quel point ces ouvriers d'origine italienne vivaient avec la nature et avaient apporté l'amour de la terre. En Belgique, tout en travaillant dans des situations souvent laborieuses, ils ne manquaient pas d'avoir des potagers et des basses-cours. Si bien que les voisins de Luigi se plaignaient du chant de son coq. Normalement, il ne fallait pas accéder à ce genre de demande, mais Luigi, en brave homme, parla de cette affaire en famille et se demandait que faire. Il n'était pas question de supprimer le coq et le faire taire était impossible. Impossible ? Non. Luigi dit qu'il avait toujours entendu que si l'on vaselinait le trou du cul du coq il ne pouvait plus chanter car pour ce faire il devait serrer les fesses et retenir l'air pour qu'il ne s'en échappe pas. Ils rigolèrent bien de cette idée et se mirent d'accord de l'essayer. De toute façon, il fallait calmer le coq et cet emmerdeur de voisin. Et c'est là que venait le génie de Giuseppe. Il mimait le coq dans sa splendeur, avant d'être vaseliné, chantant et se pavanant avec majesté. Et puis vient ce machin crémeux que l'on met à son anus et il essaie de chanter et il n'arrive qu'à sortir le premier son. Giuseppe imitait la tête du coq se préparant pour donner sa voix, le buste et le cou avancés et puis ce petit son plein de surprise qui sortait pour rechuter aussitôt. Il paraît que le coq avait déprimé pendant 3 jours. Il était fané, réduit à un tas de plumes sans intérêt. Giuseppe imitait la figure apitoyée de son père en voyant son coq amoindri. « C'est un pêché, disait-il presque en larmes. Je n'ai pas le droit de rendre un animal si misérable. Il va nous arriver un malheur. Le seigneur va nous punir. » Et Giuseppe nous mimait la tête du coq quand son père était en train d'enlever la vaseline à l'eau savonneuse. Le coq ne se remit jamais de cette épreuve. Par la suite, il ne chantait que la moitié de son chant, ce qui le rendait très ridicule. La nature est plus fine que nous pouvons le croire, tu la manipules un peu, elle perd des plumes.

Concernant le talent de mime de Giuseppe, ce qui était pour moi au bout du compte très artistique c'était le caractère inattendu et improvisé de ses « enregistrements ». Il enregistrait des données au moment le plus invraisemblable, suite à un passage rapide, une rencontre brève, au moment où on n'attendait pas qu'il « filme » pour nous les sortir après.

Il paraît que les ouvriers, occupant la Grand-Place de Tubize, avaient vu la silhouette du bourgmestre, La lande, derrière les volets au premier étage. Giuseppe me le mima devant ses parents. Il arrivait merveilleusement à suggérer l'état de stress et d'indécision dans lequel se trouvait le pauvre bourgmestre. On voyait clairement à travers les mouvements de ce corps herculéen les tremblements musculaires involontaires du petit homme en détresse qu'était le bourgmestre.

Quand il avait su que je cherchais un logement à Tubize il parla à ses parents qui avec le départ des enfants vivaient seuls. Ainsi, j'étais devenu leur locataire jusqu'à ce que je sois engagé à l'école en tant que concierge. Mon nouveau travail ne m'empêchait pas de fréquenter régulièrement cette famille. Ils m'ont toujours tous reçu comme un des leurs depuis ces dix dernières années.

Je revenais d'une course hier fin après-midi et à peine engagé dans la rue qu'une voisine m'annonça la nouvelle. La police leur avait annoncé la mort de Giuseppe suite à un AVC.

À leur retour de la morgue, leur salle à manger et salon était plein de monde. La famille et les connaissances.

Je vois Luigi dans la cuisine, un verre de grappa à la main. Je cherche la mère. Elle n'est pas là. Elle avait décidé d'être seule dans son lit. Je réponds à quelques bonjours et je me dirige vers lui. Il pose son verre, ouvre les bras pour m'enlacer. Il me prenait dans ses bras pour me cacher ses yeux enflés. Il m'est difficile de dire un mot. Je sens ses poumons prendre du volume et puis se dégonfler. Il me murmure quelques mots, je n'y comprends rien. Puis il parle aussitôt en français :

— Ça m'a cassé le dos.

J'ai envie de pleurer. Pour Giuseppe bien sûr et aussi pour un père, un vieillard tout mou dans mes bras qui m'a l'air d'avoir l'échine brisée.

Le nombre de visiteurs augmentant, l'équipe des copains ouvriers va dans la cour. Chacun assis quelque part, grave et silencieux. Luigi vient nous rejoindre et se met à côté d'Eddy sur un banc en bois. Celui-ci entoure ses épaules de son bras. Il le colle littéralement contre lui et ils restent comme ça l'un contre l'autre.

Je voudrais que vous imaginiez la scène complexe qui suit à partir de l'intérieur, du regard de ceux qui voient la cour et les ouvriers par la fenêtre et la porte vitrée.

Ils voient les gaillards, tous la tête penchée vers le sol, assommés par une telle nouvelle et le père sur lequel sont posées quelques mains des amis qui se serrent pour être plus proche de lui. Personne ne parle sinon des murmures rapides, réponses laconiques à l'une ou l'autre question que l'on se pose. Dans ce silence pesant et morbide les hommes entendent petit à petit le piaillement des poussins qui se dirigent vers la cour. On lève la tête et on les fixe avec indifférence d'abord, complaisance ensuite et puis étonnement. Mais ils connaissent ces éclopés ! Giuseppe les avait imités dans le moindre détail. Les doigts de pattes en vrille, les becs croisés, quelques ailes anormalement pendues et surtout les deux qui marchaient comme des crabes à cause de leur cou tordu. Les copains essaient de ne pas y prêter attention, mais est-ce possible de détourner le regard amusé d'un poussin boiteux qui marche en zigzag ? Et chose encore incroyable c'est que tous ces poussins étaient assez animés, se suivant les uns les autres et nullement ralentis par leurs handicaps. Puis commencent les bruits que les copains émettent. Un mélange indescriptible et indéfinissable de rires étouffés, de pleurs, d'esclaffements et de toussotements. Et ensuite, comme s'ils l'avaient décidé en même temps, ils se mettent tous à rire, certains timidement d'autres à gorge déployée, mais tous de bon cœur. Le rire, voilà ce que Giuseppe leur offrait dans la grisaille des Forges de Clabecq et voici qu'il le fait même à sa mort.

La mort est comme le mauvais et le beau temps. Heureusement que les hommes n'y peuvent encore rien. Si les hommes pouvaient choisir entre le soleil et la pluie, ils auraient une raison de plus pour se faire la guerre. La disparition d'un être proche est l'occasion pour les hommes de se calmer un peu dans leur ardeur effrénée de vivre. Mais cette leçon ne dure pas longtemps, on retombe tout de suite sur ses pattes et on redevient ce qu'on est. On oublie que l'on est venu nu et que l'on repartira aussi les mains vides.

À l'occasion de la mort de Giuseppe et parmi les copains dans la cour de son père, je m'approche un peu d'Eddy que je n'ai plus vu ces dernières semaines. Mais je sens sa réticence. Il se limite aux plus conventionnels. Je le laisse tranquille et n'insiste plus. Je remarque que Gaëlle aussi me fuit ces dernières semaines. En effet, elle a été absente une bonne semaine de l'école et puis elle est revenue et m'évite. Là aussi, je la laisse tranquille. Et pour ce qui est des copains des Forges, les contacts se sont ralentis sérieusement.

Et entre nous soit dit, j'ai l'impression de ne plus avoir de vie commune avec Sara, on se croise seulement quelques fois par jour. Elle est capable de mettre des heures entières à parler au téléphone, mais en réponse à une question de ma part elle se contente d'un oui ou d'un non. Parfois sa réponse n'est qu'un son indéfinissable sorti du fond de sa gorge, ressemblant plutôt à un coassement de crapaud qu'à un mot humain. Je la laisse à son aise aussi. Je me garde même de lui demander la raison. Que voulez-vous que je fasse d'autre ? Si les femmes ne sont plus les femmes d'antan, les hommes ne le sont pas non plus. Mais avec une différence : les anciennes images restent collées à notre peau et pourtant nous sommes déjà à mille lieues.

Je me sens tel une goutte d'huile versée dans un bol d'eau.

14

Tubize bouillonnait et moi avec. Les infos du JT concernant les Forges de Clabecq étaient quasi quotidiennes.

Mon père était très content de ma reprise à l'école. Je l'avais laissée pour me consacrer pleinement à une cause humanitaire. Je voulais aller en Afrique du Nord combattre l'ablation du clitoris des filles. Mes amies féministes pouvaient me caser dans une ONG œuvrant au Maroc. Mais un événement changea ma direction. Lors de la rencontre avec le responsable de l'ONG, un certain monsieur Chris Vanbiguème, il me posa quelques questions en parcourant les maigres lignes sur l'unique page A4 de mon CV.

— Bon, je vois que vous n'avez pas encore fini les humanités, savez-vous parler arabe mademoiselle ?

— Non.

— Avez-vous vécu dans des pays arabophones ?

— Non

— Êtes-vous familière avec les cultures nord-africaines, par votre filiation, vos alliances familiales directes ou indirectes ou même quelques amis proches.

— Non.

— Avez-vous une formation particulière, êtes-vous par exemple artiste ou artisane ou je ne sais quoi encore.

Mes réponses négatives me prédisaient déjà la réplique qu'il allait me donner. Étant formée à l'école d'Afshine et de mon père, ces deux redoutables tireurs de conclusion, j'arrêtai le petit monsieur à l'accent flamand et je lui parlai en toute franchise.

— Bon alors monsieur, lui dis-je, vous avez tout à fait le droit de demander à cette petite morveuse ce qu'elle va faire au Maroc en n'y amenant que sa grande gueule et une tonne de prétention et de préjugés. Allez faire quelques études, formez-vous ici et là utilement pour les gens auxquels vous allez rendre service. Et puis revenez me voir.

Monsieur Chris Vanbiguème me regarda assez étonné et plutôt amusé. Il allait reprendre que je le saluai et sortis illico de son bureau. C'était une gifle bien méritée que je venais de me donner à moi-même. Ce que je venais de me dire en face d'un inconnu, ç'aurait pu être les mots de ma mère ou de mon père. Dans ce cas je ne les aurais jamais acceptés. Et maintenant que je savais ce que je devais faire, il n'y avait pas une seconde à perdre. J'allais devenir médecin, un point c'est tout. Et tant que j'y étais, je serais un très grand médecin. C'était décidé.

Le lendemain, je prenais mes affaires pour aller à l'école, au grand étonnement de mes parents. Ils se préparaient pour aller à leur boulot aussi. Mon père tout ravi me demanda :

— Tu reprends ?

— Oui, je lui répondis. Je vais faire des études de médecine.

Il me sourit, je fis de même et tout à coup il prit son air sérieux.

— Gaëlle, me dit-il assez convaincu. C'est une sage décision que tu as prise. C'est bien que tu te penches sur ton avenir et je voudrais te demander une chose. Tu laisses tomber cette histoire avec les femmes des ouvriers. D'accord ?

Sur ce, je lui fis comprendre que je ne suivrais pas son conseil. Je tournai ensuite le dos à la maison pour aller à l'école après deux semaines d'abstention. Sur le chemin, je me sentais investie de deux missions, l'une à court terme qui consistait à conduire les femmes des ouvriers aux réunions des hommes des Forges de Clabecq. L'autre était de prendre l'école comme un instrument pour parvenir à ce que je voulais. Mes pas vers l'école étaient ceux de quelqu'un qui regardait l'endroit où il allait avec beaucoup de détachement et de distance. J'estimais que l'école ne m'avait rien donné jusqu'à présent et il était temps qu'elle remplisse son rôle. Elle serait désormais tel un palier pour remonter cette marche. Je devais absolument finir cette année avec une grande distinction. La faculté de médecine de l'ULB m'attendait.

Quand je pense maintenant, après tant d'années, à ce matin de reprise d'école, aux mois qui suivirent et à mes relations avec mes copains et copines de classe, je ne peux m'empêcher de sourire. J'étais devenue hautaine et merdeuse en si peu de temps. Je ne fréquentais plus personne, les cours et les matières à retenir étaient devenus mes amis les plus proches. J'étudiais jour et nuit et même en croisant les autres je pensais à mes cours et je répondais à peine à leur bonjour. J'entendais quelques fois des mots tels que pouffe, pétasse, poufiasse dans mon dos. L'étais-je vraiment ? C'est possible que oui. J'ai la tête de ma mère. On peut tromper beaucoup de choses, mais pas la génétique. Il suffit que je ramasse un peu mes lèvres pour avoir la tête de celui qui voit tout le monde du haut de son cheval. Excusez-moi si je parle encore de ma mère, je vous avais promis de ne plus en parler. Ce n'était que par nécessité. D'ailleurs, je serai obligée de revenir à elle lors d'une réunion des femmes qui suivra.

À l'école j'évitais Afshine également. Je le fuyais littéralement et pourtant il ne courait pas après moi non plus. J'estimais que j'avais suffisamment entendu et écouté les 2 hommes de ma vie. Ils m'avaient assez donné et il était temps pour moi de digérer dans le calme et l'éloignement nécessaires pour m'y trouver. M'y trouver car ils m'avaient depuis quelques années bombardée d'enseignements divers et parfois contradictoires. Je me sentais comme un boa ayant avalé une biche. Il me fallait me coller à présent autour d'un arbre pour broyer, séparer, sélectionner et digérer ce que j'avais en moi. Aussi j'avais effacé Afshine de ma liste de fréquentation. Je dois dire que parfois une envie folle m'envahissait d'aller le voir, premièrement parce que j'étais toujours amoureuse de lui, deuxièmement il était souvent pour moi la réponse à bien des questionnements. Mais je me retenais. « Tu te débrouilles seule, me disais-je. Il n'y avait pas d'Afshine avant et il n'y aura pas après non plus. Donc tu tires ton plan toute seule. »

La réunion des femmes était programmée le mardi à 18h00, chez Nadia, jeune épouse d'un tout aussi jeune ouvrier des Forges. Elles étaient toutes de Clabecq et de Tubize sauf 3 qui venaient de Waterloo. Je ne vais pas vous raconter la difficulté que j'eus à les rencontrer une par une, leur parler et les convaincre de la nécessité de s'y impliquer et finalement de les réunir à une heure qui convenait à toutes. De ces 38 femmes, l'une, Fatima, était d'origine Turque, elle ne parlait pas plus français que les vaches espagnoles, mais riait comme chantent les merles de chez nous. Les deux Maghrébines par contre étaient très loquaces. Nous avions 4 Espagnoles, 3 Belges et le reste était d'origine italienne. Une communauté cosmopolite féminine au chevet des Forges de Clabecq. Pour cela il fallait qu'elles soient d'abord là. À 19 h, on en attendait encore 15. Je n'ai jamais compris cette tendance chez certains peuples, y compris celui de mes grands-parents italiens, de fixer un rendez-vous si l'heure n'a pas d'importance. C'est sûrement par principe, sinon considérer que 2 heures par-ci 3 heures par-là ça va aussi, pourquoi se donner tant de peine pour fixer une heure ?

Au sujet de ma mère, c'était un moment de colère pour moi quand je la vis se pointer. Elle n'était pas invitée. Je lui fis promettre d'assister sans rien dire. Mais par la suite et vu la manière dont se déroula cette réunion, j'étais contente de sa présence. Je trouvais une femme pleine de tact et de pertinence. Elle se montra intelligente et compétente parmi 38 femmes qui, en toute sincérité, n'avaient rien à voir avec elle. Je trouvai une mère dont j'étais désormais fière. Et je m'en voulais de lui avoir infligé des instants si durs. Je m'en voulais aussi de ne pas avoir comblé, un tant soit peu, la solitude qu'elle ressentait chez elle. Cette solitude que, paraît-il, tous les couples mariés, homme ou femme d'un certain âge ressentent.

À 19 h 45, je décidai finalement de commencer sans attendre les 9 dernières. Je m'aperçus que ma mère approuvait ma décision quand la sonnette retentit encore. En l'espace de 20 minutes, les retardataires vinrent en chapelet, espacées chacune de quelques minutes.

Le petit salon et la salle à manger de Nadia, une petite maison ouvrière de la rue des Forges, étaient remplis et je me croyais arrivée au bout de ma peine quand l'on sonna encore. Pourtant tout le monde était là. C'était Simona, une femme d'origine italienne d'un certain âge que j'avais expressément omise de ma liste d'invitations et pour cause. Elle était en « pétard » avec une de ses cousines, Ninfa, présente et venue à l'heure seulement avec une heure et le quart de retard. Une des choses amusantes concernant ces deux cousines à la réputation sulfureuse était leur forte ressemblance. Au premier coup d'œil, on aurait dit qu'elles étaient tombées du même trou. Leur visage ressemblait à une pièce de monnaie prise entre la roue d'un train et les rails d'un chemin de fer. Mais cela n'empêchait pas le charme (le mot est exact et sans exagération) qu'elles dégageaient. C'était la raison pour laquelle on les connaissait comme croqueuses d'hommes durant leur jeunesse. J'aurais juré qu'une partie de leur mésentente puisait sa source dans des histoires de coucherie et tout ce qui s'y rattache. Elles parlaient toutes les deux avec une telle douceur suggestive qu'on aurait dit qu'elles bâillaient en s'étirant après un orgasme.

Le différend qui opposait Simona et sa cousine trouvait sa racine dans le temps, lorsqu'elles étaient encore dans leur village natal. Sans aller dans les détails, il faut savoir qu'à cause de ces deux femmes, leurs familles respectives ne se parlaient plus et se traitaient de tous les noms d'oiseaux. La dispute entre elles avait commencé quand elles étaient encore jeunes mariées et portait, tenez-vous bien, sur la pasta. Pour être plus précis, les deux femmes se crêpaient le chignon depuis près d'un demi-siècle sur le moment où il fallait sortir les pâtes de l'eau. Cela avait commencé suite à une discussion entre les femmes tricotant sur les perrons et s'était envenimé au cours des années. Et quand elles vinrent rejoindre leurs maris, déjà engagés aux Forges de Clabecq, dans les années 65, elles apportèrent dans leurs bagages cette dispute. Même en Belgique, elles n'avaient pu résoudre ce problème et continuaient à pester l'une contre l'autre. Évidemment cette histoire de pasta était le catalyseur d'une volonté de domination très forte dans leur chef. Donner raison à l'autre équivalait à perdre sa place et son crédit et ça, ni l'une ni l'autre ne se le permettait quitte à voir partir en fumée la moitié des maisons de leur village.

Un étrange secret entre Simona et sa cousine gardait ce conflit en équilibre. Selon toute évidence chacune connaissait quelque chose de si grave, de si honteux et d'inavouable de l'autre qu'elles se tenaient à une distance respectable sans franchir la ligne rouge. Elles étaient capables de se disputer violemment, mais dès que le spectre de la révélation se profilait elles se calmaient. On savait que c'était la cousine de Simona qui l'avait surnommée « peau de tomate sur le cornichon ». Pourquoi ? Personne n'en savait rien. Bien sûr, jamais aucune femme n'oserait la traiter de ce surnom sauf sa cousine qui le lui lançait quand elle était à bout de nerfs. Dans ce cas, Simona devenait toute pâle, pointait son index dans sa direction en disant : « Tu veux que je le dise aussi moi ? » La cousine se calmait alors et d'un geste de main suggérait la paix et la fin de la bagarre. En tout cas, ce secret servait à offrir la paix à un moment donné, mais jusque quand ? Ni l'une ni l'autre n'avait franchi le pas de se confier à quelqu'un d'autre sur la nature de l'arme secrète qu'elles détenaient. Pourtant, elle existait bel et bien et sa peur était trop grande pour agir dans la précipitation. Un peu comme les détenteurs des armes atomiques qui se regardent en chien de faïence en se disant « je peux lui infliger une perte, mais la mienne sera tout aussi grande ».

Toutes les femmes italiennes qui les connaissaient évitaient leur présence conjointe dans le même lieu. L'histoire de pasta et le moment de sa sortie de l'eau divisait les Italiennes de ce cercle. Des épisodes qui se terminaient souvent par des injures d'une cruauté exemplaire, vulgaire et très amusante au demeurant.

Avec l'irruption de Simona dans le salon, sa cousine et quelques autres femmes devinrent pâles. Et moi, je compris que ma tentative de réunir ces femmes et faire quelque chose pour leur mari avait échoué. J'étais capable bien sûr, de part de mon éducation belge, de mettre Simona à la porte, car elle n'était pas invitée, et gérer la réunion d'une main ferme, mais une partie de moi est de culture italienne.

Elle veut que les gens âgés soient traités avec égard, peu importe leur faute et leur bêtise.

Avec la présence de Simona, il était superflu de gérer quoi que ce fût dans une réunion. C'était elle « le shérif » et c'était elle qui déterminait le sujet de la discussion, son déroulement et sa conclusion et, croyez-moi, même sa durée. J'étais consciente qu'elle et sa cousine pouvaient y mettre fin à tout moment et elles connaissaient une panoplie de méthodes pour ce faire : des plus rusées et subtiles aux plus brutales.

Je voudrais vous faire une confession : je pense en toute sincérité que la présence de ces deux énergumènes me sert à justifier l'échec total de ma démarche. Entre nous soit dit, je pense que même si elles n'avaient pas été là, je ne serais arrivée à rien de probant avec les autres femmes. Et pour cause, elles étaient toutes venues avec des paniers de nourriture en tout genre et pourtant je leur avais précisé que c'était une réunion de travail. Cela n'ayant servi à rien, la maison de Nadia s'était transformée en lieu de rencontre entre gourmets. Elles parlaient, mangeaient, rigolaient et déblatéraient toutes à voix haute. On se communiquait les nouvelles de toutes les familles remontant au moins à deux générations pour celles qui se connaissaient. Et pour d'autres, telles que la seule Turque, les Maghrébines, les Espagnoles, les Belges, elles étaient occupées soit à expliquer la spécialité qu'elles avaient concoctée soit à goûter celle des autres. À un moment, je me sentis très petite et inexpérimentée pour faire ce que je voulais. Et celle qui l'était, ma mère, celle qui pouvait m'aider pour récupérer la perte, je lui avais stupidement fait promettre à l'entrée de ne rien dire et de n'intervenir en rien. Appuyée contre le manteau de la cheminée, elle avait un morceau de loukoum entre le pouce et l'index tout près de sa bouche. Elle regardait cette masse de femmes bavardant avec un sourire très innocent, le même que lorsqu'elle regardait un film que lui plaisait. J'étais sûre aussi qu'elle observait le moindre de mes gestes.

Comment aborder toutes ces femmes qui s'amusaient si bien et leur demander de passer à autre chose ? Comment pénétrer au cœur de cette inattention vexante, le disloquer et puis leur demander de sortir quelque chose de positif et de constructif sur l'emploi de leur mari qui devait les toucher inévitablement de plus près ? Je voyais ma mère qui comprenait mon impatience et mon égarement. Elle me fit signe d'approcher. J'allai à ses côtés.

— Prends ce rouleau de serviette en papier, fais un tour et propose à chacune une serviette en leur disant que l'on va commencer dans 5 minutes.

Vous pouvez imaginer ma joie pour ce bol d'oxygène à mon cerveau tout à fait figé. Je l'embrassai sur la joue et avant de faire ce qu'elle m'avait suggéré je lui demandai des excuses pour le numéro que je lui avais fait à l'arrivée. Elle ramassa ses lèvres comme si elle me répondait : ça ne fait rien, vas-y, occupe-toi de ton travail.

Je plongeai parmi les femmes, toute souriante et l'air serviable avec à bout de bras les serviettes que je détachai une par une, en égrenant inlassablement la phrase de ma mère. Et au fur et à mesure que le nombre était entamé, ma petite phrase tout aimable et attentionnée changeait de ton pour ressortir mon agacement, mon désespoir et surtout mon sérieux naturel. Je n'étais qu'à la moitié des femmes quand je ressentis une forte douleur dans le sein gauche. J'avalai ma salive et sentis une chaleur intense aux palmes de mes oreilles. Le moment de servir encore quelques femmes, je croyais que mes oreilles allaient prendre feu. Je ne pourrais jamais arriver au bout, il me fallait absolument sortir prendre l'air. J'arrachais une autre serviette quand mon salut se présenta devant moi pour me faire oublier mes oreilles et le manque d'oxygène.

Entourée de quelques femmes, en pleine discussion et rigolade, elle prit la serviette de ma main, pencha un peu la tête vers la droite en l'approchant de mon visage et puis d'un air que l'on ne peut plus curieux et intéressé elle lança :

— Grazie, mais ma fille qui es-tu toi ?

Sa voix aiguë fit mouche. Le vacarme s'estompa illico. Les regards se dirigèrent vers moi. Devant une telle question de Simona je fis un petit pas vers l'arrière et je lui dis mon nom. Elle le répéta, mais semblait ne pas me situer.

— Gaëlle est la fille d'Eddy, dit Nadia, notre hôte.

— Ah, c'est toi donc, Gaëlle. Mais qu'est-ce que tu as grandi ! La dernière fois que je t'ai vue tu étais une petite fille et tu faisais toujours pipi dans ton lit. Ton papa est venu me voir pour avoir un remède. Tu sais, ces imbéciles de médecins d'ici ne connaissent pas ce genre de choses. Alors, ça va maintenant ?

— Ça va quoi ? lui demandai-je agacée.

— Tu fais toujours pipi au lit ou non ? répondit en riant une petite femme trapue de sa bande qui ressemblait à une carpe étouffée dans l'eau.

Je saisis tout à coup la situation. Il ne s'agissait bien sûr ni de pipi ni de mon identité. Simona était en train de se venger de ce manque de politesse de ma part. Je ne l'avais pas invitée et en venant de sa propre initiative, elle avait décidé de m'humilier, de me flanquer la baffe que voici. Une belle réussite d'ailleurs. On ne se passait pas si facilement du shérif chez les Italiens de Clabecq. Et quand elle règle ses comptes, on se tait et on regarde sans intervenir. J'avais une folle envie de lui montrer de quel bois je me chauffais. Moi, fille d'Eddy, petite fille d'un adorable couple italien venu tout comme elle du même coin de leur pays natal. Mais quelque chose me retenait la langue, bridait la pulsion de répondre mot pour mot à ses offenses. Ce quelque chose est ce son de désapprobation que mon père émettait très discrètement entre ses lèvres chaque fois, depuis mon enfance, qu'il sentait que j'allais manquer de respect envers un vieillard.

Je tournai le dos à Simona, donnai encore des serviettes sans aucune conviction et aucun mot d'accompagnement. Puis mon cerveau sortit du brouillard et de son emprise. À la maison, à ma mère, je répondais et répliquais du tac au tac et je ne laissais rien échapper. Pourquoi et par quelle magie je ne dis rien à cette vieille encroûtée qui en plus de m'humilier s'invitait à ma réunion pour y foutre la merde ? Vous excuserez l'expression, mais c'était le cas. Ça aurait été une injustice envers ma mère si je laissais Simona derrière moi sans rien dire. Et puis m'écraser et m'incliner devant une telle autorité ne me ressemblait pas non plus. Alors, j'y retournai et toute parée de la froideur belge de ma mère et de l'élégance italienne de mon père, je me dirigeai vers elle toute souriante. Je pris ses épaules chaleureusement entre mes bras, approchai aimablement mon visage du sien et je murmurai à son oreille : « Tu m'aides, nonna, à mener cette réunion dans le calme ou je dis, ici même à tout le monde, pourquoi on t'appelle "peau de tomate sur le cornichon". Tu as compris ? »

Je ressentis son frémissement et particulièrement le mouvement convulsif de ses épaules. Elle s'écarta de moi, les yeux tout feu tout flamme et je profitai de cet instant pour lui assener le coup de grâce : « Je te donne 5 petites minutes. » Je lui tournai les fesses pour redistribuer les serviettes, cette fois avec beaucoup d'espoir.

Je ne savais pas encore si mon bluff allait fonctionner ou non. Un peu plus loin, je la regardai du coin de l'œil, royalement ébranlée. Deux femmes l'interrogeaient, mais il me semblait qu'elle n'y prêtait guère attention. Je comptais les secondes, ballottée entre espoir et incertitude. J'avais de l'espoir vu l'état dans lequel je l'avais mise. Et rien n'était gagné non plus car je connaissais très bien cette race de personnes. Elles sont malignes, rusées, dures à cuire, indomptables et difficiles à mener par le bout de nez. Je jetai un coup d'œil aussi à ma mère toujours à la moitié de son loukoum, sourire hautain, mais assez pensive et perplexe.

15

L'usine est quasiment fermée. Nous avons accéléré nos mouvements de contestation d'une part et d'information à la population d'autre part. Notre décision en front commun de faire au moins une action par semaine fonctionne bien. Nous sommes maintenant présents sur la plupart des marchés hebdomadaires. Même les plus réticents y participent. Bon, il y a toujours de mauvais coucheurs dans chaque mouvement qui ne sont jamais contents et râlent sur tout et avec eux on ne peut rien. Sergio dit en plaisantant qu'il faut créer un goulag pour eux. Un camp de travail forcé si vous voulez. Il voit même leur emploi du temps quotidien : « Les gros et gras de la grande bourgeoisie bêcheront la terre, feront des trous et juste derrière eux, les râleurs les rempliront pour ensuite tout recommencer. » Ça, il le dit en rigolant d'accord, mais je pense qu'il y croit réellement. En tout cas, les temps sont trop durs pour nous en ce moment.

Ces derniers mois, les ouvriers de Clabecq sont heurtés à la volonté déclarée du monde capitaliste et de ses acolytes de les priver de leur emploi et de fermer l'usine. Si bien que nous sommes tous outrés. Personne ne se soucie de notre cri de détresse. Les discussions et les réunions n'aboutissent plus à rien. On se contente de ressasser les positions et les exigences des protagonistes. Les représentants politiques racontent n'importe quoi, les médias et les journalistes encore pire. À chaque préparation d'interview je m'attends à répondre à des questions intelligentes, fines et constructives. Et à chaque fois, je n'ai à répondre qu'à des conneries. Il suffit d'avoir eu une seule fois affaire aux journalistes, à être impliqué dans une histoire ou d'en être un simple témoin pour savoir à quel point les infos publiées sont faussées. On vient vous interroger avec une idée précise et surtout la réponse précise à obtenir. Leur question sous-entend déjà la réponse qu'ils cherchent. Si tu ne leur donnes pas satisfaction, ils piochent dans tes mots pour la constituer et va-t'en dire que ce n'est pas ce que tu voulais dire.

Des déclarations sur la performance de notre usine fusent de partout. On interroge des gens qui visiblement n'y connaissent rien ni en sidérurgie ni en marché de l'acier ni en macro et micro-économie, etc. Et on vient avec toutes ces bêtises et tu dois répondre et justifier ton gagne-pain. Pourtant le travail, la qualification des ouvriers et les performances de l'usine étaient indiqués comme excellents selon un audit il y a à peine deux ans lors du changement de propriétaire. C'est incroyable le manque de mémoire chez les gens toutes catégories confondues : la populace, les politiciens, les médias et surtout chez ceux qui peuvent feuilleter un petit dossier et trouver ce qui a été dit un peu avant. Et maintenant, je dois répondre aux remarques des coiffeuses et des boulangères à la télévision se demandant à quoi sert une usine sidérurgique à notre époque. Et quand tu dis que la moitié des paysans du monde n'a pas de bêches pour retourner la terre, on te regarde d'un air ahuri comme si tu étais le dernier idiot au monde.

Je suis témoin d'une idiotie générale qui me perturbe royalement. Je la croyais propre à notre situation, mais Sergio, tout communiste qu'il est, me cita un verset du Coran comme quoi la majorité des gens sont des imbéciles. Il paraît qu'à un autre passage, le même livre traite les gens de sourds, muets, aveugles et privés de raison. Nous en rigolâmes et cela nous calma un peu de savoir que le prophète des musulmans avait aussi ressenti ce que nous vivons 1500 ans après. « Encore un peu, rajouta Sergio, et nous serons tous musulmans, maintenant que les Soviets n'y sont plus. »

Le plus pénible dans ce capharnaüm est le manque de soutien de nos propres appareils syndicaux, surtout le nôtre, les Rouges. Notre usine est à la limite de l'exclusion de la part du bureau de la FGTB. Une volonté manifeste de nous mettre des bâtons dans les roues. Celui qui croit que la raison de cette discorde est la nature de nos actions se trompe. Je pense que c'est une question de jalousie, c'est puéril à dire, mais c'est comme ça. Comme si nous leur serrions la place, les privions de leur prestige. Nous avons volé, sans méchanceté aucune et par la force des événements, la vedette à ces fonctionnaires aux cols blancs. Ils n'arrivent pas à nous suivre et du coup tout ce que nous faisons est mal, susceptible d'être contesté avant même que la décision d'action soit prise. La jalousie est le tabou, l'élément déclencheur non avoué de bien des réactions. Face à cette distance et le manque de collaboration de nos bureaux, nous avons trouvé la parade pour nous offrir des soutiens. Nous allons directement à des sections sœurs d'autres usines et parlons en personne avec elles. Certaines d'entre elles sont très réticentes, d'autres assez accueillantes selon les tendances sociales et économiques dans leur secteur. Un constat devient une évidence pour nous : chacun pour soi. Ils ne pensent pas que si aujourd'hui c'est notre tour demain sera le leur. Nous avons l'intime conviction que Clabecq, s'ils arrivent à nous mâter, sera le début d'une débâcle d'emploi généralisée en Belgique et en Europe. Le vent de néo-libéralisme qui souffle d'outre-Atlantique va balayer le bonheur d'avoir un emploi dans notre pays. Visiblement tout le monde est consentant et on avait applaudi le roi Baudouin il y a 5 ans quand, dans son discours de Nouvel An, il avait fustigé le protectionnisme et avait prôné la libre concurrence. On avait applaudi son roi sans savoir ce que cela voulait dire et que signifiaient libre concurrence et protectionnisme. Désormais, un travail qui doit se faire à trois se fera à deux par mesure d'économie, les facteurs doivent se chronométrer pour faire leur tournée, etc. Le capitalisme sauvage et cruel frappe à notre porte et on se trompe de cible en prenant les donneurs d'alerte, les ouvriers de Clabecq, pour responsables de l'agitation du pays. Sourds, muets, aveugles et privés de raison, voilà ce que nous sommes.

Je suis fatigué et je me pose de sérieuses questions sur la pertinence de notre combat. J'ai l'impression d'être engagé dans un dialogue de sourds. Je dis ce que j'ai à dire, les autres aussi sans jamais s'écouter. Je vais à des réunions sachant qu'il n'en sortira rien et le soir je ne peux rentrer chez moi qu'avant d'avoir fait deux tours à pied dans le quartier pour aérer ma tête bourdonnante. Et puis dans ce tableau sombre, la lumière noire jaillit.

La marche multicolore pour l'emploi, l'initiative des syndicats, ce en quoi nous croyions si peu, prend de l'ampleur. Tout le monde répond positivement à l'invitation d'y participer. La panoplie des participants est tellement vaste que ça fait peur. Est-il donc vrai que l'on n'est pas insensible à notre douleur, au malheur qui frappe nos familles ? Nous n'avons donc pas agi dans notre coin sans résultats, aller aux marchés, informer la population, répondre patiemment à des questions parfois insensées. La solidarité et la compassion existent donc. Nous avions invité dans notre tract les ouvriers, les travailleurs et les enseignants, bref cette couche sociale opprimée par les mesures réductrices d'emploi. Chaque jour la liste des réponses positives à la participation s'allonge. Mais à voir leur nom, l'humeur de Sergio s'aigrit.

— Depuis quand ces gens pensent à la dignité des ouvriers et des chômeurs ? Regarde cette association, ce gars-ci et celui-là. Ils ne sont pas nos amis. Ils ne peuvent l'être, jamais.

— Tu as raison Sergio, mais nous ne pouvons pas leur dire de ne pas venir.

— Si on le peut. Ces classes sociales ne sont pas et ne seront jamais alliées aux prolétaires. Ils cherchent leur propre bénéfice et leur présence va ternir notre cause.

— Ne fais pas d'idéologie Sergio. On se croyait seuls et voici que des milliers vont venir soutenir notre cri pour préserver notre emploi. C'est ça que l'on cherchait non ? C'est une guerre que nous menons et on cherche des alliés.

— Sûrement Eddy. On cherche des alliés, mais jamais avec ces gens-là. Je n'ai aucune affinité avec eux. Ils récupèrent notre travail et nous lâcheront à la première occasion comme une vieille chaussette trouée. Certains sont des braves, d'autres des salopards de premier ordre. Tu es aveuglé par quoi, Eddy ?

— Que veux-tu Sergio ? Soit ils restent à la maison dans leurs pantoufles à regarder le journal télévisé et à nous insulter ou bien on les a parmi nous. Et toi, tu veux quoi ?

— Le premier bien sûr. Être seul vaut mieux que mal accompagné. Je ne vends pas mon âme au diable pour avoir un millier de personnes en plus à mes côtés. Ce sont des serpents que nous allons accueillir dans notre manche. On n'est pas de même nature qu'eux. Rassemblons ceux qui nous ressemblent. Diable, quel est le point commun entre ce gars pourri jusqu'à l'os par le pouvoir et la corruption et ces deux pauvres parents, des ouvriers comme toi et moi, qui ont perdu leur petite fille dans l'affaire Dutroux ? Je ne pourrai jamais les voir côte à côte, moi. En tant que socialiste tu as maudit 36 fois ces trois politiciens, « les trois Guy », qui ont déposé 30 millions, tu te rends compte du montant, 30 millions dans des banques au Luxembourg par le biais d'une prostituée. Tu haïssais ces gens en tant que socialiste, mais alors pourquoi, tout à coup, tu veux voir leur gueule dans nos rangs ?

— Arracher un poil de l'ours c'est déjà gagné, disais-tu. Ça va servir notre cause.

— Cause ? Non Eddy. Et écoute-moi bien maintenant. Je me suis souvent demandé pourquoi lors des débats dans les médias, d'autres intervenants ferment leur gueule face à toi. Pourquoi ils sont bloqués, sans voix, ne peuvent avancer dans leur petit monde à eux, tu sais pourquoi ? Parce que toi, tu dis les choses telles qu'elles sont, pas de langue de bois, tu ne ménages rien ni personne. Le contraste est énorme entre toi qui n'as rien à perdre et mets les choses à nu et les autres qui pensent à leur poste haut placé dès qu'ils disent le moindre mot. Maintenant, voilà à quoi je voulais en venir, tu veux faire comme eux, raisonner et argumenter et agir comme eux. Et tu appelles ça très vicieusement « servir la cause ». Non Edyy, pas à moi, tu peux le dire à d'autres, mais pas à moi. J'appelle ça le commencement de la pourriture, l'égocentrisme pur et simple.

— D'accord, c'est de l'égoïsme et je trouve que les travailleurs doivent l'être parfois. On pêche trop par excès de loyauté même envers le patronat.

Je me calme un peu. Une question me vient à l'esprit qui, je crois, calmera Sergio et le fera rire.

— Dis Sergio, à propos de ces trois Guy, qu'est-ce que cette pute avait entre les jambes qui valait trente millions ?

Mais Sergio n'est plus d'humeur à rire ces derniers temps. Il est aussi fatigué, voire un brin déprimé. Il me regarde alors de sa tête cabotine, mais baisse aussitôt les yeux.

— Eddy, je ne serai pas à tes côtés à cette manifestation. Je remonte dans mon arbre pour garder mes principes. Mais je t'aiderai comme d'habitude pour la partie d'organisation qui te revient.

Sergio avait raison. À dire vrai, il a eu souvent raison autant que je me souvienne. Il a une clairvoyance qui fait défaut à beaucoup d'entre nous. Et va-t'en savoir pourquoi. Au sujet de cette marche multicolore pour l'emploi aussi, il a vu juste. Ça nous a pris un temps fou pour un résultat quasi nul pour le déroulement de nos négociations. Cela n'y a apporté ni un poids supplémentaire, ni un argument quelconque et n'a rien changé à notre position de victime des décisions prises dans des bureaux fermés. Et nous, les pauvres âmes, les petites gens, croyions qu'en rassemblant 70.000 personnes les choses allaient changer.

Nous avons laissé une partie du terrain à quelques hommes publics qui se permettaient, de par leur présence, de nous critiquer et de dire n'importe quoi de nos actions les semaines suivantes. Un apport négatif de cette marche était l'image que les médias ont offerte de notre mouvement à savoir qu'il n'y avait que des Rouges aux Forges de Clabecq. L'insinuation était grotesque à la première phrase de la présentatrice du JT : « C'était une marche multicolore même si les drapeaux rouges dominaient la manifestation. » Un fil barbelé en plus pour isoler et discréditer ce mouvement des travailleurs au cœur duquel se trouvaient plus de 2000 familles de toutes tendances confondues.

Le bon côté de tout cela était de savoir que l'on n'était pas seuls. Ça faisait chaud au cœur de voir de simples citoyens, des parents avec leur gosse sur les épaules, dans des landaus, des associations d'immigrés de Tubize, des ouvriers venus des quatre coins du pays, des Flamands, des germanophones, etc.

J'entendis des mots et des phrases magnifiques qui montraient la conscience que les gens avaient des malheurs qui nous frappaient. Certains disaient qu'ils n'aspiraient qu'à une vie paisible, mais étaient exploités par des puissances occultes. Parmi tout cela les mots de ce papa, en deuil, révolté et meurtri dans sa chair, qui disait que c'était l'argent et le pouvoir qui avaient tué sa petite fille et c'est ce même argent et ce même pouvoir qui nous privaient de travail. J'avais envie de pleurer.

Ce dimanche du 2 février à Clabecq était une parenthèse, une pause qui n'aboutit à rien pour la suite de nos événements. Comme si l'on avait laissé échapper le trop-plein de pression pour calmer un peu le jeu, pour mieux contrôler ou neutraliser une solidarité naissante dans la population.

Sergio n'est pas du genre à revenir sur le passé et malmener les siens pour leur faute. Il a toujours le regard projeté dans le futur. « Maintenant que c'est fait, c'est fait, inutile d'en parler, plus tu remues la merde plus ça sent mauvais » disait-il parfois dans de pareilles circonstances en impliquant son père, comme d'habitude.

Lors d'une assemblée générale après la marche multicolore, il fit tout, à l'aide de quelques délégués, pour que nos actions soient désormais plus orientées vers la contestation ouvrière que des mouvements citoyens hétérogènes et incontrôlables. Nous étions tous d'accord sur ses conclusions, un peu échaudés par la retombée médiocre de la marche et des conneries que d'aucuns participants racontèrent par la suite à notre sujet. Une série d'actions furent décidées parmi lesquelles l'opération escargot sur l'autoroute E19. Mais pour cela il fallait l'autorisation de la police. Elle avait autorisé les ouvriers de Renault à bloquer la Gare du Midi, alors pourquoi pas nous.

Depuis un certain temps, on n'introduisait jamais une demande de manifestation de manière isolée. On en faisait une pour dix lieux à la fois. Une astuce syndicale bien rodée pour brouiller l'importance de la demande principale. Nous n'y croyions pas, mais quand on reçut ladite autorisation on fut ravis.

L'action était prévue le premier jour du printemps. On espérait que ce serait l'ouverture d'une nouvelle saison pour nous. Un printemps avec toutes ses promesses d'épanouissement et de renouveau. Et ce ne fut pas le cas. C'est là que je compris la justesse et la profondeur de certaines leçons marxistes-léninistes du combat politique. Il ne faut pas faire l'impasse sur la séparation de champs d'intérêts et les jeux d'influences et de soutiens qui en découlent. Il ne faut jamais perdre cela de vue sinon tu reçois le coup au moment où tu ne t'y attends pas. Un organe tel que la police chez nous est et restera un instrument de domination et de répression malgré les règles que lui sont imposées. On peut disserter longuement sur son évolution et son rôle de protecteur de la sécurité publique, mais rien n'y fait. Dès qu'elle trouve la moindre faille, elle montre sa nature. Et entre-temps, nous, les ouvriers de Clabecq eûmes affaire à cette nature répressive. Mais bon, on n'était pas des enfants de chœur non plus, assoupis par le discours d'un curé. Nous allâmes occuper ce tronçon d'autoroute bien décidés à nous défendre.

— Puisqu'on nous traite d'inconscients et d'irresponsables, avait dit lors de l'assemblée générale Jésus, surnommé Queue de cerise, un ouvrier décharné d'origine portugaise, nous serons alors inconscients et irresponsables. Allons-y avec de quoi nous battre. J'en ai assez moi de ces gros lards qui nous barrent le chemin.

On le calma, mais nous approuvâmes sa proposition à l'unanimité qui faisait référence à une altercation toute fraîche avec un seul policier zélé qui avait barré à lui tout seul le chemin d'un petit cortège d'ouvriers rentrant du marché de Ittre. Les ouvriers avaient dévié leur chemin suivant la consigne de ne pas user de la force. Un ouvrier prit la photo de ce policier, les deux poings à la hanche d'une allure martiale à côté de sa voiture, lançant le défi à tous. Les hommes juraient qu'il était là exprès pour les provoquer. Celui-ci eut de la chance ce jour-là car dans le groupe il y en avait au moins deux qui auraient pu le bouffer en 30 secondes tout gros qu'il était.

La décision d'y aller avec de quoi se défendre était unanime. Les bulldozers seraient de la partie eux aussi pour mieux gérer le flux de voitures sur l'autoroute.

Ce qui se passa ce premier jour du printemps de 1997 restera gravé à jamais dans nos mémoires.

Sergio avait envoyé comme d'habitude un éclaireur à moto pour tâter le terrain et évaluer les conditions. Le gars revint de sa mission à notre rencontre juste à la sortie de Braine-le-Château, à 1 kilomètre de notre lieu de manifestation. Il était dans tous ses états, nous avertissant que les deux bandes boisées de part et d'autre de la bretelle de l'autoroute étaient truffées de gendarmes antiémeutes. « Ils n'ont pas l'air commode et se préparent visiblement à nous casser la gueule. Je n'ai pas pu voir combien ils sont dans leur camion. Mais ils ont l'air assez nombreux. »

Court conciliabule entre délégués, deux choix s'offraient alors à nous. Soit on rebroussait chemin, soit on allait à leur rencontre et donc à l'affrontement. Aucun n'était d'accord pour rentrer chez lui bredouille car dans ce cas nous ne pourrions plus jamais sortir de l'usine. Et puis, qu'est-ce que nous avions à perdre ?

— S'ils veulent ignorer notre autorisation autant en découdre avec eux en dehors des lieux d'habitations, avait dit l'un.

— Et puis on ne va pas se dégonfler devant des gendarmes grassouillets tout de même, avait dit un autre.

Ainsi, le cortège fit mouvement pour aller au-devant de notre destin. Un destin qui allait être scellé du sceau des damnés car nous oubliions une chose fondamentale dans cette histoire. Si nous nous croyions dans notre droit avec un papier d'autorisation à manifester dans la poche, ceux de l'autre côté, ils avaient tous les instruments de manipulation de masse à leur disposition. C'est ainsi qu'à partir de ce matin-là, notre réputation de gens violents ne s'améliora pas. Toutes les chaînes télévisées montrèrent cet affrontement entre les forces de l'ordre, protégeant le droit des automobilistes à circuler librement et les méchants ouvriers des Forges de Clabecq qui renversaient le camion des pauvres gendarmes avec leurs bulldozers.

Pour certains d'entre nous c'était une journée grandiose. Ils avaient de quoi être fiers pour la solidarité et la combativité dont ils firent preuve. Ils montrèrent que l'on ne pouvait pas, au nom de la loi, arracher le pain de leur bouche. Ils affrontèrent à coups de barres de fer les défenseurs de la perfidie capitaliste, balayèrent la logique impitoyable du pouvoir de l'argent et des banques et donnèrent une leçon à qui voulait l'entendre : « Vous pouvez nous ignorer, mais gare à vous le jour où on se mettra en colère. Vous pouvez piétiner la dignité des travailleurs au gré de votre hypocrisie mal maquillée, mais attendez-vous à voir votre décor démonté à la première occasion. » Cette tendance était tellement importante et la joie de certains milieux à voir les ouvriers tenir tête si valeureusement à la force répressive était tellement grande que le soir-même et puis les jours suivants nous étions tous sollicités par d'autres sections ouvrières du pays (surtout côté flamand) pour leur communiquer notre expérience. Désormais, aucun ouvrier des Forges de Clabecq ne pouvait être présent dans une réunion sans être invité avec beaucoup d'égards à parler de « Ceux de Clabecq ». Y a-t-il un seul décideur public qui en tira la leçon ? personnellement je l'ignore.

Et puis il y en a d'autres tels que moi, très sceptiques sur le résultat positif de notre action face aux gendarmes. Cela était soûlant certes, mais la gueule de bois était tout aussi importante. En effet, le soutien des milieux ouvriers ne pesait pas lourd devant le discrédit jeté sur notre combat pour l'emploi. Le moment pénible était sûrement lorsque les médias interviewaient certains qui nous avaient soutenus un mois auparavant lors de la marche multicolore. C'est là que je compris ce que Sergio avait dit au sujet de la séparation des classes sociales et leurs intérêts respectifs.

Il avait raison, ces gens n'étaient pas nos amis, ils étaient là pour leur propre image et je ne sais pour quoi d'autre encore.

Le peu de lumière et de sympathie que la marche multicolore avait apporté à notre mouvement disparut sur un tronçon de l'autoroute E19 près de Braine-l'Alleud. À l'usine, on ne parlait que d'un plan machiavélique et digne d'un scénario de film d'espionnage pour nous isoler de plus en plus. On imaginait 5 personnes autour d'une table ronde décider de nous donner l'autorisation de bloquer l'autoroute et en même temps de demander au commandement de la gendarmerie d'outrepasser cette autorisation et de tendre une embuscade aux ouvriers. Les dispositifs de communication étaient prévus, les journalistes et l'équipe des films plus collaborateurs désignés et puis ceux qu'il fallait aller chercher parmi nos soi-disant soutiens pour désavouer notre action, etc.

À force de répéter ce scénario d'espionnage entre nous, il prenait une allure de vérité. Nous étions tous convaincus que l'événement était prémédité. Tous ? Non. Sergio disait que si c'était prévu, alors c'était assez maladroit. Selon lui, l'information de la bataille entre deux forces équipées de gros engins était trop impersonnelle à la télévision. Pour provoquer l'indignation de la population, des petites gens au petit esprit, il fallait donner en image un visage humain à cet affrontement. Et effectivement, il manquait ce visage humain souffrant à cause des méchants ouvriers. Par exemple, un pauvre petit gendarme, père de 3 gosses, les lèvres tuméfiées, le sang coulant du nez en gros plan. « Or, les bureaux qui hourdissent ce genre de mouvements, disait

Sergio, sont assez rodés et n'oublient rien. À moins que l'on ne soit encore loin de la fin du spectacle. Dans ce cas, il y a sûrement une autre personne prévue pour ce rôle. Personnellement je préfère que ce soit le curateur. Il me tape sur les nerfs ce sale bourgeois amidonné. »

16

Tout comme mon père, ma mère n'était pas d'accord avec cette réunion. Elle disait que rien n'en sortirait, que je me donnais de la peine pour rien et que dans cette histoire j'allais perdre des plumes. Je ne lui donnai pas le temps de dire pourquoi en précisant qu'elle n'était pas invitée même si elle était la femme d'un ouvrier des Forges. Et avant de continuer sur le ton harassé habituel, j'entendis le son de désapprobation sortir d'entre les lèvres de mon père, un « notche » sec accompagné d'un regard indigné. Je savais que j'avais passé la ligne rouge et je ne devais plus continuer sur ce ton. Mais, puisque c'était ma seule façon de parler à ma mère, je ne dis plus rien.

Elle vint pourtant à la réunion. Ce qui n'était pas du tout son genre : elle n'allait jamais quelque part sans être invitée et encore. Je ne pense pas que le désir de s'exprimer l'avait poussée à transgresser ses habitudes. Elle menait suffisamment de réunions en semaine pour ne pas être en manque de discussions. Je suppose que c'était plutôt pour me protéger que pour tout autre chose. En tout cas, sa présence s'avéra très utile.

Je jetai un coup d'œil à ma mère, toute satisfaite, quand Simona tapa entre ses mains et s'adressa aux femmes en pleine discussion sur les halvas de Fatima.

— Mesdames, on va écouter ce qu'a à dire cette jeune fille… comment s'appelle-t-elle déjà ?

— Gaëlle, répondit l'une de sa suite impériale.

— Oui, Gaëlle va nous parler et celle qui la dérangera aura affaire à moi.

Elle proféra ses menaces pour affirmer sa supériorité et sa mainmise sur la réunion en souriant bien sûr, mais elle était très contraignante, force était de l'admettre. En une fraction de seconde, un silence de mort tomba sur la maison de Nadia. On arrêta même de mastiquer le reste de sa bouchée en l'avalant avec une grimace. Et du coup tous les regards se dirigèrent vers moi, toujours mes papiers d'essuie-tout en main. Mon bluff avait pris et me voilà maintenant face à un travail que j'avais préparé depuis deux bonnes semaines. Le plan de discussion que je m'étais fait et les phrases clés que j'avais construites d'avance étaient tombés à l'eau avec ce retard important. Et maintenant, je ne savais pas quoi ni comment dire pour sortir des idées géniales, des solutions aux problèmes des hommes et combler les manquements de la gent masculine. Je me voulais féministe depuis toujours et croyais à la supériorité des femmes par rapport aux hommes et je me devais maintenant de le démontrer. Eh bien voilà, je n'avais qu'à leur dire cela, dans toute sa simplicité c'est ainsi qu'Afshine me l'avait un jour enseigné : « Quand tu ne sais pas comment dire, dis-le de la manière la plus simple. »

Je ne vais pas vous expliquer dans les détails les deux heures qui suivirent jusqu'à ma sortie en colère de chez

Nadia. Je vais vous donner le schéma global de son déroulement et à vous d'imaginer les détails. Je vous demande pourtant de m'accorder une faveur : tout ce que vous imaginez, multipliez son importance et son ampleur par 10. C'est le genre d'échec dont on se rappelle toute sa vie. Depuis ce jour, à chaque fois que j'ai la charge d'une réunion, je me prépare à ne plus revivre ces instants pénibles. Et puisque dans chaque mauvais il y a aussi du bon, il m'est resté de cet échec personnel lamentable des tournures de phrases et des idées magnifiques et typiquement féminines que je n'ai jamais eu l'occasion de réentendre par la suite.

J'eus tort d'utiliser le mot féministe pour expliquer la raison de notre rassemblement. Puisque je remarquais le manque de clarté à ce sujet, je donnai de longues explications sur ce mot, sur la nécessité de s'affirmer et de prendre la place que l'on désire. Je m'appuyais vainement sur quelques exemples illustres qui me semblaient amusants pour attirer l'attention car je voyais certaines très distraites. Plus j'avançais, plus je sentais le fossé se creuser entre moi et les autres. Remarquant cela, je fis un raccourci vers le sujet principal ,à savoir nos hommes et leurs soucis aux Forges. Mais alors, je commis la grave erreur de formuler des critiques claires et nettes à l'égard des hommes tout en précisant que mon père était le premier visé pour qu'elles ne le prennent pas sur un plan personnel. Mais le mal était fait. Je vis quelques visages se démonter. On tournait la tête vers sa voisine ou faisait des grimaces. Certaines se mirent à tripoter frénétiquement un bouton de leur vêtement, d'autres envoyaient en bouche les morceaux qu'elles avaient toujours entre les doigts. Bref, une maladresse totale de ma part pour lancer le sujet et entamer une discussion et un échange d'idées. Je parlai, à moi toute seule, pendant plus de 45 minutes et personne n'osa piper mot, certainement grâce à l'opulente protectrice qui me regardait avec un sourire malsain. Dans ses petits yeux noirs dansait une flamme malicieuse.

Heureusement, une question mit fin à mon monologue : « Tu crois qu'on peut aller à leur réunion ? »

Et je commis l'erreur de répondre : « Qu'en pensez-vous ? » Une réponse qui était sûrement une manière de me défaire de cette parole que je sentais de plus en plus encombrante. Le fait de donner la parole aux femmes me permit d'écouter un peu ce qui sortait ici et là, dans le brouhaha d'apartés indescriptibles. De temps en temps, la voix rauque de Simona sortait du lot pour imposer le silence pendant quelques minutes, demandant des précisions et puis la cacophonie reprenait. L'une de ses interventions, elle la commença par « il faut leur dire, mais oui il faut leur dire ça ». Le silence revint encore et on regarda Simona qui à son tour mit la main sur l'épaule de Maria, la très jolie femme d'un ouvrier d'origine portugaise, parlant élégamment le français.

— Vas-y Maria, tu peux leur expliquer ton avis, l'encouragea Simona fièrement.

— Oui, s'exécuta Maria un peu intimidée, je me disais qu'il fallait signaler à ton papa de se montrer plus malin quand il parle.

Je ressentis une attaque personnelle, mais Maria avait l'air sincère. Je l'interrompis pour demander en quoi mon père était idiot dans ses discours. Mon intervention fut coupée d'une façon magistrale par Simona : « Tais-tooooi, laisse-la parler », dit-elle en ouvrant plus de place à Maria avec les mains.

— Oui, je disais que ce n'est pas très malin d'aller en guerre contre tout le monde. Quand ton papa parle, c'est comme s'il était en guerre contre les politiciens, les banquiers, l'armée, la gendarmerie, les capitalistes, les ouvriers qui ne sont pas d'accord avec lui, les employés opportunistes, les Verts, les Bleus, contre tout le monde quoi. L'intelligence voudrait qu'on ne se mette pas le monde entier à dos, même si ce qu'on dit est juste. On donne un coup à la fois.

— On pèle les patates une par une, dit à voix haute une autre pour confirmer.

C'était le seul élément digne à souligner sorti de cette réunion. Après cet avis très sensé de Maria, on se mit à parler effectivement des ouvriers des Forges mais alors sous toutes les coutures sauf l'affaire qui les concernait, à savoir la fermeture et les pertes d'emploi. Le point d'orgue de cette discussion sur les hommes fut Sergio et la relation qu'il entretenait dans sa jeunesse avec les femmes. Des sujets qui avaient fait le voyage depuis le village natal de Sergio en Sicile, avaient survécu au passage des décennies et qui étaient visiblement toujours d'actualité. Il avait la réputation d'un misogyne détestable. Pour toutes celles qui le connaissaient, c'était un homme à abattre. Et lorsqu'une femme, ne le connaissant pas, demanda le pourquoi, il y eut l'indignation d'une partie des Italiennes. « Comment peut-on ne pas connaître Sergio, ce machiste, ce misogyne, cette brute épaisse ? » se demandaient-elles.

— Mais quoi ? répondit la même personne. Qu'a-t-il fait au juste ?

Le silence revint brutalement. On se regardait, s'interrogeait et tout doucement les visages se tournèrent vers Tania, une quadragénaire maquillée et habillée telle une fille de 18 ans, à l'origine de bien des médisances au sujet de Sergio. Celle-ci ne parvint pas à se reprendre sous la loupe de toutes les attentions. Elle rougit, cligna nerveusement les paupières, gratta du bout de l'annulaire un point sur la peau de sa joue bronzée à la lampe. Au fond de moi, je ne pouvais m'arrêter de rire en me rappelant une image sans concession de Sergio rapportée par mon père quand il parlait de ces vieilles qui se prennent pour des jeunes filles et bronzent à outrance leur peau toute ratatinée : « À force de se mettre sous la lampe, elles sont rouges comme le cul d'un macaque. Ce n'est même pas beau. On est vieille et on l'assume. C'est si admirable de se trouver face à une personne bien dans son âge et tout ce qui va avec. Comme disait mon père, peut-on peindre un crapaud et le vendre à la place d'un canari ? »

— Alors Tania, tu nous le dis ?

Et Tania ne pouvait se délier la langue et dire pourquoi Sergio, l'amour de sa jeunesse, était un homme infréquentable. Mais ce qui est, l'est, avec ou sans mot. Sergio était un indécrottable misogyne, un célibataire endurci dans la haine des femmes et en plus il avait des mots désobligeants voire cruels à leur égard.

Heureusement, Ninfa détourna l'attention en me posant une question.

— Et tu veux quoi Gaëlle, dit-elle, qu'on aille à leur réunion ? Eh bien, moi je ne suis pas d'accord. C'est leur affaire et ils n'ont qu'à se débrouiller. Ils ne vont pas nous écouter et on ne servira à rien.

— Je pense la même chose, dit une autre. S'il ne travaille pas à la forge, il ira travailler ailleurs et il amènera l'argent à la maison. Giuseppe m'écoute toujours, mais il ne fait jamais ce que je lui dis. Alors à quoi ça sert ?

— Mais oui, ils sont tous comme ça.

— Moi je ne peux pas aller à une réunion d'Eddy et de Sergio. Ils me font peur, ils sont trop bruts.

— Comment parler à quelqu'un qui fuit les femmes comme la peste ?

— Hé, Perla, tu parles au curé toi.

— Oui, mais lui, il n'est pas cochon.

Je ne savais que dire devant cette hilarité générale même si l'objet de ma demande partait en sucette. Je sentais que les propos en dessous de la ceinture revenaient au galop. Et l'affirmation énigmatique de Perla au sujet du curé relança effectivement la discussion dans cette direction pour du bon. Je vous laisse imaginer tout ce qu'une trentaine de femmes réunies pouvait se raconter sur un sujet si foisonnant. Un fait assez intéressant néanmoins était la formation de deux groupes : certaines parlaient des hommes en termes de mépris, en utilisant des qualificatifs tels que brute épaisse, cochon, puant la bête, etc. D'autres employaient les mêmes mots mais leur trouvaient une valeur virile.

Les déceptions et les incertitudes m'envahissaient à chaque instant, mais le coup de massue me fut donné par ma mère. Un peu à l'écart jusqu'à présent, je remarquais qu'elle se rapprochait nettement plus des groupes de femmes. Elle confirmait certains mots en hochant la tête, lançait des petites phrases suffisamment aiguës et désobligeantes à l'encontre de la gent masculine. Je la laissais à son aise en m'écartant un peu d'elle, mais pas assez loin pour ne pas entendre ces mots qu'elle adressa à sa voisine : « Ah ! Je ne les supporte pas. Ça me dégoûte un homme. » Elle le dit en grimaçant avec les lèvres et en faisant trembler ses épaules.

Je filai en douce de cette assemblée qui battait son plein et sortis dans la rue. En face, en contrebas de la rue des Forges, les parcelles de potagers étaient en ordre et le vent du printemps affolait les jeunes pousses. J'y descendis pour réfléchir à ce qui venait de se passer.

J'avais la tête bourrée de mots que je ne savais plus où caser. Ils me venaient pêle-mêle et impossible de me fixer sur l'un ou l'autre. Le pire d'entre eux était le « dégoûtant » de ma mère. Je n'avais jamais vu ma mère sous cet angle. C'était un choc terrible pour moi de savoir que mon père dégoûtait ma mère et qu'elle ne supportait pas les hommes. Cette facette maternelle m'était tout à fait inconnue et la relation très tendue que j'avais avec elle ne me permettait pas de lui demander des explications. On n'était pas du genre à se mettre à une terrasse et parler de mère à fille autour d'un verre de bière. Il me restait alors mon père avec qui je pouvais parler et discuter absolument de tout. Avec lui il n'y avait pas de limites. Mais lui dire quoi ? Dégoûtes-tu maman ? Je parie qu'il ne savait rien de ce penchant de son épouse. En ces matières, il m'a toujours semblé très idiot. Me connaissant, je pensais que je pourrais lui tirer les vers du nez à condition qu'il ait une idée.

La verdure printanière des potagers me débarrassa de ce bourdonnement cérébral et remit tout doucement mes idées en place. J'arrivai à me fixer sur l'une ou l'autre et surtout sur l'échec que je venais de m'infliger à moi-même. Un fiasco, je m'étais rendue ridicule devant tout le monde. Je jouai à la grande gueule sans en avoir la carrure. Remarquant mon absence, elles étaient sûrement en train de se foutre de ma gueule. Elles allaient plus que probablement me donner un surnom qui me resterait jusqu'à la fin de ma vie.

En toute sincérité, l'idée de départ de cette réunion était bonne. Elle aurait pu donner un résultat magnifique. Mais bon, pour avoir un résultat magnifique il faut être avec des gens magnifiques. Ce n'était pas le cas ? Dire non est vraiment injuste. Elles m'avaient écouté ces malheureuses et même très patiemment. Je savais moi-même que j'étais en train de foirer et pourtant je continuais. Au lieu de m'arrêter ou de ralentir j'accélérai et gâchai ma chance.

Plus je pensais à cette réunion plus une conviction prenait racine dans ma tête. Je n'avais pas écouté mon père lorsqu'il parlait de la manière d'agir pas toujours directe d'Afshine. Qu'il ne disait pas toujours tout quand il se trouvait devant des oreilles bouchées. Qu'il mettait la personne en situation de comprendre par elle-même. Avec Afshine, j'eus quelquefois des discussions sur le féminisme, le mien en particulier, lorsque je parlais de la supériorité des femmes. « On n'a pas besoin de la doublure du machisme, me disait-il. Quel bouquet de fleurs ce dernier a-t-il amené à la maison de l'humanité pour que nous attendions le même de son binôme. Que d'exclusions et de gâchis avec la domination des hommes, alors ne sortons pas d'un trou pour tomber dans un autre s'il te plaît. Chez toutes les espèces animales les mâles et les femelles ont des capacités différentes, dotés de certaines dispositions pour accomplir certaines choses. Pourquoi serait-ce différent chez les humains ? Par contre, nous devons tout faire pour avoir des droits égaux, surtout des chances de réussir égales et la même possibilité d'expérimenter et d'apprendre. C'est ça qui mérite d'être défendu et non pas ce féminisme aveugle favorisant les uns et excluant les autres. Et là-dessus, je voudrais faire une exception à mon pacifisme : on peut casser la gueule de celui qui dit qu'il a plus de droits qu'une femme. » Il me disait cela et je suppose qu'il estimait que j'avais les oreilles bouchées car je lui sortais de temps en temps des répliques en sens contraire. Mon féminisme primaire avait besoin de l'expérience traumatisante de cette réunion pour évoluer. Et me voilà grandie maintenant un peu.

En sortant de ces carrés de potagers j'étais convaincue que mon père avait raison sur l'intention d'Afshine. Une fois encore « mon amour, mon dieu », m'avait envoyé une corde pour me hisser du fond de ce puits à l'horizon forcement étriqué. Il savait que d'une manière ou d'une autre j'accéderais à sa proposition concernant les femmes des ouvriers et qu'encore pour une raison ou une autre je sortirais enragée de cette réunion et que cela me serait tout bénéfique. Malheureusement, je ne pouvais le remercier en lui posant chastement un bisou sur la joue. J'avais décidé de ne plus le voir pendant 5 ans pour pouvoir me faire toute seule loin de son influence.

Il me restait néanmoins une préoccupation très douloureuse à neutraliser. J'avais entendu quelque chose de très grave de la bouche de ma mère et je ne pouvais faire comme si de rien n'était. C'est ainsi que deux jours après, quand mon père et moi allâmes faire un petit tour le long du canal, j'abordai le sujet en lui disant ce que j'avais entendu. Il eut l'air de tomber des nues. Il me prit le bout des doigts, les massant frénétiquement et dit : « C'était convenu entre nous qu'elle ne parle jamais de ça. »

— De quoi papa ? lui dis-je en prenant à mon tour sa main râpeuse d'ouvrier. Tu m'as toujours tout dit et je veux savoir maintenant pourquoi tu dégoûtes ma mère. Je suis prête à tout entendre et je ne hurlerai pas je te le jure.

Il me sourit amèrement, s'assit sur une marche en béton le long de la berge et se tourna vers moi qui avais pris place sur une bite d'amarrage. De l'autre côté du chemin de halage, 3 mètres plus loin, une clôture nous séparait de quelques moutons dans une prairie en pente. Ils s'approchèrent de nous. Mon père les regarda, rigola et murmura : « Tu es sûre qu'ils ne nous comprennent pas ? » Je rigolai. C'est incroyable comme mon père pouvait être amusant, particulièrement dans des moments difficiles.

— Tu le veux en version longue ou courte ?

— Vas-y, dis-moi tout.

On resta presque une heure et demie assis à cet endroit. Il me sortit l'amertume, selon lui, de presque 20 ans de vie commune. Un échec qui trouvait sa source dans ses relations, plutôt ses manques de relations sexuelles avec maman. La souffrance qui en avait résulté avait touché profondément le couple. Chacun souffrait de son côté, parfois à deux, mais par miracle ils étaient toujours ensemble.

— Comment ne t'en es-tu pas aperçu avant le mariage ? lui demandai-je.

— Nous avions ton âge à cette époque et je ne voulais pas la brusquer. Elle me disait que ce serait pour après le mariage. La nuit de noces elle s'est mise à pleurer nue dans le lit et je l'ai laissée tranquille et puis on a fait l'amour seulement une fois pendant les deux semaines de notre lune de miel en Sardaigne. J'étais en rage, envisageais le divorce dès mon retour.

— Et tu ne l'as pas fait !

— Difficile de se défaire de quelqu'un qu'on aime. Alors je me mis à chercher des solutions. Elle était très réticente à l'idée de consulter et finalement j'en informai notre médecin de famille. Ce brave homme est resté 2 bonnes heures avec nous dans notre salon à nous écouter et à nous conseiller. Pour lui, le mal était fait, il n'y avait pas de solutions et en guise de conclusion il lui demanda de ne pas parler de sexualité avec ses futurs enfants au risque de leur transmettre le problème.

— Il voulait dire que maman avait hérité sa sexophobie de bonne-maman ?

— Hérité non, reçu. Il paraît, c'est comme ça, oui.

Je ne me souvenais pas trop de mes grands-parents maternels, ils sont morts trop tôt, mais cela m'étonnait très fort.

— Tu sais ma fille, me dit mon père, nous les hommes, nous parlons trop peu de ce genre de choses, mais des signes ne trompent pas. Son père était connu dans la famille pour bouder sans raison. On le voyait tirer une tête de macchabée pendant une semaine et puis il se remettait et quelque temps après, rebelote. Je suppose que c'était de la frustration en relation avec cette histoire ou quelque chose de cet ordre.

— Et alors, comment je suis là moi ? À la cuillère, c'est ça ?

— Presque ça oui. Avant de consentir à avoir un enfant, je lui ai fait promettre de respecter la consigne du médecin. Et à te voir fréquenter des garçons, je pense qu'elle a tenu parole et je suis ravi que ce cercle vicieux, c'était le mot de notre médecin, ait été rompu.

— Mais papa, un homme en pleine possession de ses capacités physiques, comment tu as fait toi ? Je présume que tu ne t'es pas contenté de 10 fois sur 20 ans de mariage ?

— Comme bien des hommes. Je passe de moments de solitudes horribles et quand ça me remonte jusqu'à la gorge, je mets une casquette, des grosses lunettes et m'en vais voir une fille à la gare du Nord. Ne me regarde pas comme ça. Que veux-tu que je fasse d'autre, j'ai ainsi préservé ma vie de famille.

Je n'ai jamais vu mes parents heureux. Avoir le regard doux l'un envers l'autre, se caresser même avec des mots tendres, montrer des signes ou des gestes d'attirance et de passion. À dire vrai, je ne les ai jamais vus collés l'un à l'autre ne fut-ce que dans le fauteuil en regardant la télé. Jusqu'il y a quelques années, je croyais que c'était normal et que les adultes n'ont rien à faire avec l'amour. J'ai grandi depuis, et sincèrement cette idée est restée inchangée à quelques nuances près concernant mes parents. Maintenant que je suis au courant de cet horrible secret, j'ai mal.

J'ai mal pour ma mère car je ne pense pas qu'elle est sexophobe par gaieté de cœur. Je voudrais trouver des mots pour sa souffrance. Je voudrais aller la prendre dans mes bras et la serrer fort contre moi sans rien lui dire ou bien au contraire déverser un torrent de mots de compréhension et de compassion.

J'ai aussi mal pour mon père, celui que j'aime jusqu'à l'adulation. J'ai envie de pleurer quand je pense à la distance qui le sépare de sa moitié dans le lit. Il mérite pourtant un corps nu, chaud, aimable posé contre lui pour adoucir et rendre ses nuits plus douillettes. Aller voir une pute de temps en temps, se limiter à si peu de choses, diable quel triste sort. Sacré papa va, c'est bien toi, conserver sa vie de famille à un prix si élevé. Je ne pourrai jamais lui dire à quel point je l'aime. Les mots sont si peu de chose pour dire tout mon amour.

De retour à la maison, je quittai mon père sur le pont de Clabecq. Il prit la direction de la maison et moi, je m'en allai voir Aello. Ma dernière conquête, un petit Grec aux yeux noirs perçants. Je m'en allai le prendre, l'envoyer dans mes veines, l'envahir, le griffer, le mordre à sang et enfin poser ma tête sur sa poitrine et extraire paisiblement le reste de cette flamme qui me brûlait tout entière.

17

Les gens font tout pour avoir des aventures, moi non. Je ne cherche pas ces événements qui marquent à jamais. Je suis plutôt dans le quotidien. J'aime le traintrain. C'est dans la sécurité de la monotonie que je peux placer d'une manière calme et apaisée des choses intéressantes à mes yeux et me sentir un peu mieux. Je ne suis pas l'ami du bouleversement. Les perturbations trop grandes ne m'ont jamais fait du bien. Tout ce que j'ai subi de manière inattendue était à éviter, à fuir et à oublier.

Vous voulez un exemple ? Avant-hier, un événement important à ne pas oublier, si tant est qu'on puisse l'oublier. Le départ de ma femme.

Fin d'après-midi, après la fermeture de l'école, je rentrai pour voir ce qu'on avait pour dîner. Eh bien, rien. Sara n'avait rien préparé. Par contre, elle avait fait ses valises et attendait sagement pour me dire adieu. Elle était comme d'habitude rayonnante et la gravité de la situation n'avait en rien entamé sa superbe féminine.

— On vient te chercher j'espère ? anticipai-je.

— Tu n'es pas étonné de me voir sur le point de partir ? me demanda-t-elle sans répondre à ma question.

— Non, je m'y attendais. Je savais.

— Tu savais ? Qu'est-ce que tu savais ?

— Je supposais plutôt. Des signes qui ne trompaient

pas. Et puis entre toi et moi, un clin d'œil nous a toujours suffi. N'est-ce pas ?

Je n'avais pas du tout l'intention de me disputer avec elle. Je ne l'ai jamais fait durant ces 3 années de vie commune et ce n'était sûrement pas maintenant que j'allais commencer. Je me plongeai alors dans le canapé.

Nous eûmes quelques discussions brèves et laconiques auparavant et n'avions presque plus rien à nous dire. Tout était clair, pourtant, les derniers mots c'est une coutume chez les Iraniens. Pérorer dans l'espoir peut-être d'un changement soudain ou d'un soubresaut. Mais mes idées n'étaient pas venues en un jour pour partir en un jour non plus.

Sara avait consenti à ce mariage, m'avait-elle dit, avec l'idée d'épouser un activiste notoire qui s'était sauvé la peau et était parti à l'étranger. Pour elle, je devais être impliqué fortement dans la politique de la diaspora iranienne. Le fait de me voir laisser mes diplômes et de me muer en concierge d'école ne l'avait pas choqué car j'avais joué carte sur table à ce sujet. Mais ses attentes en matière d'engagement sociopolitique, le fruit de ses propres illusions, étaient tombées à l'eau.

— Tu es devenu, m'avait-elle dit lors d'une de ces discussions, ce que tu détestais : un derviche, un soufi, un vaurien. Je ne peux en croire mes yeux, le combattant adoré par mon frère martyr se contente maintenant de contempler le monde sans rien faire. Mon frère pleurait d'admiration quand il parlait de toi durant ce soir héroïque où tu as fait ce que 5 autres avaient raté et avaient payé de leur vie. Les gens révoltés arrêtés par les deux lourdes mitraillettes sur les donjons d'une caserne. Ces 5 braves qui avaient tenté le coup mais qui avaient été fauchés tour à tour par leurs tirs. Mon frère disait que tu avais réfléchi longtemps et qu'ensuite tu lui avais demandé s'il pouvait viser une ampoule de réverbère qui éclairait à 20 mètres entre vous et la grande entrée de la caserne. Il était un bon tireur paraît-il. Il l'a fait. Tu as agi autrement que ces 5 pauvres gars. Tu n'as pas zigzagué dès le départ. Tu as couru comme une flèche, une grenade dans chaque main. Aussitôt, les deux lignes de balles déchirant la terre convergeaient vers toi. Et juste avant de t'atteindre, tu t'es abrité et tu as fait sauter ces deux messagers de mort. Tu étais comme ça Afshine, téméraire et réfléchi, un exemple pour tout le monde.

Et à une autre reprise, quand ma passivité l'avait réellement poussée à bout, elle avait commencé une tirade si courante en langue persane :

— Où est cet Afshine, ce guerrier fin, rusé et courageux, aux yeux brillants et au cœur brave, ouvrant la voie de la liberté au peuple révolté ? Où est ce médecin, ce soignant des démunis et des sans espoir, l'âme engagée, arme dans une main livre dans une autre ? Où es-tu Afshine, le héros de mes rêves, celui qui a donné des coups sans jamais avoir la peau ouverte. Celui qui disait non à voix haute ? Afshine, mon homme, des braves se battent toujours arme à la main contre l'injustice et la dictature. Il y a un temps pour la guerre, un temps pour la paix. Un temps pour agir et un temps pour se reposer. Mon Afshine, les braves souffrent et meurent toujours pour combattre l'inacceptable. Tu peux soigner leurs blessures, calmer leurs souffrances, leur donner un peu d'espoir. Que veux-tu faire ici, dans une école parmi tant de gosses de riches, des mal élevés que tu détestes d'ailleurs, le futur déjà nécrosé de l'humanité, le fruit des entrailles blettes de la décadence. Que cherches-tu à manier le torchon et la serpillière, à nettoyer les toilettes de 700 futurs capitalistes, banquiers, PDG, militaires ?

Je dois avouer que la vision que ma femme avait de moi me flattait, mais j'étais loin de me laisser emporter par ce genre de sentiments triviaux. Elle était déçue de ne pas avoir retrouvé l'homme qui donnait la chair de poule à son frère quand il lui racontait mes faits d'armes. Mais je ne lui avais rien caché de mon cheminement intellectuel. Elle savait très bien à qui elle allait avoir à faire en m'épousant et en venant me rejoindre en Belgique. Pourquoi elle y avait consenti, je ne peux le dire. En tout cas, en m'épousant, elle avait fait une bonne affaire. Elle avait pu s'échapper d'un pays mortifiant et ce qu'elle racontait et me demandait était tout à fait louable, mais je ne pouvais y accéder. Aucun changement en elle, ce qu'elle disait était le discours d'une très grande majorité d'activistes iraniens qu'elle avait commencé à côtoyer dès les premiers mois de son arrivée. C'était la pensée dominante de tous les milieux confondus, politique, culturel ou social qu'ils soient. S'offrir en sacrifice et donner sa vie étaient deux fléaux de la pensée politique iranienne qui, malgré leur apparence admirable, empêchaient le développement de toute autre option. Mais moi, j'avais fait du chemin. J'avais laissé derrière moi une manière d'être, une manière de penser, de raisonner et d'agir. Et ce au prix fort de briser tout ce qui m'était le plus confortable, le plus habituel, voire le plus précieux. Ainsi, je m'étais attiré la foudre de la totalité des gens qui me connaissaient et me traitaient de tous les noms, devant moi et derrière mon dos. Et tout cela parce que j'avais renoncé à la lutte. Je ne voulais plus prendre une vie ou donner la mienne pour des raisons politiques.

Et maintenant elle était là, assise sur le bras du fauteuil à côté de ses deux valises bouclées et encore une fois elle allait me formuler les mêmes demandes en guise de péroraison, ces derniers mots ou argumentaires utilisés si souvent par les Iraniens avant de prendre la porte. Mais je ne lui laissai pas le temps.

— Tu vas rester en Belgique ou partir en Irak ? lui demandai-je.

Elle ne montra aucun étonnement, pourtant ma question était lourde de contenu. Elle me fixa. Elle avait ce sourire admiratif qui magnifiait sa beauté.

Depuis quelque temps, les sympathisants de l'opposition musulmane allaient rejoindre leur État-Major dans un camp situé en Irak. L'option était de changer le régime des Mollahs iraniens par des attaques dans les régions frontalières. Et je pense que ma douce à moi, qui s'était entichée d'un Moudjahid aux cours de langue française, avait tendance à répondre à cet appel. Nous en avions déjà parlé sans qu'elle ne soit en cause personnellement et je lui avais exprimé tout mon désaccord. Je n'acceptais pas du tout cette option de lutte politique qui à mon sens n'était qu'un gâchis en vies humaines et un instrument de pression contre l'Iran entre les mains d'un criminel tel que Saddam.

— Depuis quand sais-tu ? me demanda-t-elle.

— Que tu as un amant ? Je ne t'ai jamais suivi pour constater, non, ce n'est pas mon genre, mais j'ai quand même ma petite intelligence et je comprends certains signes. Tu étais toute disposée à être infidèle, je l'ai constaté dès ton arrivée en Belgique. Mais laissons tomber, je déteste parler de ça, c'est tellement stupide. On a l'air minable quand on pense à l'infidélité de sa compagne. De toute façon tu étais libre et tu es toujours libre de faire ce que tu veux de ta vie. Et alors, on vient te chercher ou tu pars à pied avec tes valises ?

Je croyais m'épargner le supplice des derniers mots, mais non. Elle se leva, hésitant à soulever ses valises, et me lança ses derniers espoirs.

— Viens avec moi Afshine. Il n'y a que de la souffrance pour toi ici. L'Europe n'est pas notre monde pour y vivre jusqu'à la fin. Ce n'est qu'un sanctuaire, un lieu où on prend des forces pour repartir. Viens avec moi rejoindre les gens qui t'appartiennent. Viens participer au sort de ton peuple avec les compétences que tu as. Ici, tu voles vraiment bas, au ras des trottoirs et des crottes des chiens. Viens, il y a de la place dans la voiture qui m'attend dehors. Ils seront vraiment ravis de te voir te joindre à eux.

Je restai vautré dans le canapé. J'avais envie de lui indiquer la sortie, mais je n'avais pas le cœur. Je ne voulais pas qu'elle garde cette dernière image de moi, montrant la porte de mon index. Et puis, ça ne m'enchantait pas qu'elle parte non plus. Sara était ma première et resterait la dernière femme avec qui je vivrais sous le même toit. J'avais vécu 3 ans de vie de couple admirables avec elle. Je pense que c'était son avis aussi. On s'entendait très bien sur le quotidien. Chacun faisait ce qui lui semblait bon de faire et nous n'avions pas ce genre de répartition à mon sens stupide dans certains couples que je connaissais, à savoir tu fais ça et je fais cela et puisque je fais ceci tu dois faire cela, etc. Tout allait tout seul entre nous. Sur le plan sexuel, je ne sais pas si deux personnes pouvaient faire mieux. Dieux, diables, la vache Apis, je ne sais qui remercier pour m'avoir offert cette envie et cette capacité à jouir et faire jouir à satiété. Elle ne me dit jamais non. Jamais de prétendues migraines, mal par ici mal par là. On s'entremêlait plusieurs fois par semaine, à certaines périodes tous les jours. La première fois après son arrivée en Belgique, quand un orage éclata pendant une soirée d'été, je la regardai, elle fit de même. Elle me dit : on court ? Je lui dis : à poil ? Elle me dit : oui. Alors imaginez, tous deux courir à cul nu dans la cour déserte d'une grande école, à peine éclairée par un réverbère, battue par la grosse pluie chaude de juillet. Elle courait comme une gamine et je la suivais tel un gamin. On criait, on envoyait les bras et les jambes dans tous les sens.

À chaque orage, si les circonstances nous permettaient, on s'offrait ce moment de folie inoubliable. Et maintenant, elle était là, sur le pas de la porte, prête à me quitter et moi, engoncé dans le canapé, à la regarder se défaire de moi. Une fois de plus, la politique m'ôtait ce que je chérissais de tout mon cœur.

Je ne suis pas du genre à pleurer à chaudes larmes mais un nœud m'enserre la gorge chaque fois que je pense à ceux qui m'ont été arrachés par le destin. Cela me surprend toujours de sentir ma voix s'étrangler et mes yeux s'humidifier à des moments où je devrais rester digne. Longtemps je n'ai pas su pourquoi tant de sensibilité. Mais maintenant je pense en connaître la raison : je n'ai jamais eu le temps de faire le deuil de tous ceux qui m'ont quitté. À présent, qu'est-ce que je devais faire du départ de Sara ? Rester dans le divan, pencher le cou, appuyer la tête contre le doux velours du canapé et écouter quelques belles chansons de Serge Reggiani ?

Ce matin, voyant ma tête, le directeur me mit en congé maladie. Et je ne pouvais que le remercier. Je ne sais pas comment il sut que Sara m'avait quitté la veille.

Je profitai de mon temps libre pour aller me promener le long du canal. J'y passai la matinée et toute l'après-midi. Quand je rentrai, il faisait déjà sombre, l'école était vide, ma maisonnette aussi. Il y avait l'odeur de Sara, ça me donnait envie de pleurer. Je pensais que ce soir-là serait un terrible soir. Hier, la blessure était encore chaude, la douleur ce soir serait à la hauteur de son importance.

Je voulais me préparer quelque chose à manger quand le téléphone sonna. Sergio me salua chaleureusement et me demanda s'il pouvait venir me voir avec l'Abbé Georges. J'étais très étonné de cette compagnie si dissemblable, un curé plutôt orthodoxe et un communiste activiste, mais tous deux magnats du célibat. Je répondis par l'affirmative. Je lui dis que je venais de rentrer après une journée de marche et je n'avais encore rien avalé et que je me préparais à manger car Sara n'était pas là.

— Ne fais rien, me dit-il. Nous allons amener quatre pizzas, pour Sara aussi quand elle rentrera. J'ai une bonne bouteille de grappa d'Italie aussi. On arrive dans trois quarts d'heure.

— Écoute, n'en prenez que trois. Je t'expliquerai pourquoi.

Je profitai de ce temps d'attente pour me rafraîchir et mettre un peu d'ordre jusqu'à l'arrivée de ces deux célibataires endurcis. La curiosité me rongeait. Qu'est-ce qui faisait que ces deux gars aux extrêmes se mettaient ensemble pour aller voir un autre tout aussi perdu dans des brouillards ? Je ne pensais pas les avoir déjà vus faire copain-copain à un tel niveau pour débarquer avec des pizzas et une bouteille de grappa. En tout cas, le ton de Sergio était bien affable et cela me rassurait sur leurs bonnes intentions. Ils ne venaient pas pour se disputer avec moi, c'était sûr.

La douche me fit un grand bien. Comme si elle enlevait la crasse de la douleur des dernières 24 heures. Étais-je comme un chat qui tombe toujours sur ses pattes et se redresse vite ? Ma femme bien-aimée m'avait quitté hier, je passai une nuit et une journée abominables, en rentrant à la maison je l'imaginais dans chaque coin de la maison et maintenant une douche me faisait tout oublier et je m'apprêtais à passer une soirée avec deux énergumènes et une bouteille de grappa. C'est étrange comme l'impression : celle d'avoir la peau dure. Mais je ne pense pas, pour ainsi dire, que ça vient de la peau. Un réfugié c'est un drôle d'être. C'est quelqu'un qui peut tourner le dos aisément, se passer des choses avec une grande facilité et ce sûrement grâce à cette faculté que nous nommons l'espoir. Chez un réfugié l'espoir est persistant, sans commune mesure avec celui des « casés ». Il n'est pourtant pas à l'abri d'une crise de débordement. Le problème en effet c'est le retour de la vague. Une fois qu'il arrive au but. Il doit être capable de ranger ne fût-ce que toutes ces « dernières fois » qu'il a dans la tête. Dernière fois qu'il a vu sa vieille mère, dernier baiser sur le front salé de son vieux père, dernière fois qu'il a jeté un coup d'œil à sa maison, à la glycine dont il adorait le parfum, à sa rue, au pont qu'il a traversé toute son enfance pour aller à l'école, etc. Il y a de gens traumatisés à jamais pour une seule « dernière fois », développant des psychosensibilités de tout type et lui, le réfugié, il en a un panier rempli. Comment faire avec tout cela dans la tête ? Et comme si tout cela ne me suffisait pas je venais d'en rajouter un autre hier soir au tableau : j'avais jeté le dernier coup d'œil à la femme que j'adorais. Elle avait à coup sûr emporté avec elle le résidu de force qui me restait. Je me sentais sur mes pattes, certes, mais vidé. Il me suffisait d'un coup de vent pour que je tombe, léger tel un tronc desséché basculant sur une terre aride.

L'abbé Georges et Sergio ne tardèrent pas à arriver avec les pizzas. Sans connaître Georges, on ne l'aurait pas dit curé. Aucun détail vestimentaire ne trahissait sa fonction, si ce n'était la petite croix qu'il arborait sur son blouson.

Ils étaient très souriants, gais et plaisants. Ils envahirent littéralement le salon et prirent place sans trop de manières. Cela ne m'étonnait pas de la part de Sergio, c'était un familier, mais de la part de Georges, c'était autre chose.

On se rua sur les pizzas.

— Si je trouve celui qui a inventé les aliments en boîte, dit Sergio titillant du bout de sa fourchette les champignons qui garnissaient l'une des pizzas, je le mettrai en boîte à coup sûr.

— Tais-toi Sergio, dit le curé. Tu m'as promis de ne râler sur rien ce soir.

— C'est vrai ça, mamma mia, où tu l'as mise cette bouteille de grappa ?

J'amenai deux verres et les posai devant eux.

— Et toi, dit Sergio, tu ne bois pas ? Tu es devenu antialcoolique ou quoi ?

Je n'avais pas l'intention de boire. Dans l'état où j'étais, je ne le supporterais pas. Je n'ai en effet jamais bu quand je ne me sentais pas bien. J'associe l'alcool à la joie, pas à la tristesse. Je sombre facilement si je suis fatigué ou hypersensible.

Je savais que la question n'allait pas tarder à me tomber dessus et Sergio ne manqua pas son devoir d'ami.

— Quelque chose ne va pas Afshine ? Tu n'es pas dans ton état normal.

J'avais décidé de ne pas jouer la comédie et de les mettre au courant de la situation. Je me devais d'être bref et ce fut le cas. En quelques mots concis je plombai leur gaieté : « Sara m'a quitté hier soir. »

La bouchée resta coincée dans la joue droite de Sergio et le curé triturait le morceau de pâte grillée qu'il tenait entre 3 doigts.

— Mais je n'ai pas dit ça pour vous faire pleurer sur les pizzas. Allez, dites-moi maintenant, qu'est-ce qui me vaut cette agréable visite ?

Ils mirent du temps à se ressaisir. Ils s'en faisaient pour moi, c'est sûr, mais je savais que cela avait aussi ranimé des traumatismes chez Sergio. Je connaissais très bien son vécu en la matière. En marchant des heures entières le long du canal, il m'avait parlé de la raison de son célibat et de sa misogynie. J'étais tout bonnement son confident, un coffre-fort où l'on dépose quelque chose et que personne n'a le droit de toucher. Et il eut raison de me les confier. On ne peut pas porter tout seul tant de... de quoi, je ne sais même pas comment les nommer. Ça se dit comment ces gouttes d'eau qui tombent sur une roche, au même endroit pendant des années ? Tout à coup, tu te sens avec un grand trou dans l'âme. Je connaissais mon ami et je regrettais de souffler sur les braises qui le brûlaient de l'intérieur. Ne comptez pas sur moi pour révéler son secret, primo je n'en ai pas l'autorisation, secundo celui qui confie un secret à mon coffre-fort part avec la clé. Un jour peut-être lui-même décidera de crier sur tous les toits et de dire pourquoi il déteste tant les femmes.

— Non, on ne va pas trop te déranger Afshine, dit Sergio. On va finir ces pizzas et prendre un verre ou deux et te laisser tranquille. Ce n'est vraiment pas le moment de philosopher sur nos convictions.

— Quoi, vous êtes venus philosopher ?

— Tu sais Afshine, ça fait des années que l'on se connaît et on n'a jamais pris le temps de s'expliquer correctement certaines choses. Des phrases éparses que je dois mettre ensemble pour constituer le puzzle que tu es. Et là-dedans, il y a beaucoup d'espaces blancs que je colorie comme les enfants et les remplis avec de vaines suppositions. Tu intrigues Georges aussi. Ne t'en fais pas à son sujet, il a l'air méchant, mais il ne mord pas ce curé. Je l'aurais bien bouffé comme tous les autres curés, mais il est très vieux et indigeste. Alors je préfère être copain avec lui. C'est avec tout son bon cœur qu'il m'a demandé de tes nouvelles et de fil en aiguille on a décidé de venir passer une soirée à 3 et de s'expliquer calmement sur ce qui nous anime. Voilà. Mais le moment est mal choisi et tu ne m'as rien dit au téléphone non plus. Alors je m'excuse d'avoir mis les pieds dans ton intimité en ces heures difficiles pour toi. Une autre chose : nous avons des mots crus entre nous, Georges le sait et il est prêt à en recevoir sur la tronche et même d'en sortir quelques-uns de couleur ecclésiastique.

Leur amitié me touchait. Faire un tel pas vers l'autre n'est pas dans la capacité de tout le monde. Ils étaient les seuls, à ce que je sache, à avoir une attitude si saine et simple envers une personne qui n'était pas souvent en phase avec eux. Ils pouvaient continuer comme la plupart des hommes, à me rejeter tel un corps étranger et à déblatérer derrière mon dos pour remplir les moments de parlotes entre eux. Mais on ne peut être plus sincère et touchant qu'ils n'étaient en ce moment. Du coup, un drôle de sentiment m'envahit : la personne la plus proche venait de me quitter et deux autres se pointaient à ma porte. N'était-ce pas merveilleux ? Alors je me levai, je fis un pas vers eux et les embrassai en les remerciant aussi chaleureusement que je le pouvais.

— Évidemment, je suppose que tu aurais voulu, dit Georges en levant son verre de grappa à ma santé, que deux jolies femmes viennent se mettre à ta table. Mais que veux-tu, les choses ne se passent pas comme on voudrait qu'elles soient. À la place de deux minois, tu as un bolchevik épais et mal rasé comme Sergio et un vieux curé croûton comme moi.

— Salopard de curé, dit Sergio. Tu fais souvent mouche avec tes images à la con.

— Ha ha ! Vous ne savez pas, dis-je pour répondre à leur plaisanterie, l'idée qu'il y avait derrière ces bisous.

— Nondidju, s'exclame Georges dans un éclat de rire, je n'aurais pas dû venir !

Après les pizzas, ils voulaient partir, mais je les priai de rester. Leur bonne humeur me faisait du bien et j'étais tout à fait en état de passer la soirée à discuter. J'avais une folle envie de prendre un verre, mais je me limitai à mes tasses de thé.

— Si vous voulez qu'on discute il faut arrêter de boire. Deux verres de digestif suffisent, mettez-vous au thé.

— Très bien, dit Sergio. Maintenant raconte-nous un peu ce qui s'est passé dans ta tête pour que tu deviennes cet emmerdeur que tu es. Tu connais le marxisme-léninisme aussi bien que moi. Tu as pas mal de culture religieuse.

Mais tu te fous de tout cela et tu réclames toujours des choses qui ne collent à rien. À vrai dire, je suis assez pessimiste, je pense que tu ne sais même pas ce que tu veux. Ai-je raison ?

Je n'étais sincèrement pas très à l'aise pour me dévoiler devant Georges qui se montrait fort sympathique au demeurant. Je pensai que mon ami Sergio avait le droit à ce qu'il demandait, mais pas le curé. Pour moi, il n'avait pas encore payé sa tournée pour mériter tant de proximité. Aussi je leur dis ma gêne et pour me mettre à l'aise demandai à Georges de nous expliquer comment lui était devenu curé. Comme s'il attendait cette question, il se montra très participatif, resurgit du fond du canapé et nous expliqua en toute sympathie son choix :

— Je n'étais pas un bon élève, mais j'étais un bon copain. J'amusais beaucoup les amis, la classe et l'école tout entière. Puisqu'à l'école je ne servais qu'à chauffer les bancs, mon père avait décidé de faire de moi un militaire comme mes trois autres frères, ses frères à lui et comme lui-même. Je refusai et il persista et, en tout bon catholique qu'il était, il ne pouvait me dire non quand je lui ai dit que je voulais être curé pour échapper à son choix. Donc je suis devenu curé en grande partie pour ne pas être militaire et puis surtout pour l'amitié que j'entretenais avec le Père Daniel, curé de notre paroisse. Très conformiste, le Père Daniel était un cas grave de deux phobies : la maigreur et les femmes.

Il n'aimait pas et évitait les gens maigrichons. Il était, lui-même, maigre comme un clou, et pourtant il les appelait « piètre preuve de l'œuvre du Seigneur ». « Les serviteurs de Dieu doivent être forts et bien en chair », disait-il.

Pour nous muscler, nous les gosses de la catéchèse, il nous offrait à manger et parfois dans l'arrière-cour de l'église il nous mettait en rond et nous demandait de pratiquer la lutte pour nous faire gonfler les muscles. Je pense qu'il aimait ce sport car parfois il nous montrait quelques prises ma foi assez pertinentes.

Sa deuxième phobie après les gens maigrichons était « les femmes ». Il faisait tout pour ne pas les recevoir en confession. Il avait des mots durs envers elles, tous les classiques de l'Église si vous voulez. À l'époque, on ne parlait pas encore de la place des femmes au sein de notre institution mais je me rappelle qu'il nous mettait en garde contre toute tentative de prendre cette question en considération. Il nous répétait souvent l'importance du célibat des hommes de foi. Pour lui, non seulement les curés devaient rester célibataires mais encore tout homme voulant faire quelque chose de bien ne devait pas s'encombrer d'une femme. « Une femme c'est l'élément le plus important, nous répétait-il souvent quand nous étions entre nous, qu'un homme introduit dans sa vie pour se faire chier. Quand tu n'en as pas tu as un problème, quand tu en as tu as trente problèmes. » Il ne se fatiguait pas de nous le répéter et à chaque fois il demandait pardon au Seigneur pour les gros mots utilisés et rajoutait : « Je dois le dire avec les mots les plus justes, Seigneur, pour que ça rentre dans la tête de ces imbéciles de jeunes, mais je sais que de toute façon ils ne m'écouteront pas. »

— Et pourtant tu l'as écouté, non ? demanda Sergio.

— Oui, mais pas pour les mêmes raisons. J'aime les femmes moi. Et je ne les trouve en rien pires que les hommes.

— Et vous êtes d'accord donc, lui demandai-je, d'avoir une papesse ?

Je vis l'égarement dans les yeux du curé. Il ne savait que répondre et l'intervention de Sergio ponctuée d'un éclat de rire le sauva.

— Ça dépend si elle est passée par son lit avant d'être papesse. Non, je plaisantais. Dites, on va respecter une règle : on ne pose pas de questions pour coincer mais pour aider à parler, vous êtes d'accord ? Sinon on ne finira pas cette soirée en paix. Et puis Afshine, tu peux tutoyer ce crétin de bouffeur de cierges.

Et Georges ne sourcilla même pas sous l'attribut. Je ne le savais pas si proche du milieu ouvrier pour se faire traiter de crétin. De toute façon, celui que le traitait ainsi n'était pas n'importe qui. Sergio avait ces mots-là pour tout le monde, y compris pour lui-même.

— Tout à fait d'accord, dis-je. Alors je pose la question autrement, que dis-tu de l'ordination des femmes, avoir des consœurs, ça te dit ?

— Mais bien sûr. Par contre le célibat j'y tiens. Et là je rejoins tout à fait le Père Daniel de mon enfance, on ne peut être un bon prêtre en étant marié.

— Pas seulement un bon prêtre, un bon pour tout, enchaîna Sergio. Si tu veux aller au bout des choses tu dois avoir toute ta disponibilité. Et être marié, c'est une perte d'énergie énorme. Le mariage c'est pour les boulangers, les épiciers et les crétins d'ouvriers comme moi.

— Et que fait-on alors de cette phrase, demandai-je à Sergio : « Derrière chaque grand homme il y a une femme » ?

— C'est de la connerie, des mots d'intellos, rétorqua Sergio. Quand un intello ne sait comment se distinguer de ses confrères il peut toujours défendre le droit des femmes. Ça fait bon chic bon genre. Celui qui a dit cette phrase n'a pas répété trente-six fois une seule chose à la maison pour se voir obligé de la répéter encore toute une vie. Les hommes sont fondamentalement différents des femmes. En plus, je vous l'ai déjà dit, il y a quelque chose qui ne va pas dans la tête des femmes.

Je ris. Je pensai que la discussion virait vers un sujet qui pouvait être long, mais non moins intéressant. En tout cas, je remarquai que ces deux célibataires avaient beaucoup de choses à dire sur les femmes avec qui ils n'avaient jamais passé plus qu'une nuit. Du côté de Sergio, je comprenais tout à fait. Les blessures jamais refermées laissent passer parfois quelques gouttes de sang et de pus. Du côté du curé, je pense que par la confession, il était au courant de bien des déboires des couples. Quant à moi, en toute sincérité, je n'avais rien à reprocher aux femmes. Les femmes que j'avais connues étaient toutes adorables, ma mère, mes sœurs, les quelques femmes que j'avais fréquentées. Et mon expérience de 3 ans de mariage était très enrichissante. Je croyais connaître les femmes et Sara m'en avait appris bien plus encore. Ces 3 années de vie commune ressemblaient à une bénédiction divine. Je n'avais rien à reprocher à Sara.

Pourtant ce que Sergio dit était une réalité, en tout cas au vu d'une grande partie de la littérature classique. Au cours des siècles, les hommes ont méprisé leur moitié. Pourquoi ? Parce qu'elles étaient à mépriser ou que ces hommes étaient des êtres bornés ? Je ne pense pas. Il y avait quelque chose en tout cas qui échappait à nous trois. Si Ibrahim Adham, le soufi de 9e siècle avait été là, il aurait pu nous éclairer un peu plus sur son idée du mariage. Les soufis n'excluaient pas l'acte, mais ils l'évitaient comme la peste. Ibrahim Adham disait : « Le Derviche qui se marie prend la mer et quand l'enfant survient il se noie. » À signaler qu'à cette époque, on partageait les hommes en trois catégories, les vivants, les morts et ceux qui sont en bateau. Pourquoi alors notre soufi mettait-il l'homme marié dans un monde où le retour parmi les vivants n'avait aucune garantie ? Posez-moi cette question ou à des gens de mon genre, vous n'aurez que des réponses interminables. Posez cette même question à de féministes américains, vous n'aurez que des conneries et des énormités en retour. Et pour ce qui était de nous trois, je dois dire qu'une partie de la réponse vint d'où je ne l'attendais pas, de Sergio. Je le voyais mûrir ses mots lorsque Georges continuait à parler des difficultés de couple de ses ouailles sans les nommer bien sûr. Et quand il finit de nous relater le cas du suicide d'un boucher travaillant en couple après les mésententes de plus de 3 dizaines d'années, Sergio le coupa.

— Je pense qu'il est insensé de mettre ces stupidités sur le dos des femmes ou des hommes, dit-il avec tout le sérieux que je lui connaissais. Le problème vient d'ailleurs. Un marteau sert à enfoncer des clous et quand vous le prenez pour aller discuter avec votre voisin, bonjour les dégâts. Quand nous détournons les choses de leur destinée, la situation devient vite ingérable. Chez toutes les espèces vivantes, mâle et femelle existent pour procréer. Seulement, nous les Hommes, nous y avons ajouté, à cette destinée primaire, un tas de choses dans lesquelles nous nous sommes souvent empêtrés comme dit Afshine comme un âne dans des marécages. Famille, vivre sous le même toit, mariage, amour, fidélité et une série de choses qui nous mettent dans des situations où l'autre devient vite une galère. Ni pour l'homme, ni pour la femme ces désagréments n'existent quand ils se mettent ensemble pour une seule nuit, un seul jour ou un week-end. Pourquoi ? Parce qu'ils se mettent dans le contexte de leur destinée originelle, la procréation, même si le but est seulement de se faire plaisir sans enfanter. Parmi nous trois, le seul qui est innocent de cette culpabilité c'est moi, le marxiste. Les poètes tels que toi Afshine ont contribué à rendre merdique la relation entre homme et femme en parlant d'amour et de cœur et de beaux yeux. L'Église de notre ami Georges a mis la main basse sur la notion de couple en les emmerdant avec une série de règles et ce depuis des siècles. Seul Marx a détecté la toxicité de cette relation et là encore une fois je l'admire quand il parle de famille comme d'un élément d'exploitation. C'est la première personne qui a mis en évidence, formulé mathématiquement la notion de classes sociales, de luttes d'intérêts, de jeux d'influences et d'alliances qui en découlent. La famille, telle que nous l'avons bâtie au cours des siècles, joue un rôle malsain chez les humains.

C'était ainsi que Sergio dédouanait tous les couples en difficulté. Il fallait que les femmes qui le considéraient comme homme à abattre soient là pour l'entendre comment il défendait leur innocence en déplaçant la responsabilité. Mais Sergio n'est pas un homme simple. Il a mille plis et dans chaque pli il y a mille Sergio. Un exemple amusant si je puis dire, rien que pour en finir avec cette histoire de complexité des gens face à leur partenaire. Pour détendre un peu la discussion, je demandai à mes deux hôtes quel était leur fantasme sexuel. Georges fit le timide, poli, respectueux en avançant que ce n'était plus ni de son âge ni de sa condition de nourrir des fantasmes. Mais qu'il avait rêvé souvent de faire l'amour dans un grenier à foin où l'odeur de l'herbe séchée, la femme et l'amour s'entremêleraient. Quant à Sergio, une fois encore, il ne me déçut pas. Son cas nous fit rire énormément et on resta pensifs un bon bout de temps. Franc, sincère et en bon joueur, il nous dit que son fantasme était de prendre la femme en levrette et d'envoyer sa tête dans l'armoire à casseroles. Il voulait entendre le gémissement de la femme mêlé au bruit des casseroles qui s'entrechoqueraient au rythme de ses mouvements.

— Et alors tu n'as jamais eu l'occasion de le réaliser ? lui demanda Georges après un long rire.

— Non, bien sûr que non. Elles m'envoient péter chaque fois que je leur demande ça.

Avec cette parenthèse hilarante nous laissâmes Georges finir l'histoire de son engagement dans l'Église. Je devais alors répondre à leur question, maintenant, puisqu'ils avaient à leur tour joué le jeu. Quelle était donc la question ? Ah oui, Sergio avait demandé pourquoi j'étais devenu un emmerdeur. Et pourquoi j'avais tourné le dos à la religion et au marxisme pour devenir... Devenir quoi au juste ? Je ne sais pas, je n'ai pas encore mis un nom sur ce que je suis et il est temps que j'en trouve un.

18

« Ô Tubize, Tubize. Ville des hautes cheminées, des peupliers chantants, des commerçants bougons, des politiciens ringards et des jolies femmes. »

C'est ainsi qu'Afshine voyait Tubize quand nous lui demandâmes un jour de dire deux mots sur notre ville. Il s'était inspiré d'un poète pour décrire Tubize et si j'avais été à sa place j'y aurais rajouté « Tubize, l'abattoir de la dignité ouvrière ». Je sais que ce n'est pas très poétique, mais il n'y a rien de plus vrai que ça.

C'est à peine que le grand capital a fini avec nous qu'il s'acharne sur d'autres usines. Le sang de plus de 2000 familles des Forges de Clabecq ne lui suffisait pas. Il enfonce maintenant ses crocs dans la chair de celles d'autres travailleurs du pays. Je suis sûr que personne n'y échappera. Il n'y avait que la force ouvrière, le bras nourricier du capital, qui pouvait résister devant cette bête ignoble et cette même force est maintenant mise à terre. Le monde capitaliste a le champ libre et peut s'adonner d'ores et déjà à son occupation favorite : accumuler la richesse et distribuer la pauvreté et le désespoir.

La faillite est prononcée et tant de savoir-faire et de compétences sont livrés à la monotonie du chômage et de l'oubli. La bataille est d'arrière-garde maintenant, sauver les meubles comme on dit. Même les droits légaux des ouvriers sont durs à obtenir. Le curateur est arrogant, méprisant et un sale libéral invétéré au col blanc et aux boutons de manchette en or qui nous biffe des réunions dès que possible. Quelque chose de fondamental ne va pas entre lui et nous. J'ai follement envie de céder à cette idée qui consiste à nous payer nous-mêmes en vendant l'équipement de l'usine. Comment empêcher les ouvriers de se défaire de ce qu'ils ont de monnayable entre les mains au profit d'un hypothétique payement des droits. J'ai vraiment du mal à les retenir. Mais c'est à la délégation de faire respecter la loi qui ne nous a apporté que déception.

Un sentiment de culpabilité est permanent en moi. Nous avons failli à notre travail, celui qui consistait à défendre les intérêts des ouvriers. Étions-nous faibles ou le monde capitaliste était-il plus fort ? Je n'en sais rien, mais la défaite est là. Nous n'avons pas su vaincre les forces malsaines et nous devons avouer notre faiblesse de trouver des stratégies plus adaptées à chaque attaque. Le seul résultat de ces combats était de compromettre l'avenir des milliers de familles et ceux qui en dépendaient, sans parler de nous-mêmes, le noyau actif, traîné désormais de tribunal en tribunal, de procès en procès.

Du côté des ouvriers, ça va vraiment mal. Ils sont tous à la rue maintenant et très peu parviennent à se recaser. Il paraît que les entreprises ont une liste noire constituée des noms des « ouvriers indésirables ». Je ne connais personne parmi les camarades qui a pu trouver un emploi.

Du côté des camarades combatifs, y compris moi, les procès et les déceptions s'enchaînent. On n'était déjà nullement soutenu par la FGTB et notre exclusion a mis littéralement fin à cette dépendance. Heureusement la solidarité des ouvriers d'autres usines, particulièrement de la partie flamande du pays, et l'abnégation de quelques avocats, nous permettent de surmonter la charge insoutenable des procès successifs. Je suis conscient que ces braves gens marchent sur la ligne rouge en soutenant les syndicalistes désormais considérés comme des criminels.

Un point positif à décharge de notre système social est qu'il permet l'existence des poches de résistance de par leur indépendance. Le monde des avocats en est un. Je vous dis cela car, malgré le dépit que j'ai pour le monde judiciaire, l'événement qui se passa montre que tant qu'il existe des avocats dignes de ce nom, nous ne sommes pas tout à fait perdus.

Nous étions au procès qui nous avait été intenté par l'état-major de la gendarmerie suite à l'affrontement sur la bretelle de l'autoroute E19. On était 13 sur le banc des accusés, chacun ayant entre 20 et 50 chefs d'accusations. La salle d'audience était pleine comme un œuf. Malgré le froid de canard de ce jeudi 26 novembre 1998, une manifestation en notre soutien réclamait l'arrêt de la justice de classe. Entourés par les policiers, les journalistes qualifieraient le palais de justice en état de siège.

Les 13 salopards que nous étions étaient assistés et non pas défendus par des avocats, je vous le disais, d'une compétence admirable. Des avocats de différentes associations qui suite à une idée de Sergio avaient accepté de seulement participer à ce procès et non pas de nous défendre. C'est sûrement un jeu de mots certes, mais c'était très gratifiant de voir des juristes de haut vol venir épauler les ouvriers contre une justice qui s'annonçait peu impartiale.

Le procès battait son plein et à un moment donné, tandis que j'étais virtuellement ailleurs, pensant à mille et une choses et nettoyant la terre du jardin sous mes ongles, j'entendis en filigrane un des avocats parler à la cour des méthodes peu légales de la police et de la gendarmerie. Une partie de terre résistait sous l'ongle de mon pouce et je pensais à ma petite Gaëlle quand j'entendis le président du tribunal crier « taisez-vous ! ». Je retombai sur mes pattes, levai la tête.

Ces deux mots étaient adressés à l'avocat qui était en train de développer sa plaidoirie. Deux mots, proférés d'un ton martial et sec, faisant l'effet d'une douche froide dans la salle. Avocats, accusés et public furent sidérés sous l'effet de l'autorité de la présidence et de cet ordre déplacé néanmoins contraignant donné à quelqu'un qui avait tous les droits de défendre son client. C'est alors que la soumission était à deux pas d'être imposée que Michel Belplume, un de nos avocats, homme de petite taille, crâne dégarni, nez comme les kouftas des Arabes surmonté d'une paire de petites lunettes rondes se dressa un peu plus que les autres et d'un ton magistral dit au président : « La défense ne permet pas d'être traitée comme un chien. » Un applaudissement tonitruant remplit la salle, déborda dans le hall du palais de justice pour se déverser ensuite dans la rue.

L'audience était impossible. La suspension fut annoncée. Des ailes me poussaient. Je voulais dire à tout le monde, en des termes assez philosophiques, comment un homme pouvait briser les lourdes chaînes d'une autorité malsaine. Mais je n'étais pas philosophe et je ne savais vraiment pas comment formuler ce qui me bouillonnait dans la tête. La salle entière était debout et ceux qui étaient à l'extérieur tentaient d'entrer. Je cherchai Sergio du regard pour partager avec lui ce moment délicieux. J'étais abordé de partout, félicité, embrassé, encouragé et je vis Sergio poussé par la foule, coincé près d'une fenêtre. Les gouttes de transpiration brillaient sur son crâne dégarni. Je m'approchai avec peine. Il était entouré des camarades à qui il causait avec beaucoup de bonne humeur. Il serrait le Code civil contre son cœur et j'avais envie de le taquiner.

— Tu t'es trompé de volume Sergio. C'est le procès des criminels, ici c'est le code pénal que tu devais avoir.

— Je sais, je sais, espèce de chie-sec, me dit-il avec un grand sourire.

— Les avocats vont se moquer de toi.

— Au diable. Je dois absolument trouver une réponse pour Momo-la-patate aujourd'hui. Le fermier qui vient faucher deux fois par an chez lui demande le droit à l'engrais. Et je ne vois pas dans quelle rubrique je dois chercher. Au fait, comme ça s'écrit engrais, avec « h » ou avec « a » ?

— Je ne sais pas, je pense c'est avec un « e ». Et vous les autres, vous ne savez pas comment on écrit engrais ?

Les hommes autour de nous firent une moue avec leurs lèvres. Je sentais derrière moi une salle bruyante où les hommes se parlaient en criant comme si leur interlocuteur était sourd d'oreille.

Tout ce qui concerne maintenant les Forges de Clabecq est pour moi un combat d'arrière-garde. On a brisé notre résistance et maintenant il faut nous démolir individuellement, nous écraser sous le poids d'une soi-disant justice. Tel que nous sommes traités, désormais plus jamais aucun syndicaliste n'osera faire face au patronat. Ils sont en train de faire de nous des exemples. Et je pense qu'ils ont réussi leur coup.

19

Il y avait une telle agitation indescriptible autour de moi que je me demandais comment j'avais réussi haut la main mes examens de fin de secondaires. Et suivant la voie que je m'étais tracée j'allais m'inscrire à la faculté de médecine à l'ULB.

L'inscription se faisait dans une salle munie de guichets démontables. Une foule d'étudiants faisait la file devant chaque guichet. Les formulaires remplis, j'attendais mon tour. Un employé d'une cinquantaine d'années me reçut avec un large sourire paternel. Je le saluai et lui tendis mes papiers. Il jeta un coup d'œil à mon nom et je vis son sourire s'élargir.

— Mademoiselle Gaëlle D'Amico, je vous souhaite la bienvenue dans notre faculté. C'est un plaisir de vous recevoir personnellement.

C'était la première fois que, sortie de ma ville cocon, quelqu'un s'arrêtait devant mon patronyme et me montrait son intérêt. Quelque chose me disait que mon nom de famille allait m'ouvrir bien de portes agréables ou au contraire m'exposer à des déconvenues. En attendant, le gars derrière le guichet garda le sourire sincère en supervisant mes documents.

Je vous avoue que j'étais très fière d'arriver à ce niveau où je pouvais m'inscrire à une faculté prestigieuse avec la prétention de réussir. L'idée de faire partie d'une catégorie de personnes un peu supérieure aux autres me remplissait d'un orgueil que je maîtrisais à peine, d'autant que quelques mois auparavant je voulais laisser tomber les études. Désormais, j'allais côtoyer les futurs hommes et femmes ayant la santé physique et mentale de la population en main. De ces mêmes gens allaient sortir des noms qui seraient écrits en grande lettre dans l'histoire de notre pays.

Je regardais les têtes des candidats à l'inscription et je me disais que c'étaient des copains et copines que je serais fière d'ici 30 ans d'avoir eu comme collègues de banc. Bercée par de telles pensées douces, je me dirigeai vers les toilettes pour me soulager la vessie. Je franchis la porte, je fis un pas en arrière. Ma nonna me dit une fois en guise de conseil : « Ne te fie pas à l'apparence d'un garçon, qu'il soit beau, propre ou souriant. Quand tu iras chez lui ou chez ses parents va voir leurs sanitaires. C'est là, la vraie nature des habitants d'une maison. » Parée de ce conseil et ayant l'habitude de voir des toilettes impeccables à l'école grâce à Afshine, celles de l'université me firent un drôle d'effet. Je dominai mes sentiments de dégoût, je m'y engageai pour me trouver où « le roi va seul » comme disent les Flamands. J'étais vraiment mal à l'aise en regardant les murs et la porte parés de toutes sortes d'inscriptions. Me déculotter et me mettre sur la cuvette ressemblait à un acte où le dégoût et le plaisir étaient côte à côte. Je lus absolument tout, amusée par certaines, écœurée par d'autres et je ne savais vraiment que penser des gens qui avaient écrit ces courtes ou longues phrases. On aurait dit que ce lieu n'était pas qu'un endroit pour se vider les entrailles, mais qu'on y évacuait aussi toutes sortes de pensées. Je n'étais pas une nonne en matière de sexe donc rien ne m'étonnait dans ce domaine. Mais ces mots et ces réflexions, se référant à certaines pratiques, étaient réellement d'ordre criminel et psychopathique. Ces gens devaient se faire soigner à penser comme Jack l'éventreur quand ils écrivaient sur ce sujet.

Le temps d'y déverser ce qui était de mauvais en moi, l'idée d'appartenir désormais à ces gens en apparence beaux, propres et souriants me posait déjà problème. Devais-je donner suite à ma demande d'inscription ? Et puis quand même, à supposer que je ne me trouve pas à leurs côtés dans un cours, ils existaient bel et bien ! Ils constituaient les futures élites de notre société.

Je sortis d'un pas précipité du bâtiment de médecine et d'un air dubitatif je jetai un coup d'œil aux toilettes des autres facultés telles que droit, sciences politiques, journalisme, etc. Eh bien chapeau les gars. J'ai le grand honneur de constater que vous êtes tous des malades.

Et maintenant, assise sur le carré de gazon, juste en face des locaux de droit, je prenais une profonde respiration. « Qu'est-ce que je suis en train de faire ? Qu'est-ce que j'espère obtenir d'une partie déjà si mal engagée ? » J'étais vraiment dans un état lamentable. Et je fis un exercice qu'Afshine m'avait appris : je me déplaçai virtuellement pour voir ces beaux garçons et ces belles filles qui passaient devant moi selon un autre angle de vue. Cela m'avait quelques fois aidée, ouvert d'autres pages et d'autres voies. Du haut de la tour de l'horloge, je voyais tout un monde, le futur de l'humanité, fourmillant d'un bâtiment à un autre, d'un auditoire à un autre. « Était-ce si grave de griffonner quelques mots obscènes sur le mur des toilettes ? N'es-tu pas en train de développer une maladie à ton tour, susceptibilité exagérée, réflexion stupide et inutile ? Même si tu crois que les gens sont tous des malades à soigner, profite de cette possibilité pour te hisser au niveau que tu veux. Mais alors pourquoi Afshine, lui, qui était à ce niveau, avait-il mis au bout d'un ballon d'hélium tous ses diplômes universitaires destinés au vent ? Qu'est-ce qui a fait que la valeur de ce pour quoi je vais mettre au moins 5 ans avait tellement diminué à ses yeux qu'il a préféré le voir si insignifiant au bout d'un ballon accroché à la cime d'un arbre ou tomber dans la main d'un enfant ? »

À la maison, l'ambiance ne valait pas un clou. Papa dépérissait et causait très peu et maman ne parlait que de ses réunions avec des subordonnés qui ne marchaient qu'à coups de fouet. Ma seule consolation était Aello. Le seul endroit où je me sentais à l'aise était dans l'apparentement de son ami dont il avait la clé. Les notes du bouzouki y coulaient sans cesse d'un vieux magnétophone au coin de la cuisine. Mon petit Grec représentait lumière et plaisir plusieurs fois par semaine. Pourvu que sa femme nous laisse tranquilles encore quelque temps.

Les moments que je passais avec lui sur le lit semblaient s'éterniser. Il n'était pas comme ces garçons qui finissent à peine avoir commencé. Avec lui, l'amour n'était pas un fleuve tranquille. C'était un torrent parsemé de quelques accalmies pour reprendre le souffle et s'engager aussitôt dans des passages rapides pour tomber à la fin dans la profondeur délivrante. Après, quand je refaisais surface et reprenais pied toute dégoulinante sur la berge du lit, j'étais bonne pour une journée détendue. Et pourtant physiquement j'étais épuisée et vidée de toute ma force. L'effet bénéfique de cette extase continuait une journée entière. Je sentais sa présence là où il était passé, l'odeur qu'il avait laissée ici et là, le goût qui me revenait à la bouche ou un mince filet de liquide qui parfois coulait le long d'une cuisse.

Sans Aello, Tubize aurait été vraiment morbide à l'aube de mes 19 ans. Et pourtant, pour moi comme pour tout le monde, le temps changeait. Je devenais, au cours des saisons, une étudiante en médecine bien installée dans ses études, mon père un chômeur, un déprimé, un persécuté ou rattrapé par ses actes et finalement ma mère qui développait majestueusement ses talents de matrone.

Afshine me manquait et je n'avais pas encore décidé de rompre le pacte d'éloignement que je m'étais imposé pour neutraliser son influence et me former toute seule. Mon père ne le fréquentait pas non plus et du coup il ne pouvait me donner de ses nouvelles. Je le vis une fois de profil au marché du jeudi à Tubize choisissant des aubergines. Je me fis violence pour ne pas l'aborder. Il me semblait en forme, droit, agile de ses mouvements et faisant des salamalecs avec beaucoup de monde. J'avais choisi un endroit à l'abri des regards pour m'offrir le son de sa voix si envoûtante. Ô Afshine, quel gâchis cet amour envers toi et cette maudite barrière de l'âge entre nous.

20

Depuis que j'habite à Tubize, je m'offre un plaisir matinal d'une grandeur royale. Tous les matins, été comme hiver, je marche 45 minutes avant le lever du jour dans les rues de cette petite ville. Ça me permet de connaître mon milieu de vie et ses habitants d'une manière insoupçonnée. Il faut voir une ville endormie pour la voir avec sérénité, un peu comme une femme, débarrassée de son maquillage, les traits détendus par une nuit de sommeil. Je n'ai jamais raté cette occasion avec les femmes. D'ailleurs, l'image que j'ai d'elles est souvent associée à cet instant où elles voyagent encore dans le monde des songes.

Tubize n'est pas une ville de belles bâtisses et de vieilles pierres pour une simple raison : elle n'a jamais eu de grande bourgeoisie. Ses habitants ont toujours été à la bourre pour gagner leur pain quotidien à l'instar de ses administrations publiques endettées et sous la tutelle des instances supérieures. Bien sûr, il n'y a rien de mauvais à cela. Tubize vit sa pauvreté avec dignité. Les Tubiziens, surtout ceux d'origine italienne, prennent soin de la devanture de leur maison du mieux qu'ils peuvent. J'insiste sur les Italiens parce que c'est un fait. C'est une manière de leur rendre hommage. Ils sont d'une propreté exemplaire par rapport aux autres.

Tubize, cette femme d'une beauté plus que médiocre, que je parcours tous les matins, me révèle des secrets insoupçonnés à un moment où elle ne peut rien me cacher.

Je respire l'air assaini par la nuit, j'écoute, je vois, je sens les êtres animés et inanimés. Je ne sais pas si les Tubiziens le savent ou non, mais sans le vouloir, ni voyeurisme et indiscrétion, je suis au courant de bien de leurs petits et grands agissements, cachotteries ou coquetteries.

Mes passages par les rues avoisinant le domaine des Forges de Clabecq, à l'arrêt pour l'instant, me procurent le sentiment du temps passé, l'infidélité ou la fugacité de la fortune. J'ai vu à plusieurs reprises un camion sortir par un portail de l'entrée désaffectée des fournisseurs. Ce passage est donc à sens unique et le camion avait tout l'air de circuler en douce. Je connais bien le domaine et je peux vous dire que ce n'était pas normal du tout. On était probablement en train d'évacuer des biens monnayables. Ça ne me faisait ni chaud ni froid. L'important était que ce fût pour les bons comptes ou pour les braves gens. Je pensais inévitablement à des anciens copains des Forges qui avaient en charge la surveillance du domaine et de l'usine à l'arrêt. Celui que j'affectionnais particulièrement était Aello, un gars d'origine grecque trouvé raide mort il y a dix jours sur l'herbe couverte de rosée matinale des Forges. Il avait une tendance à magouiller m'avait-on dit. Participait-il à ces vols nocturnes, je n'en sais rien. L'avait-on tué ou était-il mort naturellement ? En tout cas, un grand mystère entoure toujours son décès. Et visiblement personne n'en faisait grand cas. Et pourtant Aello avait bel et bien perdu la vie dans le cadre de son travail et cet incident n'avait même pas fait l'objet d'un fait divers dans les journaux. À ce propos, sa femme était ma maîtresse avant son mariage il y a bien 5 ans. Et quand je sus qu'elle se mariait avec un ouvrier des Forges, qui plus est quelqu'un que je connaissais, je lui demandai de ne plus nous voir. Je ne voulais vraiment pas faire du mal à quelqu'un pour des moments de plaisir. Même si la fille que je congédiais était l'une des meilleures dans ma liste de conquêtes. Je me rappelle ces moments de jouissances extravagants dans ma conciergerie. Elle suait, se débattait et surtout hurlait quand je l'amenais à l'orgasme. Très gratifiant pour son partenaire que j'étais, il n'en restait pas moins que je m'inquiétais tout de même des voisins tellement ses hurlements étaient forts. Nous ne risquions pas d'être entendus dans le grand espace de l'école, mais par précaution j'étouffais ses cris au plat de la main. Elle aimait ça et me mordait les doigts et le bras sous l'effet de cette pulsion charnelle se déversant sur le matelas. Oserais-je dire qu'avec elle je me sentais un mâle accompli ? Je me suis ensuite marié à mon tour et on s'est littéralement perdus de vue. Mais je sais qu'ils ont une fille de 5 ans maintenant.

Depuis la mort d'Aello, je parcours plus souvent les quartiers résidentiels, délaissant la zone des Forges.

C'était l'aube d'une journée vraisemblablement douce. Je passais devant une maison cossue quand je me trouvai tout à coup face à un homme qui sortait la main dans celle d'une femme en robe de chambre. Je l'évitai d'un mouvement précipité en lançant un excusez-moi et continuai mon chemin. Je les entendais murmurer des mots confus et finalement se dire au revoir.

Je les connaissais. Un couple interdit qui se retrouvait pour exprimer, recevoir et donner ce qu'ils ne pouvaient probablement pas vivre avec leur conjoint respectif. Après quelques minutes, j'entendis le vrombissement du moteur de l'architecte et puis je vis la belle voiture se perdre dans un virage 100 mètres plus loin. À peine disparue, elle revint dans l'autre sens. Arrivée à ma hauteur, elle s'arrêta. Par le carreau fermé, je devinais l'architecte me regarder pour me reconnaître. Et je savais qu'il me connaissait. Il baissa la vitre pour me saluer avec un large sourire et me proposer de me reconduire. Je refusai bien entendu car je n'étais qu'à la moitié de ma promenade. Avant de remonter le carreau et pousser sur les gaz, il me demanda s'il pouvait venir me voir à l'école le soir. Je lui répondis positivement sachant qu'il voulait probablement expliquer la raison de sa présence si matinale dans une maison autre que son domicile et main dans la main avec une autre femme que la sienne.

Fin d'après-midi, début de soirée, j'attendais la visite de l'architecte. J'avais préparé des mots rassurants afin de dissiper ses probables inquiétudes. À vrai dire, je ne suis pas du genre à vendre ma langue aux marchés. D'ailleurs, en quoi cela me regardait-il qui couchait avec qui. Mais à la place de l'architecte j'eus affaire à deux visites pour le moins inattendues. La première était celle d'un inspecteur de police et la deuxième plus tard dans la soirée, celle de Viviana, la femme de feu Aello.

Je me rendis devant le portail de l'école d'où la sonnette avait été actionnée. À mon grand étonnement, je vis un homme inconnu, tout souriant, avec une farde sous le bras.

— Monsieur Afshine Jami ? me demanda-t-il. Je suis l'inspecteur principal Joseph Koen. Puis-je entrer quelques minutes ?

Je jetai un coup d'œil sur l'insigne qu'il me tendait et puis ouvris la petite porte. Jusqu'à l'arrivée à la conciergerie, il ne dit rien, mais se tournait et retournait sans cesse pour voir l'enceinte de l'école. Sa démarche n'avait rien d'inquiétant. J'y décelai la curiosité et un brin de nostalgie.

— Vous avez étudié ici ? lui demandai-je.

— Oui et vous étiez déjà notre concierge à ce moment-là. Vous ne vous souvenez pas de moi par hasard ?

Je fixai son visage et en toute sincérité, il ne me disait rien. Arrivés dans le salon, il resta debout malgré mon offre de prendre place. Il sortit de sa farde quelques photos et me demanda si je connaissais ces individus.

— Excusez-moi, lui dis-je un brin courroucé. Je voudrais savoir en qualité de quoi vous m'interrogez sur ces gens-là.

— Je vais vous le dire tout de suite, mais d'abord, connaissez-vous ces gens, oui ou non ? Prenez votre temps et regardez bien chaque visage.

Je passai en revue les portraits. Ils ne me disaient rien. Suite à ma réponse négative, l'inspecteur leva la tête vers moi et me révéla quelque chose d'incroyable à mon sujet.

— Monsieur Jami, nous savons que vous faites une promenade de bonne heure chaque matin. Nous avons pensé que vous aviez peut-être croisé l'une de ces personnes. Vous n'êtes pas obligé de répondre, mais si vous avez vu un de ces messieurs, votre témoignage sera vraiment appréciable.

— Non, je ne les connais pas et je ne les ai pas croisés non plus. Pouvez-vous me dire ce que vous reprochez à ces gens ?

Alors il sortit deux autres photos de deux visages défunts. L'une était celle de l'architecte, cou penché, lèvres mi-ouvertes, yeux éteints. Et l'autre celle de sa maîtresse, face tuméfiée, battue à mort probablement.

— Vous les connaissez, n'est-ce pas ?

— Connaître c'est beaucoup dire. Je sais qu'ils sont habitants de Tubize.

— Mais encore ?

— Mais encore, mais encore ! Non, ils ne sont ni mes amis, ni mes copains. Vous ne m'avez finalement pas dit ce que j'ai à voir là-dedans.

Alors, l'inspecteur posa ses fesses sur une chaise et se mit à l'aise en appuyant son dos grassouillet au dossier.

— Comme je vous l'ai dit, nous sommes au courant de vos promenades de santé et nous savons les itinéraires que vous prenez chaque jour.

— Vous m'espionnez ou quoi ? Maintenant que les Soviets ont réintégré le bercail, vous surveillez les concierges d'écoles pour passer le temps ?

— Oui c'est un peu ça si vous voulez. Je comprends que cela vous choque de savoir que nous sommes au courant de votre hobby matinal, mais c'est sans méchanceté aucune à votre égard, croyez-moi.

Incommodé par cette révélation, j'essayais de reprendre mes esprits. Il faut dire que plus d'une décennie de vie calme en Belgique m'avait fait oublier que ce genre de choses existait. En Iran cela ne m'aurait pas étonné pour le moins du monde. Quelques amis américains des milieux artistiques m'avaient fait part d'une surveillance policière même s'ils faisaient une réunion barbecue-poésie chez un copain. Je pouvais l'admettre aussi à Bruxelles, autour des institutions européennes ou de l'OTAN, mais ici, dans une petite ville et encore vis-à-vis d'un concierge ? Mon dieu, on n'est jamais à l'abri de la connerie. Après cette mise au point rapide, je repris mes esprits et je revins à ces deux malheureux.

— Qu'est-il arrivé à ces deux pauvres gens ? demandai-je.

— On a trouvé l'architecte pendu dans son bureau. La probabilité d'un suicide est douteuse même si la mise en scène va dans ce sens. La femme est victime de coups multiples. Ça ressemble à un cambriolage qui a mal tourné, mais il n'en est rien. Alors, vous avez d'autres choses à me dire, monsieur Jami ? Nous savons que vous êtes passé par la rue où se trouve la maison de cette femme.

— Je les ai croisés effectivement. Ils se quittaient comme deux amants si je ne me trompe pas. Et puis l'architecte a fait demi-tour avec sa voiture pour me reconnaître et me fixer rendez-vous pour justement ce soir chez moi.

— Dans quel but ?

— Je n'en sais rien. Probablement me demander la discrétion sur un sujet aussi délicat.

— Et vous n'avez vu personne d'autre ? Quelqu'un ou une voiture qui le suivait, parce que selon le médecin légiste la mort remonte à plus ou moins 5 heures du matin ?

— Vous pensez à un crime passionnel ?

— Plus que probablement.

L'inspecteur avait fini son devoir d'enquête et il allait me quitter. Je lui proposai une tasse de thé, il refusa. En sortant, il me demanda si j'écrivais encore. La réponse était bien sûr positive. Si je n'écrivais pas, je ne travaillerais pas non plus. Rien que manger, boire et travailler n'est pas assez pour un homme. Il faut faire d'autres choses dans la vie. Et moi j'ai choisi l'écriture. Quand je suis seul avec moi en face d'une page tout prend une allure différente. Les couleurs deviennent plus prononcées, les parfums et les odeurs plus éclatantes, les mots dénaturés par nos mauvaises pratiques et notre perfidie reprennent leur sens propre, les apparences des gens s'effacent au profit de ce qu'ils occultent. Certains se droguent pour arriver à ce genre de choses et moi c'est en écrivant.

Je vous avoue que je n'étais pas tellement à l'aise suite à cette visite et je me sentais idiot en pensant que mes promenades en solitaire n'étaient pas si solitaires que ça. Devais-je continuer cette détente innocente maintenant que je savais que j'étais surveillé ? Pourquoi étais-je l'objet de cette surveillance au juste ? Je n'eus même pas la présence d'esprit de le demander à ce monsieur. Représentais-je un danger pour la sécurité et l'ordre public ? En tout cas, je me battais toujours avec ces questions quand la sonnette retentit encore. Je me présentai devant le portail et je vis Viviana, la femme d'Aello, tout en noir.

— Salut Af. Je peux entrer ?

— Salut ma chère. Que fais-tu ici ?

— Laisse-moi entrer si tu veux bien.

J'ouvris aussitôt la porte. Elle regarda à droite et à gauche et entra en refermant rapidement derrière elle.

— Qu'y a-t-il ? Tu es suivie ?

Elle posa un baiser bien gras au coin de mes lèvres. Un nerf parcourut à la vitesse de la lumière le point de contact de ses lèvres à mon entrejambe. On entra chez moi. J'étais tout étonné de la voir après 5 ans. Je n'avais même pas été à l'enterrement d'Aello, pour ne voir ni elle ni mes copains des Forges. Alors, pourquoi était-elle là maintenant ? un mystère qui serait vite dissipé, vu la qualité de bavardage que je lui connaissais. Durant deux ans que je l'avais fréquentée, elle avait été la source d'infos dans des milieux auxquels j'avais difficilement accès, à savoir le monde féminin des épouses des ouvriers et des employés des Forges de Clabecq et annexes. L'autre point : son bisou à l'arrivée n'avait rien d'extraordinaire. Cette femme était magnifiquement douée pour faire passer le message. Dans ma vie d'homme, je n'ai vu aucune femme plus femme qu'elle. En un mot, elle avait l'art de profiter et de faire profiter.

La première chose qui me frappa chez elle était ce noir mal nettoyé aux coins des yeux. Elle avait pleuré, je me demandais pourquoi. Pour son mari décédé, pour son veuvage précoce ou y avait-il d'autres malheurs qui l'avaient frappée entre-temps ? Je lui posai donc la question.

— Ah ! Afi, mon Afi. Donne-moi un thé je vais tout t'expliquer, me dit-elle.

Elle se mit dans le canapé et je préparai le thé. Je pris une chaise et je me mis juste en face d'elle. Elle me scruta un instant et me demanda :

— Mon Afi, je te vois perturbé, c'est moi ou quelque chose te ronge ?

Je ne pouvais retenir mon rire. Sa clairvoyance me surprenait. Elle avait certainement une tonne de choses à me dire et elle décelait pourtant mon état mental plus qu'agité après le départ du policier. Je réservai une réponse complète à plus tard tout en la rassurant à mi-mots. Et je lui redemandai à mon tour la raison de sa visite. Elle me l'exposa pendant 1 heure. Ce qu'elle dit était riche d'informations. Un pêle-mêle de faux, de racontars, de vrai et de faits avérés et constatés. Mais le plus important était la raison de son chagrin de ces deux derniers jours en lien direct avec la mort d'Aello.

— Je te rassure Afi, je ne revendiquais rien. Je voulais simplement savoir ce qui s'était passé et comment mon mari était mort. J'avais rendez-vous avec un monsieur qui s'appelait Procureur du roi au palais de justice. Il me reçoit avec beaucoup de gentillesse et me dit le contenu selon lui très insignifiant du dossier. Cela a bien duré un quart d'heure et j'insistais en répétant que je voulais aller au fond des choses et connaître la raison de la mort du père de mon enfant. Il me dit qu'il ne manquerait pas de m'informer et puis me dit de rester à l'extérieur parce qu'il devait recevoir quelqu'un d'autre en urgence et qu'il reprendrait avec moi. Je me mets à une grande table en bois massif sur un banc du même genre. J'étais dans mes pensées en attendant de revoir le mec quand je vois un gars venir vers la table. Il la contourne et se colle à moi sur le banc. J'ai cru qu'il voulait me draguer, mais non. Il me dit sans détour que c'était bien d'avoir une pension après la mort de son mari, surtout quand on a une petite fille. Et qu'il n'était pas très sage de jouer la fouille-merde parce que je risquais de perdre cette pension de veuve. C'était bel et bien une menace. Il est parti aussitôt. Tu imagines alors dans quel état j'étais. Depuis deux jours, je pleure et je n'ai jamais autant pleuré. Ce matin je pensais à toi. Je voulais quelqu'un à qui dire ce qui m'était arrivé. Quelqu'un qui pouvait m'écouter sans me charrier. Quelqu'un que j'aimais comme toi. Alors me voilà.

— Finalement, tu ne sais pas comment Aello est mort ?

— Non, d'un arrêt cardiaque m'a-t-on dit une fois, puis d'une congestion cérébrale et encore une autre fois d'un ABC.

— AVC !

— Oui c'est ça. Au début, je croyais que c'était la bande de mafia des Forges qui l'avait tué à cause de cette garce de Gaëlle...

— Attends un peu, de quelle bande de mafia et de quelle Gaëlle parles-tu ? lui demandai-je sachant pourtant de quelle soi-disant bande elle parlait.

Elle savait que je faisais l'ignorant exprès. Elle me sourit en agitant la main en l'air dans ma direction avant de reprendre :

— Je parle de cet Eddy et de ses gorilles. Tu as vu ce qu'ils ont fait avec ce beau malheureux monsieur qu'on a vu à la télé, la figure cassée, sa belle chemise et sa cravate tout en sang ?

— Attends, ne mélange pas tout. Dis-moi d'abord pourquoi Eddy aurait tué ton mari ?

— Je t'ai dit gros béta. À cause de sa relation avec sa fille. Ah, mais que tu es bête, tu ne comprends rien de rien.

— Aello avec Gaëlle ?

— Mais oui, ça faisait un bout de temps qu'il la baisait plusieurs fois par semaine. Il croyait que je ne le savais pas, mais je ne disais rien parce que...

Elle garda le silence, me fixa d'un air à la limite honteux.

— Parce que... ?

— Tu sais, Aello et moi, on était bien ensemble. Au début, il ne savait rien des femmes, mais une fois qu'il a appris, il était magnifique, comme toi mon Afi. J'étais souvent aux anges avec lui. Après la naissance de la petite, je ne sais pas ce qui s'est passé en moi, il me dégoûtait. Je ne le lui ai jamais dit, mais il me faisait réellement vomir. Je ne pouvais supporter son odeur, j'en étais malade à cracher mes tripes chaque fois qu'il s'approchait de moi. Pendant 4 ans, il a râlé et quand il a cessé de rouspéter j'ai compris qu'il fourrait sa tête ailleurs. Je le voyais de moins en moins et je pouvais enfin dormir tranquille sans pointer mes coudes et mes genoux vers lui toute la nuit pour l'empêcher de me toucher. Même quand il faisait la pause de nuit, je ne le voyais pas le jour. Tant mieux, parce que ces derniers temps ses cachotteries au travail me dégoûtaient autant que l'odeur de ses chaussettes.

— Et alors, la relation avec Eddy et sa fille ?

— Ça t'intéresse, hein Afi ? Baiser la fille du chef, magouiller pendant ses rondes de nuit, je croyais que c'était Eddy qui lui avait fait la peau. Quand ce gars est venu au palais de justice me menacer, j'ai compris qu'Eddy n'y était pour rien. Pourquoi un fonctionnaire cravaté viendrait de cette façon déguisée défendre un syndicaliste pestiféré et s'éclipserait ensuite dans les couloirs du palais de justice ? Tu vois je ne suis pas si bête que ça. Je peux aussi parfois raisonner et tirer des conclusions.

Viviana était une femme un peu dispersée quand elle parlait. Elle volait de sujet en sujet et dans une phrase elle était capable d'en évoquer 5. Si vous voyez un peu d'ordre dans ses propos, c'est mon travail, je vous l'avoue. Pour avoir un peu de cohérence dans les infos qu'elle me fournissait, je posais de temps en temps une question en la mettant sur les rails. Avec tout ce qu'elle me raconta ce soir, je comprenais mieux ce réseau d'informations fort actif des femmes de Tubize et de Clabecq qui s'échangeaient parfois en temps réel les dernières nouvelles. Au sommet de ce réseau, deux cousines qui faisaient leur caïd dont l'une dénommée Simona. C'était grâce à cette dernière que Viviana sut que son mari passait des journées entières avec Gaëlle dans l'appartement d'un ami.

Et puis venait une autre caractéristique de Viviana, à la fois amusante, triste et surtout dangereuse, à savoir son goût à déblatérer, rajouter un mot sur un autre rien que pour parler, impliquer les gens à tort et à travers. C'est ainsi que je sus qu'Eddy était un agent des Russes, qu'il recevait l'argent de la propre main de Mouammar Kadhafi de Libye, qu'il envoyait la jolie femme d'un tel ouvrier dans les bras de notre bourgmestre pour renoncer à je ne sais quelle plainte en justice, que notre bourgmestre avait 3 voitures et une seule plaque d'immatriculation (donc chaque matin il prenait le tournevis pour dévisser la plaque d'immatriculation et grattait son crâne en se demandant sur quelle voiture il allait la revisser, vous voyez le scénario), que Gaëlle était un râtelier à couilles et que par la même occasion, tenez-vous bien, Sergio et moi, à deux donc, la baisions la tête dans l'armoire à casseroles. Viviana jurait que la voisine de Sergio nous avait vus entrer à trois chez lui et ensuite avait entendu le bruit confus des casseroles et des cris de plaisir de Gaëlle nous demandant interminablement : Aaaah oui encore.

J'écoutais à la fin ma visiteuse sans intervenir, ahuri et amusé. Elle s'étalait sur tous les racontars tubiziens et clabecquois. Tout à coup, elle vint sur un point qui me fit bondir.

— Nous lui avons dit que ça ne va pas comme ça, mais Damiana ne voulait rien entendre. Et voilà, elle est morte aujourd'hui. Il paraît qu'on a coupé ses cheveux et qu'on les a fourrés dans sa gorge pour l'étouffer. Et on a aidé l'architecte à se pendre aussi. Quand on a un mari comme le sien on se tient tranquille. C'est pour ça tu vois Afi, j'étais un peu pressée à la porte. On ne sait jamais qui épie qui dans notre petite ville.

— Tu ne risques rien pourtant, tu es veuve. Dis-moi Viviana, tu m'as mis un de tes bons bisous en entrant, comment ça va ?

— Ça fait plusieurs années que je n'ai pas tiré un bon coup. J'étais sèche et glaciale tu sais et le pauvre Aello a enduré grave, je peux te le dire. Moi qui grimpais au plafond, tu te rends compte, que dalle ces 4 dernières années. Et ce matin, j'ai beaucoup pleuré et puis je ne sais pas, comme si quelque chose avait changé en moi. Je pensais à toi et ça me chauffait. Je serais venue te voir si tu ne travaillais pas. Je veux bien que tu me fasses sortir du deuil !

Je la regardai admiratif. Elle m'avait toujours suscité de l'admiration. Une femme d'une beauté certaine, attachant une importance délicate aux détails vestimentaires, se maquillant avec parcimonie, juste quelques retouches par-ci par-là pour avoir une harmonie, des lèvres charnues colorées nature, un corps aux courbures proportionnées, généreuses, bien galbées et surtout un extraordinaire talent dans ses doigts fins pour titiller les nerfs d'un homme. Sur le plan charnel, elle m'allait à ravir, mais je ne pouvais la supporter plus d'un jour. Durant la première période de nos rencontres, son arrivée était une joie et son départ en était une aussi. Et je savais pourquoi. Elle était frivole et en plus je n'ai jamais eu trop d'affinités avec les gens qui parlent beaucoup, vite ou crient en parlant. Les bavards et les hurleurs ne sont pas mes amis.

Elle était là maintenant, m'ayant fait un rapport sur tout ce qui bougeait dans ma ville et me demandait de la faire sortir du deuil, si tant est qu'elle fût endeuillée. Et moi, je n'étais pas une machine tout de même, avec un bouton on/off. Je me sentais à plat, après ce qui s'était passé aujourd'hui et avec tout ce que j'avais entendu à mon propre sujet de la part de l'inspecteur. Étais-je encore bon pour me concentrer tel un archer sur une cible aussi alléchante et consentante ? Me connaissant, j'étais sûr d'une chose au moins, quand je doute, je tente.

Je me levai, ramassai le service à thé et m'en allai chercher une bouteille de vin rouge. J'ouvris la vitrine, lui montrai deux sortes de verre et lui demandai de choisir. Pourtant je savais avec lequel, à moitié rempli, elle était capable de faire des merveilles pendant les préliminaires.

21

Je me sens capable de me battre contre des forces obscures, mais face aux miens je suis tout à fait désarmé. À la maison ou devant les camarades qui me rendent coupable injustement, ma verve légendaire disparaît pour laisser place au silence. Alors, j'encaisse et j'envoie toute cette douleur au fond de moi. C'est pour vous dire que la vie, ces derniers temps, est vraiment moche pour moi.

Un de ces moments pénibles revient en ce moment de façon récurrente à la maison. Ma femme ne cache pas les raisons de ses railleries permanentes. Elle me reproche d'être sans emploi. Et pourtant, l'argent ne nous manque pas. Elle a un travail qui peut nourrir trois familles mais elle ne supporte pas ma perte de salaire. Personnellement, je connais quelques couples qui se sont séparés après la perte d'emploi de l'homme. Il paraît que l'inverse est moins fréquent. Je pense trouver un job le plus tôt possible pour ne pas être l'objet des moqueries et de maltraitance conjugale. Je m'approche un peu plus de la misogynie de Sergio, n'est-ce pas ?

J'envoie donc des candidatures un peu à tout-va. Jamais un accusé de réception. Je croyais en toute naïveté que j'allais recevoir des réponses de mes supposés fans du genre : « C'est un honneur pour nous de vous voir parmi nous. » Mais rien que des déceptions.

Finalement, je décide de changer sur mon CV mon nom de famille contre celui de ma femme. J'en ai le droit et j'en profite.

Je passe des moments pénibles face à quelques patrons et recruteurs. Je me vis à deux reprises envahi d'un désir de meurtre tellement la personne me semblait arrogante, hautaine et conne à la fois.

Mon avenir professionnel apparaît bouché et je ne vois pas comment je sortirai de ce marasme. Le pire est la gueule de ma femme dans cette histoire. Et pour la voir moins, je passe une grande partie de mon temps chez mes parents deux rues plus loin. Chez eux, c'est mon sanctuaire, là où le petit lapin frappe à la porte pour se sauver du chasseur et de l'intérieur la voix sans stress qui chante : lapin, lapin entre et viens me serrer la main. On peut être l'objet d'un ensemble de sentiments désobligeants même de la part de personnes qui sont assez proches telles que frères et sœurs, mais jamais je n'en ai ressenti chez mes parents. Leur amour est d'une pureté sans faille à mon égard même si je me rappelle quelques baffes de mon père pour me punir des conneries que j'avais faites à l'école. L'image de ma mère avec son tablier de cuisine en toile cirée et de mon père avec le panier de légumes de son potager au bout de son bras poilu sont celles qui m'accompagneront certainement jusqu'à mes derniers moments.

Je vous disais aussi mon désarroi devant les copains. Le dernier en date était au marché hebdomadaire de Tubize. J'y étais pour acheter quelques bricoles sans importance et peut-être aussi parce qu'il faisait ensoleillé et que j'avais envie de me trouver parmi les gens.

Devant une rôtisserie ambulante de poulets, l'un des anciens des Forges, Giovanni, me salua chaleureusement et mit sa main puissante sur mon épaule, comme s'il voulait me clouer sur place. C'était un gars assez actif et souvent aux premiers rangs de la lutte. Je savais qu'il chômait aussi et vivait dignement cette misère financière imposée. Après les salamalecs d'usage, j'eus tort de lui demander des nouvelles de sa famille.

— Ça ne va pas du tout, me dit-il en pressant un peu plus ses doigts sur mon épaule. Bernardo déprime et c'est à cause de toi saligaud.

Je souris amèrement, étonné, agacé. Je me sentais vraiment agressé non pas de ce « saligaud » dont il me traita, ce genre de mot est courant entre nous, mais plutôt pour ce rapprochement entre la déprime de son fils et moi, et pour ses ongles qui s'enfonçaient dans ma chair. Je lui demandai alors le pourquoi, tandis qu'il m'avait toujours sous ses griffes.

— Avec son diplôme de comptable et son nom sur une liste noire, on le refuse partout. Mais qu'est-ce que nous avons fait nom de dieu pour mettre nos enfants dans de pareils sales draps ? Mon nom est une croix qu'il porte maintenant et c'est à cause de toi, Eddy. Pourquoi tu nous as fait ça, dis, heeeein pourquoi ? Tu es maintenant bien au chaud et mon fils, lui, n'a pas de travail à cause de toi Eddy.

J'entendis une voix frêle de femme avec un fort accent sicilien qui encourageait malicieusement Giovanni à me casser la figure.

— Ah va Giovanni, spaccagli la faccia (vas-y Giovanni, casse-lui la figure).

Je regardai la vieille femme que je ne pouvais reconnaître. Ses lèvres fines étaient serrées en un rictus, menton bloqué et elle sortait son encouragement sans mouvement musculaire de la mâchoire comme un ventriloque. Elle essayait de ne pas croiser mon regard en penchant la tête imperceptiblement vers Giovanni. Elle me voulait tout le mal du monde.

— Ah va Giovanni, spaccagli la faccia.

La main de Giovanni devenait insupportable, il s'approchait de moi et postillonnait de plus en plus. Je me libérai et reculai d'un pas. Mais il répétait inlassablement, haussant sensiblement la voix : « Heeein dis, pourquoi tu nous as fait ça Eddy, pourquoi ? » La foule s'écarta, créant un espace autour de nous. Je me sentais vraiment mal à l'aise dans ce cercle de combat à l'américaine. Je sentis une douleur dans ma poitrine. On aurait dit une pointe qui s'enfonçait dans mon cœur et par réaction je reculai rapidement et me fondis entre les passants. Giovanni criait encore et encore comme si je n'avais pas compris sa question.

Le marché était assez peuplé pour que j'en fusse vite quitte avec Giovanni et sa voix de père pleine de douleur et de chagrin. Quelque chose me remontait de l'estomac. J'avais instamment besoin de m'asseoir, la tête me tournait et ce point au cœur qui me titillait. Une main me prit par la taille. Je me retournai effrayé et je vis la tête souriante de Raoul, le vieux marchand de café. Il avait laissé ses deux clientes pour venir à mon secours.

— Viens t'asseoir un peu, viens bonhomme.

Je le suivis, il déplaça l'unique chaise de sa camionnette pour m'offrir une meilleure place un peu l'abri des regards.

— Je sers ces deux dames et je te fais un café, me dit-il.

Le fait de m'asseoir me calma un peu, pourtant une angoisse commençait à monter en moi. J'essayais de la maîtriser, impossible. Je pensais à ma fille, à ma chère Gaëlle. Allait-elle souffrir aussi à cause de mon nom ? Pourquoi pas ? Si le nom de Giovanni était sur la liste, le mien devait être sûrement à la première ligne. Et moi, sur le dos de qui devais-je mettre ce malheur ?

Les 30 minutes que je passai sur la chaise de Raoul furent salutaires. Surtout après son café, ma condition physique reprit du poil de la bête. Je m'amusais maintenant des phrases que Raoul échangeait avec ses clients. C'était un Wallon pur jus avec un accent typique. Il prononçait à peine les mots, comme s'il sifflait les syllabes. Il avait un vocabulaire très plaisant et des réflexions qui faisaient parfois mouche.

La voix d'un homme qui voulait 300 grammes de robusta en grain. Et de Raoul qui lui demandait comment ça allait depuis ces deux dernières semaines. L'homme dit que rien n'avait changé, qu'elle était tout aussi insupportable. L'homme regrettait visiblement son mariage.

— Ne t'en fais, tu n'es pas le seul tu sais, dit Raoul. Moi aussi, je voulais un morceau de jambon, j'ai acheté tout le cochon. Mais fais attention maintenant que tu y es, tant que tu n'es pas sûr d'elle ne fais pas de gosses. Ça fait 22 francs s'il te plaît.

Je trouvai un moment entre deux clients pour lui dire au revoir. Il tourna le dos à la rue, totalement disponible vers moi et me serra la main chaleureusement.

— Je t'ai vu à la tête de toute une armée d'ouvriers ici même au centre de Tubize, me dit-il. Tu avais l'air mieux que ça. Je devine maintenant ce qui te frappe et là-dessus tu as deux choix. Le premier, c'est le canal, tu t'y jettes avec un poids au pied. Le deuxième c'est de te redresser, de marcher droit, de ne pas raser les murs et d'assumer ce que tu as fait et ce que tu as dit. Et dis-toi bien une chosepartout : ce que tu as fait a allumé une lumière dans bien des cœurs, mais ne t'attends pas à ce qu'ils viennent te remercier à tous les coins de rue. Il n'y a pas plus ingrat que l'homme. J'en suis un, je ne t'ai jamais remercié, mais je le fais maintenant pour ces quelques moments d'espoir que tu m'as offerts quand je t'écoutais. Va maintenant, je dois travailler.

Sur le chemin du retour, les mains vides, je pensais à ces deux choix, canal ou marcher droit. À vrai dire, je ne pouvais faire ni l'un ni l'autre. Je n'avais pas le courage de me suicider. Je crains trop la mort pour me la donner. Et marcher droit pourquoi ? On marche droit pour arriver quelque part. Où pouvais-je aller maintenant ? Personne autour de moi et rien ne semblait m'appartenir. Je me rappelais amèrement une phrase d'Afshine citant un poète qui disait : « Celui qui prend trop de place rira et pleurera seul. » Mais quand, mon dieu, quand ai-je pris trop de place, moi ? J'ai toujours laissé tout le monde s'exprimer et bien souvent je ne faisais que synthétiser ce qui avait été dit sans même exprimer mon propre avis.

Pensant encore à Afshine, j'avais une envie folle d'aller le voir. Ça faisait bien deux ans que je le boudais. Il était parmi les rares personnes à m'offrir des moments de sérénité et peut-être le seul à qui je pouvais parler d'égal à égal, me confier et me remettre à lui.

22

À l'occasion du premier jour du printemps, le Nouvel An chez les Iraniens, papa rendit visite à Afshine.

La coutume veut qu'en Iran on profite de ces festivités pour rendre visite aux gens avec qui on est en froid. C'est une manière de se réconcilier et de montrer sa bonne volonté sans perdre la face.

Mon père fit ce pas. Il paraît qu'Afshine le reçut les bras grands ouverts. Cependant, ils n'étaient pas du genre à faire comme si de rien n'était. Il fallait s'expliquer et se dire ce qu'ils avaient sur le cœur. La décision de continuer à se fréquenter ou non incombait à chacun après des réflexions en solitaire. Et du coup, ils se dirent tout, à ce que papa me raconta.

Je peux les imaginer calmes et très raisonnés au début, les sentiments refirent surface petit à petit, les mots devinrent aussi plus aigus, plus incisifs.

Ce ne sont pas seulement les choses irraisonnées qui sont la source des discordes. Tous les non-dits ou difficilement exprimables aussi font de nous ce que nous sommes aux yeux des autres. Et ces deux énergumènes étaient assez fins pour savoir qu'ils devaient vider leur sac et ne laisser rien en jachère. Bons sentiments jolis mots, mauvais sentiments vilains mots. Papa me dit qu'ils ne s'épargnèrent rien et au final se traitèrent de tous les noms d'oiseaux. Quand ils eurent fini, ils se regardèrent longuement en silence. Au bout de minutes interminables où chacun se taisait, les yeux rivés sur l'autre, les visages se décrispèrent, les pupilles se dilatèrent et les sourires réapparurent.

— Afshine, je t'ai dit des mots que seuls des grands criminels méritent, lui dit mon papa. Et pourtant mon vieux, tu n'es quand même pas ce salaud de Bush qui est en train de mettre une partie du monde à feu et à sang. Je retire toutes les saloperies que je t'ai lancées à la figure.

— Et moi, je te juge si sévèrement, répliqua Afshine, comme si tu étais le dernier des salauds. Je retire aussi tout ce que je t'ai dit.

En me racontant cela, l'émotion remontait à la gorge de papa enchanté de son initiative. Je pense qu'entre ces deux-là il y a un amour gravé dans le marbre.

La réconciliation avec Afshine ne diminua en rien les ennuis de papa avec la justice, avec les gens et surtout avec maman, mais je voyais qu'il avait la pêche. Il était moins déprimé et recherchait plus activement du travail. À ce sujet, je pense en toute sincérité qu'il devait être assez sélectif. Je comprenais qu'il veuille à tout prix trouver un emploi pour ramener la paix à la maison mais il n'était pas du genre à se soumettre à tout. Il était capable de renifler à mille lieues la perfidie et la fourberie du monde du travail. Alors, il en revenait abattu et il lui fallait quelques jours pour s'en remettre. J'ai quelques exemples, mais un seul peut montrer l'état d'esprit dans lequel il était dans ces moments.

— Je téléphone au numéro sur l'annonce, me raconta-t-il une fois, et un gars me répond très gentiment en disant d'attendre 30 secondes pour voir dans son agenda s'il peut me recevoir. Normal. Je suis enchanté de sa confirmation de pouvoir être reçu et que je peux aller le voir le lendemain à 11 h. Et le jour suivant, je me pointe quelques minutes à l'avance devant l'immeuble. Je prends un tout petit ascenseur pour aboutir à un aussi petit palier bondé de candidats, une vraie puanteur de déodorants et de parfums en tout genre. Étonné, je voulais aller vers la porte indiquée, mais visiblement tous étaient là pour la même raison que moi et je devais donc attendre. Le sang me monte à la tête et la colère me sort de partout. Ce salaud avait rameuté une vingtaine de personnes pour 11 h. Un futur employeur qui manque à tel point de respect envers les pauvres demandeurs d'emploi ne peut être qu'un mauvais patron et quelqu'un à éviter. Je dis cela à voix haute à tous et à toutes. Il n'y en a que deux qui sont redescendus avec moi et les autres sont restés là à jouer le jeu de la soumission.

Je me demande vraiment s'il avait une chance de trouver un jour un travail. Il faut une dose de tolérance envers la personne qui va t'engager, elle-même un être humain et par définition non exempte de défauts. Mais à cette réflexion papa était réfractaire. Il ne permettait pas ce genre de défaut face à de supposés subalternes. Un chômeur, un prisonnier, un sans-abri pour lui étaient des personnes en statut précaire et les gens qui s'en occupaient devaient être d'une compétence supérieure à la normale. Car en toute logique la situation de ces gens-là demandait plus de capacité intellectuelle et de compréhension.

— Et pratiquement on voit quoi ? continuait-il. Des jeunes qui ont fini leurs 6 ans de secondaires en 9 ans et qui deviennent assistants sociaux ou gardes forestiers après 2 ans de formation dans le meilleur des cas. Et puis on me dit qu'il faut être tolérant.

Vous remarquez que papa avait retrouvé du poil de la bête et son œil critique fonctionnait à merveille. J'aurais voulu être avec lui et Afshine et prendre une bière avec eux. Ça m'intéressait vraiment de voir s'il y avait une différence dans la manière dont ils discutaient depuis leur réconciliation. Comment avait évolué cette opposition entre eux, l'un syndicaliste, l'autre soufi ?

La question que je me posais quant à mon devenir restait en suspens pour l'instant, j'avais encore 4 ans d'études. Pendant ce temps, je devais déterminer ce que j'allais faire dans la vie : me retrousser les manches et me façonner un profil de combattante, m'engager politiquement et par la même occasion accumuler l'argent et la renommée, ou prendre la direction des gens tels que Afshine, mère Teresa, l'Abbé Pierre, œuvrer dans l'humanitaire, dans l'abnégation sans prétention ni coup de poing, soigner dans l'anonymat et avec le sourire. Ce dilemme occupait, sans traumatisme toutefois, ma pensée jour et nuit. J'accumulais des éléments à charge et à décharge. Le problème dans cette histoire était la limite peu marquée. Il y avait des zones de pénétration de l'un vers l'autre. La question était plus subtile qu'il n'y paraissait. Comment les démêler ? D'un côté quelqu'un comme papa qui se mettait à nu pour faire valoir les droits des siens, s'exposait à toutes les flèches et qui par la même occasion causait des affrontements musclés et sujets à caution. De l'autre côté des gens formidables qui baissaient la tête et s'occupaient des pauvres, des affamés, des lépreux et des malades, oubliés de notre conscience tranquille de gens bourrés de confort anesthésiant. Mais ce deuxième groupe était à mon sens si lourd à bouger, si amorphe et peu enclin à changer en profondeur les choses.

C'était si facile de diviser le monde en bien et en mal. Il y avait tellement d'exemples d'un côté comme de l'autre pour se mettre dans cette ligne bipolaire, mais avec mes deux hommes qui m'avaient inculqué des leçons, mon problème se trouvait plutôt entre toutes ses nuances qui reliaient ces deux mondes. D'accord, il y a des salopards qui ont une part d'ange en eux et il y a aussi des gens bien qui sont susceptibles d'être des monstres à un moment ou un autre. Ça, on le sait, et inutile de s'étaler là-dessus, bien que beaucoup de gens haut placés ou décideurs l'ignorent encore. Mais avec ce schéma primaire dostoïevskien, je n'allais pas loin. Que faire alors de ce constat si ce n'est jouer le jeu des uns ou des autres ? Ainsi, nous continuons à refaire les mêmes erreurs et d'un air incrédule nous nous étonnons devant certaines tournures de l'histoire en nous évertuant à proclamer « plus jamais ça ». Conclure qu'il y a du bien et du mal en chacun et faire de la littérature là-dessus ne me satisfaisait plus. Je cherchais à savoir comment éviter cette reproduction infernale qui nous mettait réellement dans des postures suiveuses et justifiables au demeurant. Comment quelqu'un comme mon père pouvait défendre ses droits sans causer du mal aux autres ? Comment peut-on bouffer et boire sans accaparer les biens des autres ? Comment peut-on être en sécurité sans s'armer jusqu'aux dents ?

Travailler sans exploiter, jouir sans faire pleurer, avoir sans ronger le bien-être des autres populations ? Je devais savoir ce que j'allais faire dans ma vie pour éviter de devoir donner un jour une justification au côté monstrueux caché derrière ma façade angélique. Et là-dessus je calais.

J'avais grandement besoin d'un élément nouveau, si tant est qu'il y en ait un, pour ne pas finir en intello de la classe ouvrière qui s'embourgeoise après la vie estudiantine par manque de repères ou l'attrait du blinquant. Je n'étais pas encore prête pour aller voir mon amour, mon dieu Afshine, mais je pensais sincèrement qu'une discussion avec lui m'aurait fait du bien. Quelque chose me disait qu'il avait la réponse, c'est ce qui constituait plus que probablement sa manière de vivre. Mais alors pourquoi était-il si avare de conseils au moment de nos discussions passées ?

Mon milieu universitaire était propice à cette gymnastique intellectuelle. Juste à l'entrée du restaurant, quelques tendances politiques minoritaires présentaient livres et publications. J'étais devant l'une d'elles appartenant au PTB (Parti du Travail de Belgique) à feuilleter quelques ouvrages. Le jeune couple responsable me regardait comme on pouvait regarder toute autre personne intéressée à ses affaires. À peine plus loin, un monsieur plus âgé, assis sur une chaise, leva le nez du livre qu'il lisait très sérieusement. La première chose qui me frappa chez lui c'était sa moustache pendante, jaunie par la fumée de cigarette et ses doigts fins aux ongles mal entretenus. Il me dévisagea, rabaissa la tête sur son livre, la releva encore pour me regarder du coin de l'œil en faisant une grimace de curiosité.

— Bonjour mademoiselle, avez-vous une parenté avec monsieur Eddy D'Amico ?

— Oui c'est mon père.

Il bondit de sa chaise et vint me serrer la main tellement chaleureusement que je me sentis un peu gênée.

— Comment va-t-il, votre cher papa ?

— Il va bien. Comment m'avez-vous reconnue ?

— Vous ressemblez à votre papa comme deux gouttes d'eau. J'ai une grande admiration pour lui qui à mon sens est la cristallisation de la conscience ouvrière moderne. Vous devriez en être fière mademoiselle.

— Merci, à qui ai-je honneur s'il vous plaît ?

— Ah ! Excuse-moi. J'ai oublié de me présenter. Je m'appelle Serge Amond. Je suis l'un des premiers de ce mouvement. Libraire de métier à Saint-Gilles, je leur fournis aussi des livres et des publications.

Monsieur Serge Amond aurait dû prendre un peu de temps pour ses soins corporels de la même manière qu'il prenait soin de ses phrases. Son odeur de transpiration vieillie mélangée à celle de cigarette m'incommodait réellement, aussi je reculai d'un pas.

Pendant plusieurs mois, en passant devant leur table pour aller à la cafétéria, il m'aborda pour me donner des brochures de réflexion ou des annonces de manifestations. Il commençait vraiment à me casser les pieds malgré la grande sympathie que j'avais pour « son mouvement ».

Un début d'après-midi, tandis que j'avais deux heures de battement avant de reprendre mes cours, je me dirigeai vers le resto. À peine entrée dans le hall qu'il vint vers moi, me salua chaleureusement. Il parlait de chose et d'autre en m'accompagnant à pas lents. Pour être correcte, je dois dire qu'il me demanda l'autorisation de prendre un café avec moi. Puisque j'avais le temps et que j'étais d'une humeur particulièrement favorable à la discussion, je la lui accordai en des termes assez courtois. J'y voyais aussi un moment propice pour en être quitte une fois pour toutes, car je me sentais importunée à chaque passage avec mes copains et copines. Sa familiarité faisait croire à mes amis que je faisais partie de leur bande. Mais ce jour-là, grâce au sujet qu'il mit sur le tapis, je découvris un élément manquant dans mes réflexions relatées précédemment. Je ne vais pas vous rapporter les tchic et tchac de nos échanges, mais vous dire tout de même en quoi consistait cette découverte.

À table, vu notre différence d'âge, on aurait dit un prof avec son élève. Il me tendit encore un texte que je rangeai dans ma farde.

— Ma chère Gaëlle, je te l'ai donné pour que tu le lises et me donnes ton avis. Veux-tu le lire s'il te plaît ?

— D'accord, ça parle de quoi ?

— Le titre est : Le rôle de la justice de classes dans la répression des luttes ouvrières.

En réalité cela m'agaçait profondément de parler de classes sociales. Aussi, j'avançai un peu la tête vers lui, la table interposée, et d'un calme trompeur, je lui lançai :

— Vous y croyez réellement à cette histoire de classes, à notre époque ?

— Bien sûr, fit-il. Plus que jamais.

— Dites-moi alors à quelle classe j'appartiens moi. D'un côté, fille d'un homme adorable, un ouvrier sidérurgiste malmené par le patronat, la justice, les médias et sa propre structure syndicale. De l'autre côté, j'ai une mère tout aussi attentionnée, haute fonctionnaire dans une administration publique et qui mène d'une main de fer plus de 200 hommes et femmes qui l'égorgeraient volontiers s'ils pouvaient mettre la main dessus. L'un ouvrier, l'autre bourgeoise, ils vivent dans le confort financier et ont des actions par-ci par-là et un petit appartement à la mer. Quant à moi, je n'ai jamais travaillé de mes petits doigts, je n'ai jamais dormi affamée et ma garde-robe est pleine de fringues et je paie mes achats avec une carte bancaire approvisionnée le 27 de chaque mois. Et parallèlement à ça, je ne pense pas être un monstre sanguinaire bouffeur de curé, pourtant je les considère comme des vermines qui ont causé beaucoup de tort à l'humanité. Je ne me sens pas en guerre contre la petite ni la grande bourgeoisie même si je déteste leurs manies et leur mode de vie auxquels je participe en partie. Même si votre classe ouvrière me fait chaud au cœur, je sais pourtant que je ne supporterai pas un ouvrier plus que quelques minutes. Qui suis-je ?

Il me regardait comme s'il était devant une gamine qui avait trouvé quelque chose à dire et la prenait pour la grande vérité. Personnellement, j'avais ma réponse et en posant cette question je voulais sonder la profondeur de ses connaissances, ce qu'il valait avec son air intellectuel tout jauni de fumée de cigarette.

— Tu sais mademoiselle, tu n'es pas la seule à penser à tout cela. Il y a à peine cent cinquante ans on ignorait ce que voulait dire « classe sociale ». Marx a été le premier qui, d'une manière scientifique, a répertorié et théorisé l'évolution sociale.

— S'il vous plaît monsieur Amond, ne me faites pas l'historique du marxisme. Je le connais très bien. Je sais que cette classification scientifique a permis de savoir qui est qui. L'intérêt de son travail a profité même au monde capitaliste qui a appris comment réagir face au monde ouvrier. C'est vieux tout cela. Je n'ai jamais vu mon grand-père mineur et mon père ouvrier avec la gueule noire. D'ailleurs, ils avaient la possibilité de prendre tous les jours une douche.

— Tu crois que c'est fini parce que ton père n'est jamais rentré à la maison avec la gueule noire...

— Cher monsieur Amond, permettez-moi de ne pas tourner autour du pot. Vous ne savez pas à quelle classe j'appartiens pour une simple raison. Je suis le fruit d'une évolution fulgurante et pourtant les gens comme vous et mon père, vous êtes restés subjugués par cet apport magnifique de Marx qui entre-temps est devenu obsolète. Ma mère, que je vous disais fonctionnaire, gérant plus de 200 personnes, peut être à la porte comme une malpropre du jour au lendemain. Elle n'a pas d'outils de production et son emploi dépend tout à fait de son milieu de travail. C'est la définition que vous donnez au mot ouvrier, mais ma mère est-elle ouvrière pour autant ? Le problème vous savez quoi, monsieur Amond, c'est que vous ne parvenez pas à prendre le temps (comme Marx l'a fait pour bâtir sa théorie, en passant dix ans dans les bibliothèques et en y prenant même ses repas) pour suivre l'évolution et mettre à jour cette idéologie qui a allumé l'espoir dans bien des cœurs. Une autre chose s'il vous plaît, je ne suis pas du genre à être bernée. Quand je vous pose une question, elle est précise et demande une réponse tout aussi précise. Ne me menez pas en bateau je vous prie.

— Tu as l'éloquence de ton père Gaëlle, me dit-il avec un sourire très aimable. Mais tu es trop empressée pour répondre à tes propres questions. Je suis sûr que dans quelques années tu riras de ce que tu viens de dire. Je dois t'accorder pourtant une chose. Nous ne prenons pas assez de temps pour mettre à jour nos pensées et effectivement la rapidité de l'évolution est une explication plausible à ce manquement. Le monde du travail a évolué et la définition que nous amenons de ses composantes ou les noms que nous leur attribuons sont effectivement obsolètes. Et entre nous soit dit, je pense que chaque année nous sommes de plus en plus en retard.

Et c'était à ce stade de la discussion que je fis une réflexion qui m'apporta l'élément manquant dont je vous parlais. J'enchaînai, après un moment de silence, peut-être pour ne pas lui laisser le dernier mot vu le peu de sympathie que je ressentais pour lui ou peut-être pour réfléchir à voix haute. En tout cas, ce que je dis provoqua un grand bouleversement de pensée en moi-même m'approchant de plus en plus du monde d'Afshine.

— Je suis ravie, lui dis-je, que vous ne m'ayez pas cataloguée dans telle ou telle couche sociale. Je pense qu'il est malsain de vouloir y appartenir. Dès que l'on est dans une structure donnée on prend sa forme et on devient comme les autres parfois même malgré soi. Le mieux c'est de se libérer de toute appartenance, d'être libre comme le vent.

Le cloisonnement est néfaste à tout être libre-penseur. Mais rassurez-vous, je comprends tout à fait que la toute grande majorité des gens, y compris vous et mon père, ait besoin d'une source de pensée pour s'y abreuver. D'où l'existence à profusion de toute sorte de « ismes », de religions et de sectes. C'est très rassurant de se voir contenu par un carcan d'idéologique. C'est une question d'identité tout à fait compréhensible et par la même occasion source de bien des malheurs.

Après cette conclusion bien désobligeante que je lui lançai à la figure, le pauvre Serge Amond ne broncha plus. Je le trouvais à la fois indulgent et courroucé. Et du haut de la méchanceté dont je suis capable parfois à merveille, je crus bon de lui donner le coup de grâce pour ne pas trop le laisser souffrir. Je lui demandai, avec un sourire mielleux qu'il ne vienne plus m'aborder quand j'étais avec mes copains et copines sur le chemin du restaurant et qu'il pouvait comprendre pourquoi.

Il envoya ses fins doigts jaunis de cigarette dans la masse de sa moustache tout aussi décolorée de fumée. Je sentis qu'il allait répliquer, mais il ne dit rien et me confirma seulement : « Entendu Gaëlle, entendu, et bien sûr, je comprends pourquoi. »

23

Ma chère Gaëlle, je ne t'ai jamais fait un survol rapide et complet de mon parcours et de comment j'en suis arrivé là aujourd'hui. Ça veut dire nulle part à bien des égards, mais ce cheminement est important à mes yeux. Ce petit exposé est nécessaire, peut-être, pour la compréhension de mes faits et gestes auxquels tu as eu parfois l'occasion d'assister. Cette petite synthèse aura donc le mérite d'éclaircir certains points ambigus voire caricaturaux me concernant. Tout ce qui fait de moi quelqu'un d'atypique, de bizarre, de difficile à cerner et j'en passe. Quelque chose me dit que mon parcours t'intéresse. Pourvu que tu y trouves quelques menus indices pour répondre à certaines de tes questions.

Je ne l'aurais pas fait si ce que je vais écrire n'avait rien à voir avec toi, ton père et les Forges de Clabecq. Mais, moi aussi j'ai payé ma tournée dans cette histoire de fermeture d'usine. Néanmoins, dans la sordidité de ce mouvement social cruel, j'ai eu la chance de rencontrer quelques êtres remarquables, dont toi et ton cher papa, mon estimé ami Eddy. Vous constituez désormais, pour ainsi dire, des traits lumineux dans ma pensée.

Revenons à nos moutons. Ce n'est que quelques pages et je te promets d'être assez concis.

Toute mon adolescence, jusqu'à 18 ans, je baignais dans la foi religieuse. Héritage familial et social, l'Islam était mon seul angle de vue sur le monde. Il rythmait mes pas et mes jugements à tel point que je croyais fermement être surveillé par un dieu omnipuissant et deux anges sur mes épaules, des espions si tu veux, qui consignaient mes faits et gestes voire mes intentions. Le dossier de celui de l'épaule droite pèserait pour m'envoyer au paradis et celui de gauche m'enverrait dans les entrailles de l'enfer selon leur poids sur la balance divine. Cette position religieuse très orthodoxe allait de pair avec une opposition farouche, dans une société en pleine mutation, avec tout ce qui se présentait comme nouveautés dans l'ordre de la pensée, l'apport matériel et la modernité au sens large. Je vivais une religion hautement politique et contestataire faisant le contrepoids avec le pouvoir de l'état. Il ne serait pas hors du propos, mais trop long de décrire la nature du régime de l'époque en Iran qui favorisait cette prise de position. Il importait d'une façon insouciante les résultats matériels de la modernité et non ses causes à un pays qui n'avait pas la capacité immatérielle, culture sociopolitique et culturelle tout court, pour les intégrer. Situation grandement favorable à l'opposition religieuse qui se voyait renforcée dans ce capharnaüm créé par des décideurs stupides. L'islamisation était donc l'enfant légitime du régime iranien de l'époque ; il grandissait sur un terrain propice aux pensées archaïques. Celui qui cultive l'autoritarisme voit tôt ou tard fleurir la religion sur son champ. Il n'y a pas de honte à le dire, j'étais élevé, nourri et éduqué avec l'idée de voir l'Islam comme la seule source de gestion de la société.

Imprégné de cette culture religieuse politico-sociale à caractère éminemment subversif, je m'en allai à l'université à Téhéran après mes études secondaires. Revirement de cap à l'université, je fréquentais les milieux marxistes-léninistes tout aussi subversifs que les précédents. J'étais sollicité dans les deux cas pour être en éveil et sur les barricades si je puis dire ainsi. Baigné dans une ambiance d'études, d'idéologies et d'actions, j'évoluais tout naturellement vers un monde qui m'était désigné. Celui de l'engagement politique, de l'activisme et pour dire ce qu'était vraiment l'ambiance de l'époque, un monde où je me devais de donner et de recevoir des coups.

Mon attirance pour le marxisme n'était pas une simple sympathie pour un credo autre que la religion que je considérais désormais un peu enfantine. Il était temps que j'évolue, grandisse et explore d'autres horizons et mes amis « communistes » me donnaient ce choix.

J'essaie de ne pas trop me disperser dans des tonnes de sujets qui me reviennent à l'esprit concernant les points convergents de ma position religieuse et puis marxiste. Il y a tellement à dire sur ce sujet que cela peut faire l'objet d'un grand livre ennuyeux pour la plupart des gens.

Mais un point revêt une importance majeure et mérite d'être signalé. La mainmise du marxisme-léninisme sur la vie intellectuelle iranienne de ces moments-là était quasi totale. Si tu n'étais pas « communiste », tu ne pouvais donc pas être un bon écrivain, un bon poète, un bon artiste, un bon intellectuel, un bon politicien, etc.

Le marxisme, l'Islamisme et le régime dictatorial de l'Iran étaient trois acteurs créant un vide intellectuel ne permettant ni la naissance ni le développement d'autres mouvements plus constructifs. Une calvitie mentale très avancée caractérisait ce peuple toutes couches sociales confondues.

Jusqu'à l'âge de 19 ans, je me voulais un musulman vertueux susceptible de reproduire toutes les capacités des grands personnages de son histoire. Les exemples de toutes natures ne manquaient pas. Pour chaque attitude, action ou réaction, il y avait moyen de se calquer sur l'une ou l'autre personnalité haute en couleur du monde musulman. Du côté des marxistes aussi, je me devais de suivre une ligne d'idéologie de combat de classe. L'orthodoxie y régnait aussi. Tout compromis était hors de question sous peine d'être taxé de qualificatifs disgracieux. En un mot, dans le monde musulman et marxiste j'étais éduqué tel un soldat robotisé à exécuter des tâches en me référant à des processus préétablis. Et je dois avouer que j'étais assez réceptif et influençable. J'ai honte maintenant quand je pense à mon état d'esprit de ces moments-là. Un homme capable d'admettre l'inadmissible, de rôder dans les extrêmes et l'inimaginable, bref un homme dangereux et sans scrupules. J'avais légué mon sens du jugement à des exemples à suivre. Prêt à donner ma veste à un pauvre non pas parce qu'il le fallait, non, mais parce que je voulais ressembler à tel ou tel visage illustre. Cela ne m'aurait pas dérangé de tuer parce que mes exemples notoires allaient tous à la guerre au nom d'Allah, coupaient des têtes au nom de la foi. Et quand je basculai sur le revers de cette médaille, là aussi chez les marxistes, j'avais des normes scientifiquement sociales et politiques qui justifiaient des actions que je ne peux même pas imaginer maintenant.

Je me rappelle quand j'allai voir un film avec mes amis sur la révolution cubaine. L'équipe des maquisards de Fidel avait démasqué un espion et on interrogeait ce paysan sur la raison de sa trahison. Le Che coupa l'interrogatoire, dégaina et tira une balle dans la tête du pauvre homme en disant, si je me souviens bien en substance, quelque chose comme « la révolution n'a pas le temps à perdre avec ce genre de détail ». Je me souviens, tous mes amis et moi approuvâmes son geste car conforme aux normes révolutionnaires. La révolution ne compte pas ses victimes une par une, disions-nous. On s'imaginait même à la place du Che, sans scrupule et sans état d'âme. Ceci pour te dire que dans mes deux positions idéologiques, musulmane d'abord et marxiste ensuite, j'avais des exemples tout à fait justifiables à suivre qui faisaient de moi un homme fort, entreprenant, prêt à l'action et conforme aux normes. J'étais assez vertueux en ces domaines et respecté de tous car, lorsqu'il le fallait, je n'y allais pas avec le dos de la cuillère.

Pour rester dans la ligne de mon récit, je dois dire que durant ces deux périodes imbibées d'idéologie, il y avait une catégorie de gens que je détestais : les soufis. C'est long d'expliquer le soufisme, mais c'est une vision de l'homme qui est en grande partie basée sur l'éloignement de toute préoccupation mondaine voire quotidienne pour certains d'entre eux. Tant d'allégresse m'offensait littéralement. Je ne pouvais pas imaginer être dans l'inaction face à l'injustice par exemple. L'homme pour moi était l'homme parce qu'il modelait son milieu sociopolitique. Comment pouvait-il alors faire l'impasse sur les conditions de vie de ses semblables ? Et vu la grande portée et l'influence du soufisme dans la culture de mon pays, je lui reprochais d'être à l'origine de l'inertie mentale qui sévissait depuis plus de 1200 ans. Et moi-même, chaque fois que j'avais besoin d'un moment de réconfort et d'apaisement, je lisais leur abondante littérature. L'effet particulièrement anesthésiant de leurs vers et proses m'était d'un grand secours dans les moments de grande peine. Si j'évoque le soufisme, c'est pour une bonne raison, j'y reviendrai tout de suite.

Tu peux imaginer dans quel état d'esprit j'étais en quittant l'Iran. Étant passé par l'école de l'Islam et du marxisme et paré de tant de certitudes, je suis venu en Europe et j'atterris ici en Belgique. Ici aussi, je restai éminemment actif et engagé, pourtant assez vite des germes de changement commencèrent à éclore en moi. Je me mis à ruminer tout ce qui m'appartenait : mon passé, mes idées, ma culture et leur résultat en chair et en os que j'étais. La religion dans laquelle j'étais né, les idéologies politico-sociales dans lesquelles je m'étais développé. En bon marxiste et en homme politique, je situais l'honneur en la finalité de l'action et j'arrivais à la conclusion que tous mes composants mentaux, en les mesurant dans toutes leurs dimensions, ne pouvaient aboutir qu'à des désastres. Il était impensable pour moi d'attacher d'ores et déjà le moindre crédit à ce qui m'avait été transmis, à ce qui constituait le fondement de mon être et de ma pensée. Je n'avais aucune raison de bouger le petit doigt pour la moindre de mes croyances. Je me décomposais.

Le pire dans tout cela, c'est qu'ici aussi en Europe, je ne voyais rien à quoi m'accrocher. J'étais dans un sanctuaire, en sécurité et ne craignant plus pour ma vie, mais aucune lumière n'éclairait mon chemin. L'Europe n'était plus ce qu'elle était avant. Elle ne donnait plus naissance à des hommes éclairés. Tout y était vide sauf les poubelles, disais-je dans un poème de l'époque. C'était un désert de sens où l'on s'évertuait à se baigner dans la décadence. Cela me semblait d'ailleurs tout à fait normal. Durant les deux derniers siècles, la finalité et l'apport des grands hommes avaient provoqué des catastrophes politico-sociales. Mi boutade mi vérité, un ami belge définissait l'Intellectuel comme étant la catégorie des gens qui s'était trompée à tous les coups durant le 20e siècle. Pourquoi alors reprocher aux gens, toute classe confondue, de se nourrir de la décadence ?

Mais, de mon côté, quel profit pouvais-je tirer de ce vide ? J'avais fui un monde où l'on s'acharnait à donner un sens, vil ou noble, à chaque chose et j'avais atterri dans un autre où on s'évertuait à les éliminer tous. D'un côté on te mesurait, respectait ou te méprisait avec des règles toutes faites et ici la norme était le manque de sens et la frivolité.

Des deux côtés le terrain était aride et imperméable aux pensées salutaires et ne pouvait, à mon avis, offrir la paix aux gens. À la moindre occasion, les hommes pouvaient se transformer en monstres, car dans quelque camp que l'on soit, on peut toujours trouver de bonnes raisons pour légitimer les pires actions. Et se donner le droit de dresser des murs.

Alors quoi ? Qu'est-ce qui manquait dans ce théorème ? Comment vivre sur terre sans écraser la tête d'autrui ?

Comment ne pas créer des zones d'exclusions, confiner une partie de l'humanité derrière des murs et des barbelés, leur faire subir l'esclavage et l'asservissement ? Tout ce que nous avons inventé jusqu'à présent, religions et philosophies politiques et sociales, n'ont offert que des moments de souffrances aux voisins. Comment regarder l'Autre d'un œil innocent, tels les petits enfants qui jouent, mangent et boivent ensemble sans aucune distinction ? Comment nous transformons ces mêmes petits anges en êtres possessifs, cupides, avares, fourbes, aux crocs acérés déchiquetant la chair de leurs semblables et aux gros ventres digérant la vie des autres ?

Je sortais exsangue de cette longue rumination, je me vidais tout doucement de ma substance sans rien y apporter de nouveau. L'effondrement avait eu lieu et aucun matériau pour la reconstruction. Une période dangereuse. L'idée du suicide était en permanence en moi. Tu vas rire, mais crois-moi, je peux te dire, point de vue efficacité, quel pont ou quel bâtiment public à Bruxelles est le mieux adapté pour se lancer dans le vide.

Il arriva un moment où je ne sortais plus de ma petite chambre durant des jours. Je ne pouvais exister physiquement, maintenant que j'avais rejeté tout mon composant mental. Mon corps suivait aussi mon état d'esprit. La nausée m'envahissait quand je passais devant les lieux de culte musulman, juif et chrétien. Pour la même raison je ne fréquentais plus mes amis du PTB (Parti du Travail de Belgique).

Et c'est ainsi qu'en pleine obscurité la lumière jaillit.

J'avais un ami belge avocat de profession. Un gars d'une intelligence professionnelle remarquable. Dans le but de m'aider à trouver la sérénité, il me proposa un jour de l'accompagner à son cours de yoga, pas loin de la Grand-Place de Bruxelles, au-dessus d'un grand magasin de tapis. Le prof, un quinquagénaire grassouillet à la moustache pendante, me parla plus de 30 minutes sans arrêt. Et au bout de tout ce qu'il avait appris à gargariser tel un marchand ambulant, il rajouta « ici nous apprenons à nous maîtriser jusqu'aux bouts des ongles ». Et moi de mettre mon doigt sur le bout de ma langue en disant : « C'est ça monsieur, et la langue, vous apprenez aussi à la maîtriser ? »

C'est avec ce même ami avocat qu'un jour j'eus l'occasion de rencontrer un moine portugais. Celui-ci avait été condamné par la justice dans sa jeunesse pour avoir accueilli des officiers nazis dans un monastère. La discussion autour de la table du restaurant était très intéressante. Je l'interrogeais et il me répondait avec une amabilité et une lucidité sans fin. C'est alors que j'eus la chance de poser une question dont la réponse m'a ouvert un monde que j'ignorais. Je lui demandai, avec précaution, pour ne pas le froisser, si ça ne le dérangeait pas d'aider des criminels même dans un but charitable.

Sa réponse était concise et claire :

— Je ne me donne pas le droit de me poser ce genre de questions sur les gens en détresse. La bonté du Seigneur ne peut être exclusive ou sélective.

En sortant du restaurant et en saluant mon ami avocat et le moine, je savais qu'une porte m'était ouverte et qu'il me fallait le temps d'y pénétrer et de m'y trouver.

Au cours des semaines suivantes, je confirmais le rejet de ce que j'étais : éduqué dans une culture de cloisonnement, de division et d'exclusion. Rien de bon ne pourrait sortir de tout cela. Alors, à la lumière des réflexions de mon ami moine, ma pensée alla de plus en plus vers le soufisme. Tout ce que je détestais chez eux prenait tout doucement sens. Leur éloignement de la société, leur rejet d'engagement dans les affaires publiques, leur mendicité volontaire, leur mobilité et déplacement quasi obsessionnels, leur autoquarantaine seuls ou accompagnés (pratique qui consiste à s'enfermer volontairement dans une pièce pendant 40 jours et manger et boire le moins possible), leur refus d'appartenance, etc. Ils rejetaient la vie mondaine (bien souvent la vie tout court) car une fois dedans tu es happé dans un tourbillon où tu ne peux que prendre position et faire partie du système. C'était, selon eux, le voile que les hommes jetaient de leur propre volonté sur la lumière que nous avons tous en nous.

On peut situer leur apparition autour du 7e siècle et puis leur apogée en ce qui regarde mes propos entre le 9e et le 12e siècle. L'époque d'un empire abbasside et d'une civilisation qui s'enfonçait et se perdait dans l'opulence, la richesse, les inégalités et une société à deux vitesses. Était permis l'espoir de se hisser au plus haut niveau et d'obtenir une grande notoriété. Mais les inévitables luttes intestines n'étaient pas loin, les têtes qui tombaient avec son cortège de désespoir et de déception. Dans un milieu hautement méritocrate, un homme pouvait briguer les postes les plus convoités au sein de la hiérarchie sociétale. Pourtant, il avait aussi toute la chance de se faire bouffer en cours de route. Bref, tout ce que nous avons toujours considéré le plus normal et le plus humain. À bien des égards, cette parenthèse historique du monde musulman, qualifiée d'âge d'or, avait les mêmes caractéristiques que notre époque contemporaine occidentale. Nous sommes en train de commettre une série d'erreurs qui leur furent fatales. Mais ça, c'est une autre histoire et en parler ici s'apparenterait pour moi plutôt à mettre la main dans un engrenage argumentaire.

Mais alors la question était, et elle est toujours : fallait-il se lancer sur un chemin où il faut nécessairement écarter les autres pour aller plus loin ? Ou bien pouvons-nous nous construire autrement que dans la compétition, le moteur dit-on de notre système, qui n'en est pas moins le chancre de l'humanité ?

La réponse des soufis à la première question était non et à la deuxième ils répondaient par l'affirmative.

Les soufis décrièrent à haute voix tout ce qui nous animait et nos façons pour y parvenir. Ils dénoncèrent parfois humblement, mais souvent avec force de mots l'homme avide de pouvoir, de richesse, de reconnaissance, de notoriété et bien sûr sa manière d'être à savoir la cruauté, l'avarice, l'avidité, l'orgueil, l'hypocrisie, le mensonge, la fourberie, etc. Ils ne cessèrent de renier l'homme qui s'offrait tout pour se hisser sur l'échelle de la hiérarchie sociale et ceux qui y étaient déjà. Dans la moulinette de leur rejet étaient broyées sans scrupule et souvent avec éloquence la raison, la clairvoyance, la science, la sagesse, la philosophie, la foi. Tout ce que nous connaissons pour que la vie vaille la peine d'être vécue. Ils ne méprisaient pas seulement ceux qui s'engageaient dans cette course « malsaine », ils se moquaient même de la populace à la recherche de son pain quotidien.

Ils voyaient l'espèce humaine destinée à vivre ailleurs que dans son enveloppe charnelle. Tout ce qui avait une relation avec ce carcan de chair et d'os et la vie quotidienne était digne de mépris. C'est un point de vue que je ne vais pas développer ici car hors de propos et trop long pour être concis. D'autant que c'est de là que survient la divergence avec moi. Mais la conséquence logique de ce credo est que le regard d'un soufi sur son propre être et sur le monde le rend inapte à la vie sociale. Excepté son maître, tous les autres étaient dignes de mépris pour un soufi. Il ne les aimait pas, mais faisait preuve d'une grande tolérance car il les ignorait tout simplement. Il était en lui, avec lui seul lors de ses errances, sa solitude recherchée, pendant le Sama (la danse rituelle), et le but qu'il poursuivait ramenait ses semblables au niveau d'objets ambulants. Raison pour laquelle, peut-être, le soufisme n'a été porteur de rien de constructif d'ordre évolution politique, économique ou sociale au cours des siècles.

Ce mépris envers les autres faisait d'eux des ours solitaires, le contraire des individus s'inscrivant dans des démarches collectives. Shebli, un jeune gouverneur richissime qui avait tout laissé pour se consacrer au soufisme, s'engagea auprès de Junayd, maître soufi du 9e et 10e siècle. Pour lui faire comprendre le monde des hommes, celui-ci lui demanda d'aller mendier son pain durant quelques années. À son retour, Junayd finit cette étape de son apprentissage en disant à son jeune élève exténué et exsangue : « Tu n'as pas d'ami auprès de ces gens. »

Je mis du temps sur cette phrase de Junayd à son élève. Il y a une grande réalité à mon sens, excepté son aspect ésotérique qui ne me plaît pas, à savoir : puisque tu n'as pas d'ami chez ces gens-là, attache-toi à l'amitié et à l'amour divin. Cette phrase sonne juste pour moi car elle se réfère à ce que les hommes sont dans leurs composants. Pouvons-nous être des gens bien ? Pouvons-nous nous aimer les uns les autres ? Du point de vue des soufis, nous ne pouvons faire du bien en ayant les deux pieds sur terre. Mais j'y ai apporté ma nuance puisque j'ai ôté l'ésotérisme de ce regard. Le mépris que le maître de Shebli lui avait inculqué ne me convenait pas, surtout que lui-même (l'élève), après des années, voyant un homme pleurer lui en demanda la raison. L'homme dit qu'il pleurait son ami qui venait de mourir et Shebli de répliquer : pourquoi prendre en ami quelqu'un qui peut mourir ?

J'étais d'accord avec les soufis que l'homme social n'avait rien de bon. Mais ils prônaient de regarder vers le ciel et ceci n'était pas mon fort. Le ciel pour moi n'est qu'un immense trou obscur et sans fin. À partir de là, mon chemin se séparait de ces gens qui pratiquaient le jeûne, la prière interminable, la danse, le hurlement, l'ermitage, l'autoflagellation pour atteindre leur but : Lui. J'exclus tout être omnipotent. L'homme a sa destinée entre ses mains et ça lui donne un pouvoir extraordinaire. Mais où et dans quelle direction pouvais-je aller avec ce que je m'octroyais ?

La réponse était simple, mais il fallait le temps pour la trouver car elle se cachait dans l'infime lumière que le quotidien apportait.

Nous pouvons, chacun dans notre individualité, faire preuve de bonté ou de turpitude. Nous avons un ensemble de capacités qui peuvent nous faire basculer de l'un vers l'autre et vice versa. Capable de partager notre pain, mais depuis que nous sommes descendus de l'arbre et nous avons constaté qu'un bâton pouvait prolonger notre bras, celui qui voulait nous le prendre avait un coup sur la tête. Donc pour dire cela d'une manière un peu tarte à la crème : il y a du bien et du mal en chacun d'entre nous. La lumière et l'obscurité selon les uns, le Yin et le Yan ou encore l'Ahriman et l'Ahourmazada d'après les autres. Que ça soit vil ou noble, ce comportement, dans son aspect individuel j'insiste, n'a qu'une portée immédiate. Ça influence un cercle limité, famille, amis, club, etc. Le problème survient lorsque les individus se mettent ensemble pour créer une communauté plus grande et je ne sais par quelle magie dans ces situations ils ont plus facile à mettre en commun leur mauvais côté. Certains mouvements ne présageaient rien de bon et promettaient feu et sang à l'humanité dès leur apparition. Mais qu'en est-il de ceux qui avaient la vocation primaire d'offrir le bonheur aux hommes et ont tourné au vinaigre par la suite ? Pourquoi l'idée d'un amour du Seigneur et « aimez-vous les uns les autres » d'une personne d'il y a 2000 ans a donné lieu à l'Église avec un passé et un présent riches de sang sur les mains ? Pourquoi un certain Mohammed qui disait au départ qu'il n'y avait pas de contrainte pour la croyance se mua après son accès au pouvoir en un homme politique redoutable ? Son premier geste après la conquête de sa ville natale a été de casser toutes les idoles, ne parlons pas du sang qu'il avait sur les mains dont celui des 700 hommes juifs de la tribu Bani Gorizeh pour des raisons purement géopolitico-stratégiques. Pourquoi les gens qui n'écrasent pas un ver de terre pour ne pas nuire aux espèces vivantes et à leur Karma sont capables de massacrer des populations entières pour une queue de cerise ? Sans parler des exactions de la politique et des crimes de l'armée d'un pays juif dont la population a subi pendant des siècles l'esclavagisme, l'asservissement et les pires humiliations ?

Eh bien une partie de la réponse à tout cela se trouve dans cette différence que j'ai soulevée. Individuellement, nous sommes capables d'être des gens bien, mais nous nous transformons en monstres dès que nous nous réunissons autour d'une idée. D'ailleurs, les idéologies politiques et les religions n'ont pas le privilège d'être les seuls abattoirs de l'humanité. Il y a bien d'autres exemples, d'autres horizons où nous sévissons en groupe malgré une idée de départ plutôt généreuse. Sans vouloir inonder mon texte d'exemples en voici un, sans commune mesure avec les exemples précités, mais tout de même représentatif : l'idée de défendre l'individu et ses droits les plus fondamentaux est le leitmotiv d'une association à portée mondiale, Amnesty International. Rare mouvement d'ampleur si importante osant mettre en lumière et dans sa ligne de défense l'individu et ses droits sacrifiés à un moment ou à un autre sur l'autel de l'intérêt public par nous tous. On peut dire chapeau bas et loin de moi de vouloir jeter la moindre ombre sur leur action. Mais quand un regretté ami, comptable de cette même association, me parlait des luttes intestines auxquelles il assistait et participait lui-même, je restais bouche bée. Des querelles sans pitié pour des sommes modiques susceptibles d'appartenir à tel ou tel service, pour briguer un tel poste ou amener telle personne à telle fonction plutôt qu'une autre et j'en passe. Et lorsque je lui dis « n'avez-vous pas cette obligation morale de vous entendre correctement sans vous étriper et à défaut il ne faut pas reprocher aux hommes de pouvoir d'éliminer leurs opposants ? », la réponse fut d'une profondeur étouffante. Il me regarda de son air affable et me dit : « Nous sommes faits comme ça. »

Donc, le manque de progrès social et politique était le dégât collatéral que les soufis imposaient à leur société. Ainsi ils privaient leur histoire d'une évolution normale d'ordre matériel et intellectuel. Ce qui aurait nécessité des échanges et des interactions entre les hommes pour mûrir et faire aboutir des projets. C'est la face noire du soufisme, son côté sombre qui n'en est pas moins une réaction légitime extrême où l'on se contente du minimum pour ne pas obtenir le maximum en écrasant la tête des autres. Le résultat final n'était pas beau à voir. Ils quémandaient leur pain, vagabondaient, dansaient, buvaient à se souler la gueule, hurlaient en public, devinrent des pédérastes renommés en le revendiquant haut et fort même dans leurs poésies. Et pourtant, même si la décadence les transforma en êtres tout à fait marginaux, ils avaient le mérite d'être pacifistes. Une phrase connue de la littérature persane dit à juste titre : 40 derviches peuvent vivre sous le même toit tandis que 2 rois ne peuvent gouverner un grand pays. Ainsi, ils avaient bien compris où se trouvait le nœud du problème. Ils considéraient que les hommes avaient la lumière en eux, mais que celle-ci était voilée. Un de ces objets occultant « l'homme bien » (divin selon leur terminologie) est l'ambition. Il est vrai que si vous ôtez l'ambition de la tête des gens, on vivra certainement plus en paix. Évidemment, c'est cette même ambition qui fait d'un céramiste débutant un céramiste chevronné, d'un médecin balbutiant un chirurgien sauvant des vies.

Que faire alors avec tous ces paradoxes ? J'avais rejeté l'homme social que j'étais et maintenant je reniais l'homme tout court. Ça m'horrifiait de me voir approcher indéniablement de l'être divin des soufis. Permettre que nous ayons toutes les chances d'être mauvais en société pouvait passer, mais de là à dire que nous sommes fondamentalement mauvais ça me dépassait. Parce que je m'aimais et aussi parce que je ne pouvais pas ignorer tant de braves gens que j'avais rencontrés, tant d'hommes et de femmes d'une humanité sans borne et d'une bonté sans fond telle la profondeur des océans. Si je disais que tous les hommes étaient des salauds que ferais-je alors avec tous ces visages qui brillaient dans ma mémoire ? Ce serait vraiment injuste.

L'idée de l'homme de nature vile me dérange profondément. Je ne peux m'y résoudre, pourtant tout m'indique que nous allons dans ce sens.

J'étais parvenu à me situer par rapport aux autres. Moi, Afshine, un petit bonhomme tombé de nulle part, avec un diplôme d'université et quelques articles bien cotés dans mon domaine de recherche que j'avais confié au vent de la mer du Nord. J'avais réprimé en moi le désir de me battre, d'avoir l'ambition de confirmer mes connaissances acquises, de jouer des coudes, de décrocher un emploi et de faire « carrière ». J'avais laissé tout pour ne pas tomber dans le piège dénoncé depuis l'antiquité par quelques esprits éclairés. Depuis que ce choix est fait, je tourne le dos à toutes les circonstances conflictuelles, refuse la moindre ambition pourtant toujours vive en moi. Si quelqu'un n'est pas d'accord avec moi c'est lui qui a raison même quand il a tort.

Mais maintenant, à cet âge avancé, je me sens toujours démuni face à moi-même. Au fond de moi, je me crois encore capable des pires choses.

Je suis tout à fait conscient que c'est une voie assez discutable que j'ai adoptée. Mais je n'en ai pas d'autres. C'est une réaction extrême à une situation aussi vieille que l'homme.

Avec l'intelligence qui caractérise l'espèce humaine, je suis sûr que nous pouvons y mettre fin et trouver d'autres parades que de s'écarter bêtement de la vie sociale et devenir ermite. Mais jusqu'à présent, pour des gens comme moi il ne reste que cette possibilité que j'ai choisie à contrecœur. Le problème est que l'on ne reconnaît pas ce phénomène comme étant la maladie la plus contagieuse. Et ce « mode de vie » fait même la fierté de certains. On le réclame à gorge déployée. Par conséquent, non seulement on n'y remédie pas mais encore nous allons dans le sens inverse. La preuve en est la généralisation quasi idéologique, ces derniers temps, des notions hautement cruelles et égocentriques telles que la compétitivité, l'efficacité et la productivité. La concurrence économique et militaire fit que des pays tels que l'Allemagne, la France, l'Angleterre et la Russie envoyèrent leurs hommes au bûcher de la guerre durant des siècles. Nous n'en avons pas tiré de leçons. Nous avons mondialisé cette même concurrence en la flanquant de deux ailes toutes aussi mortifères, à savoir le libre marché et le libre commerce. Les règles économiques capitalistes se sont transformées en des lois immuables pour ne pas dire en religion. Et pour justifier une telle aberration, il y a toute une armée d'économistes et d'intellectuels qui font le travail des apôtres et nous martèlent les vertus de la nouvelle croyance.

Pourquoi avons-nous tué les anciens dieux pour en créer aussitôt d'autres ? Est-il si difficile de voir les mains en sang de cette nouvelle religion dans toutes ces guerres depuis 3 décennies, sur tous ces murs qui séparent des peuples et cloisonnent nos esprits ?

Tant d'allégresse rend un constat inévitable : la grande partie des valeurs qui nous animent et que nous transmettons à nos enfants est pourrie, susceptible de générer sans cesse des conflits. Mais l'homme est-il vraiment mauvais, est-il irrécupérable ? Je vous disais, je ne puis me faire à cette idée. Dire oui ne fait pas partie du positivisme qui nous fait vivre, mais force est de constater que notre côté obscur est assez dominant. Je me suis souvent demandé pourquoi les produits culturels et annexes américains ont tant de succès auprès des consommateurs mondiaux. Une des raisons se trouve probablement dans ce qui vient d'être dit. Nous vivons à travers eux les sentiments les plus bestiaux. Ils animent en nous ce qui nous plaît dans notre for intérieur côté noir. Et les producteurs culturels américains ont compris cela. Un seul exemple et après je lâche l'Amérique, car elle anime aussi en moi les sentiments les plus bestiaux. Je feuilletais une bande dessinée belge datant d'il y a quelques décennies. Le capitaine des pirates croise le fer avec un ennemi et au moment où il le touche, l'image ne montre que les bretteurs partiellement cachés par un réverbère et dans la bulle on lit « Aaai ». Cette pudicité fait sourire actuellement avec l'arrivée massive des images ou des écrits qui véhiculent à gogo le sang et les membres déchiquetés.

Le seul choix qui s'ouvre pour quelqu'un comme moi c'est de laisser les autres s'entretuer et sauver les jours et les nuits que lui restent à vivre. Je me sens vraiment incapable et impuissant pour aller à la guerre contre tous ces châteaux. Suis-je plus capable que d'aucuns, plus courageux, plus éloquents et plus entreprenants tels que Bouddha, Confucius, Moïse, Jésus, l'abbé Pierre, mère Teresa ? Ils ont dit et transmis leur message d'amour et de paix chacun à leur manière et nous en sommes encore là. Pourquoi ? Ils ne savaient pas bien parler, raisonner, conseiller ? « Mais si, répondit Mehrgan, un ami. Ils ont parlé juste comme il fallait. L'émetteur (eux) n'a pas de problème, c'est le récepteur (nous) qui est détraqué. »

Après cette conclusion, j'en conviens, très noire et lourde de conséquences, il reste cependant une lumière dans le fond de ma pensée. C'est cette lumière qui fait que je me donne encore la peine de te parler de tout cela, contestable sur tous les points je te l'accorde. C'est cette lumière qui fait qu'un homme tel que moi se marie et fait des gosses. Cette lumière me dit que nous sommes capables, plus capables que nous ne l'imaginons de trouver d'autres voies que ces bêtises que nous nous sommes données comme mode de vie. Et que peut-être les générations futures ne feront pas les mêmes erreurs et se mettront à la recherche d'alternatives. Même si je suis persuadé qu'elles auront fort à faire avec tous les salopards qui grouillent sur terre. Tu vois ma chère Gaëlle, mon espoir c'est toi, parmi les rares que j'ai vus durant toutes ces longues années de service dans cette école, cette fabrique du futur.

24

J'ai l'impression que tout s'effrite autour de moi. Rien ne tourne comme d'habitude, rien n'est durable. Tout est superficiel, éphémère, sans consistance. Est-ce ma santé mentale qui me joue ce mauvais tour ? Je voudrais que ce soit ça, mais je n'y crois pas trop. Comme on dit, les temps changent, la vie prend une tournure différente et j'ai très difficile à m'y faire.

En hommes de métier, de père en fils, nous avons toujours acheté des outils pour durer toute une vie. Mais est-ce toujours le cas ? Un an et demi après l'installation d'une pompe à eau sur notre citerne, elle tombe en panne, j'appelle le plombier qui l'avait installée et d'un air convaincu il me dit qu'elle a quand même travaillé deux ans.

Le facteur qui nous livrait des colis nous laissait le temps d'ouvrir la porte, de dire bonjour, de sourire, une signature et il partait. Maintenant il sonne et à peine a-t-on le temps d'aller à la porte qu'il est déjà parti. Je parie qu'il remplit son bordereau de passage à l'avance. Je lui en demandai un jour la raison. Il me dit qu'ils étaient chronométrés dans leur tournée. Je le trouve vraiment malheureux et je ne voudrais pas être à sa place.

Savoir que dans la glace à la banane de Roberto, notre habituel glacier ambulant, il n'y a même pas un seul gramme de banane. Elle est jaune canari comme s'il la faisait avec la peau du fruit. Les cubes de bouillons que ma femme et ma mère mettent dans la soupe nous donnent l'illusion de consommer tel ou tel aliment. Les petits biscuits au beurre que j'ai toujours achetés pour Gaëlle où il n'y a absolument pas de beurre. Je peux continuer ainsi pendant longtemps. Diable, j'ai l'impression de vivre dans un monde de fantômes ces derniers temps.

Mon mal au dos m'oblige à aller me faire croquer de temps en temps par un ostéopathe. Un ami me donne l'adresse de quelqu'un en disant qu'il est vraiment bien. Je vais jusqu'à son cabinet à Braine-le-Château. Le gars, tout beau tout mignon, met une sorte de barre métallique du volume d'un doigt sous mes aisselles, sur mon torse et aux genoux. Cela a pris en tout 45 secondes et il m'a dit ensuite : « Voilà monsieur D'amico, c'est fini. » Très étonné de la rapidité du traitement je lui demande ce qu'il a fait tout en m'habillant. Il me dit qu'il a rééquilibré mon centre magnétique et rajoute aussitôt le montant que je lui dois en se mettant à son bureau. Tout le sang me monte à la tête. Je me tourne vers lui, le poing fermé vers son visage et précise que la chose qu'il peut avoir s'il insiste c'est un coup de boule. Je rajoute quelques insultes bien tassées en sortant de son cabinet avec toujours le même mal au dos qui me dit que j'ai raison.

Suite à mon état d'énervement causé par tant de procès et de nuits d'insomnie, ma femme dit que je dois consulter un psy. Un peu dubitatif, je me rappelle la réflexion de Sergio : « Tu donnes un coup de pied à un chien il va pisser sur un psy au coin de la rue tellement il y en a. Des gosses ne savent pas quoi faire, ils deviennent psy. Toutes les bonnes femmes qui allaient écouter le curé plusieurs fois par semaine lisent maintenant des livres de psychologie et se voient en grandes sondeuses de l'âme humaine. Quelle misère. »

J'écoute le conseil de ma femme tout de même et du coup j'en consulte non pas un, mais trois. Et pour cause, le premier était un vrai connard, un malade à se faire soigner lui-même pourtant bien coté par une collègue de ma femme. La moitié de son bureau était un capharnaüm de montres, d'horloges et de pendules à réparer. Dans l'autre moitié, il s'adonnait à une passion que je ne saisis pas tout de suite au vu des outils et de l'équipement un peu rudimentaire et assez crasseux. Je lui posai la question. Il m'expliqua assez aimablement qu'il était aiguiseur de sabres, très connu et recherché en Europe paraît-il. Ses yeux brillaient quand il me parlait du bruit apaisant de l'acier affiné glissant sur la pierre à aiguiser. Je n'aurais rien contre si malgré tout cela il faisait bien le travail pour lequel j'étais venu. Mais j'ai horreur de parler dans le vide et surtout quand l'autre répare une vieille pendule en me lançant de temps en temps : « Oui et alors, après. »

Le deuxième était une dame frêle, sèche et filiforme tel un bic, tellement mince que je me demandais si elle bouffait quoi que ce soit. Sergio qualifie disgracieusement ce genre de personnes d'une cuillère avec un peu de merde. Maigre à mort, seules les fesses contiennent quelque chose. Elle avait à peu près le même âge que moi et cela me permit de faire l'impasse sur son apparence malingre et non avenante. Le problème avec elle c'est qu'elle ne me dit pas une seule phrase sans y rajouter au début, au milieu ou à la fin « somme toute ». Amusé au début, ses « somme toute » commençaient vraiment à me taper sur les nerfs. Je sortis de son cabinet vers 4 heures et pendant toute l'après-midi me répétais le maudit tic de cette demeurée. Même ma femme me fit la remarque à table « qu'as-tu ce soir à répéter tout le temps somme toute, somme toute ». Je ne lui dis rien, en espérant d'avoir une nuit de sommeil somme toute bien calme.

Le troisième n'avait pas du tout une tête de psy, au contraire, surprenant même. Un gars un peu plus jeune que moi, bien habillé, foulard jaune à petits pois verts que les vieux artistes homos nouent autour du cou, un bureau style Directoire garni de quelques papiers et un présentoir à pipes en bois précieux. Pas de babioles kitchs genre bouddha gras méditant au sourire énigmatique, de tableaux de coucher de soleil, de vol d'oiseaux. Il me demanda même si une musique m'aidait à parler, ce que je refusai, bref rien à lui reprocher aux yeux du malade que j'étais. Et en toute sincérité, ses questions étaient justement posées, assez pertinentes, nuancées et s'il ne comprenait pas un point, il me le disait, ce qui m'incitait à être plus précis dans mes réponses. À la fin de la première séance, je lui donnai volontiers mon accord pour le rendez-vous deux jours plus tard. Et deux jours après, le rendez-vous de deux nouvelles séances fut fixé pour la semaine suivante. Ainsi pendant 10 séances, c'était moi qui parlais et c'était lui qui jetait mes billets d'un geste ample et gracieux dans le tiroir de son bureau. Au bout de quelques séances, je m'attendais à ce qu'il me parle un peu plus, un avis, un diagnostic ou quelque chose de ce genre. Mais rien. Pour ne pas être taxé par ma femme d'impatient et de quelqu'un qui ne fait les choses qu'à sa tête, je continuai jusqu'au 10e rendez-vous et quand il se mit à son bureau pour regarder quels jours il pouvait me recevoir la semaine suivante je l'arrêtai. « Dites, lui lançai-je, c'est fini je ne reviens plus. À vrai dire, je me sens un peu comme une vache laitière qui vient se faire traire deux fois par semaine. Ça suffit, j'arrête les frais. Les mêmes séances chez Afshine ou chez Sergio ne coûteront qu'une bière, je me mets désormais entre leurs mains. » Il s'étonna en faisant une moue très bon chic bon genre avec ses lèvres et me demanda si monsieur Sergio ou l'autre étaient ses collègues. Je lui répondis que non, sinon ils ne seraient pas mes amis. Cette dernière méchanceté était une contrepartie à tout ce que je lui avais payé. Mon pauvre argent, dis.

Je vous parlais de ce monde qui s'effritait autour de moi, tournait à n'importe quoi. Et voilà un autre côté qui s'écroule. J'ai toujours vu ma femme solide comme un chêne. Mais depuis trois mois elle dort mal, mange peu, se soigne et s'habille maladroitement. Est-elle perturbée par quelque chose ou une maladie ? A-t-elle besoin d'un psy ? Je l'interroge sur son état, elle reste stoïque. Finalement l'occasion se présente de savoir quel mal la ronge. Je la vois faire son CV à l'ordinateur. Je l'interroge sur ses intentions de changer éventuellement de travail.

— Non, je postule pour ma propre place.

Je ne comprends pas. Elle m'explique que suite à une restructuration de La Poste et au licenciement des ouvriers et des employés, chaque responsable de service doit postuler aussi pour son propre travail. Donc elle et ses collègues-copains-chefs sont devenus concurrents du jour au lendemain avec les tracas et les animosités qui s'ensuivent. Elle en est malade, boutonneuse et des plaques rouges apparaissent un peu partout sur son corps.

Elle est raide, ses muscles sont crispés, d'où vient son mal aux genoux depuis le mois dernier je pense. Et cet imbécile d'orthopédiste qui lui avait prescrit une batterie d'examens et qui finalement devant des genoux tout à fait normaux avait conclu que peut-être elle vieillissait !

Son histoire ne suscite pas ma pitié. C'est le juste retour des choses. L'arroseur arrosé. On peut dire tant pis pour leur gueule, mais une société qui maltraite de cette façon machiavélique ses sujets est-elle viable ? « Pour nous inciter à être plus performants » me dit-elle. Je ne comprends rien de rien à sa résignation, à sa soumission à de tels dictats. Personne, selon elle, n'a fait écho de son mécontentement au risque de se faire éjecter. Ils se soumettent tous aux ordres parvenus sous forme d'un e-mail non personnalisé. Elle me montre le message en question d'une arrogance extrême, d'un mépris total, plein de suffisance.

Je la prends dans mes bras, la console, la caresse. Elle se laisse porter dans mes bras jusqu'au canapé. Bizarre ! C'est la première fois depuis toutes ces années de vie commune que j'ai le sentiment gratifiant d'être un homme supportant le poids de sa femme sur les bras. Ça ne me dit rien qui vaille. Je l'assure de mon soutien et de ma présence à ses côtés. Elle me regarde comme à l'accoutumée, comme si elle voulait me faire comprendre que je n'ai rien compris et que je suis à côté de la plaque. Je continue à la rassurer et à lui dire que l'important pour moi c'est sa santé, que si ce foutu travail bouffe sa santé elle n'a qu'à le laisser tomber. Maintenant que Gaëlle a fini ses études, on n'a pas besoin de grand-chose pour vivre et nous avons assez pour être tranquilles rien qu'avec l'héritage de ses parents et mon allocation de chômage. Elle m'écarte en gesticulant des bras et des jambes comme si elle éloignait un objet malpropre ou se secouait de poussières. Un geste qui ne me plaît pas du tout.

— Je ne laisse pas tomber mon boulot, me dit-elle assez frénétiquement en se mettant debout, débarrassée de cet encombrement que j'étais. Ce combat est le mien et je le gagnerai.

— Tu vas jouer le jeu de quelques PDG. Pour cela tu vas écraser sur ton chemin tes vieux collègues qui sont aussi mal en point que toi.

— Soit, me réplique-t-elle, les yeux bien ronds. C'est comme ça, l'autre ou moi.

Elle est redevenue telle qu'elle a toujours été, sèche, rêche, râpeuse, distante. Elle était comme ça même avec Gaëlle haute de trois pommes. Je ne sais dans quel livre américain à la con elle avait lu qu'il ne fallait pas prendre son enfant dans les bras et lui donner des bises. Quand je caressais notre petite fille, elle me critiquait sans cesse disant que ce n'était pas bon pour sa santé mentale. C'était pareil avec mes parents et leurs bras dans lesquels Gaëlle se sentait si bien. Mes parents étaient horrifiés, mais ils n'avaient pas leur mot à dire. De mon côté, je m'en foutais, alors elle me laissait la conduire tous les matins, 5 jours sur 7, chez mes parents. Chaque matin on se levait à 6 h 15 et en sortant de la maison 30 minutes après, ma pauvre Gaëlle subissait chaque jour cette « déportation » en pleurant, à moitié endormie affalée dans mes bras, la tête sur mon épaule. Et pourtant, elle ne voulait pas que je lui donne des bisous, non, mais ! Je me suis toujours maudit de faire comme la plupart des gens. Faire des gosses pour que les autres voient leurs premiers pas, entendent leurs premiers mots. J'avais certes la chance d'avoir mes parents deux rues plus loin, mais cette cruauté imposée aux gosses me sidérait. Et ça nous faisait une belle jambe de travailler tous les deux pour avoir une vie aussi merdique.

Je ne pus la convaincre de refuser cette guerre fratricide entre collègues. Elle me tourna le dos, partit vers la cuisine, droite et décidée, mais je savais qu'elle était démolie de l'intérieur.

Qu'est-ce qui nous prend ces derniers temps ? Pourquoi acceptons-nous l'inacceptable avec tant de soumission ? On peut dire que ce n'est pas nouveau. Mais si. C'est nouveau. À ma banque, il y a 3 ans à peine, il y avait 6 guichets donc 6 employés. Maintenant il y en a 2, les autres ont été remplacés par des machines automatiques. Au supermarché, c'est la même chose. Et on se demande après pourquoi on n'a pas de travail. Quelqu'un me demandait ce qu'on pouvait faire. On vient installer des appareils et le tour était joué. Mais sabotez-les que diable, sabotez-les ! Pourquoi subir une machine qui t'arrache le pain de la bouche et ne rien faire ? Notre facteur et ses collègues qui ont des ulcères avec cette machine « routeur » imposée par les capitalistes, pourquoi ne sabotent-ils pas cette merde d'une façon ou d'une autre ? Qu'elle tombe 36 fois par jour en panne, on l'abandonnera et on réengagera les hommes. On a taxé jadis la force motrice parce que les moteurs remplaçaient les bras des hommes. On l'a fait parce qu'on avait des politiciens avec des couilles. Une partie importante des recettes annuelles de notre commune vient de cette taxe sur la force motrice des Forges de Clabecq. Maintenant, l'informatique bouffe à gogo le pain des gens, il n'y a pas un sou qui vient dans la caisse de la collectivité. Alors qu'est-ce qu'on attend pour mettre à terre tous ces appareils qui nous privent de notre travail ? Une pincée de sable ou de sel, un aimant, une fiche électrique court-circuitée, un chewing-gum est votre ami, bougez que diable...

Voilà comment le monde autour de moi s'écroule et je me sens de plus en plus comme un corps étranger parmi tous ces gens qui me regardent et écoutent souvent avec un sourire stupide et enfantin. Mais qu'est-ce que je peux faire d'autre que de regretter le moment où on se tenait par les coudes en rang serré criant : tous ensemble, tous ensemble, tous ensemble.

Comme si je n'en avais pas assez, j'ai reçu une lettre avant-hier d'un gars qui voulait me voir pour parler d'un projet artistique. Il était stipulé dans la lettre qu'il s'intéressait à moi parce que j'étais un personnage hors du commun, ainsi de suite. Je lui téléphone et fixe un rendez-vous. Aujourd'hui, je l'ai vu et après son départ je me suis plongé dans le lit prenant ma tête entre mes mains pour pleurer un bon coup. Ce qu'il me proposait ne valait pas un tel chagrin, mais le fait de pleurer sur mon sort fit sortir quelques nœuds qui gonflaient tant et plus ma poitrine. Il avait pour moi un projet de one-man-show. Je serais seul en la scène à raconter et à jouer un texte par cœur. Mais ce qui m'a marqué c'était sa demande incessante et répétitive sur le fait que je devais faire rire. Plus les gens riraient mieux ce serait. Un rire obligatoire, on en voit aussi de plus en plus. Faire rire à tout prix. Pourquoi pas. Quand la réalité est si cruelle et que je ne parviens plus à pleurer, autant en rire. Mais je ne sais pas si je vais accepter et Gaëlle qu'est-ce qu'elle en pensera ?

25

Ça me fait plaisir de savoir que mon père et Afshine sont de nouveau en contact. Ce sont deux gars intéressants à tous points de vue à mes yeux. Ceux contre qui je peux m'appuyer à des moments difficiles, d'incertitude ou de chagrin.

Mon éloignement d'Afshine fut rompu vers l'âge de 25 ans. Pendant toutes ces années, je l'avais soigneusement évité et lui-même avait eu le chic de ne pas se trouver sur mon chemin. Et un jour, après avoir eu le résultat de ma dernière année passée avec succès, je me retrouvai devant le Bistrot de la Gare à Tubize. C'était au début d'une soirée pluvieuse et un rien frisquet du mois de juin et depuis deux semaines les Belges en avaient ras-le-bol de ce ciel qui ne cessait de plomber leur moral avec un temps digne du mois de décembre.

Le petit bistrot était plein de monde. Certains tiraient des cartes, d'autres jouaient au jacquet et mon père, Afshine et Sergio parlaient sérieusement, entourant tous les trois leur verre de bière des mains. Sergio était penché vers l'avant et parlait en faisant ses grimaces habituelles et les deux autres l'écoutaient attentivement.

Pas une femme, le milieu était machiste et tant mieux pour eux. Cela leur permettait de se lancer parfois des gros mots bien tassés sans devoir s'excuser auprès de l'une ou l'autre éventuelle femme à une table proche. Mais moi, j'avais accès libre et personne ne se gênait de ma présence. Moi, la fille d'Eddy.

Les petits oiseaux en laiton suspendus au-dessus de la porte s'entrechoquèrent aux petites étoiles et tout le monde se tourna vers moi. Mon père se leva et, je présume en voyant ma tête avenante, me lança de sa table à voix haute : chacal ou lion ?

— Lion, lui dis-je depuis le pas de la porte.

Alors tout le bistrot d'une seule voix clama « coooui ! » et puis un applaudissement suivit comme s'ils attendaient tous ma venue. Trois secondes après, j'étais dans les bras de mon père en effervescence. J'embrassai ensuite Sergio qui me félicita chaleureusement. Afshine avança sa main, tout souriant. Je la serrai entre les miennes et quand sa deuxième main vint les entourer je ne résistai plus. Je me jetai dans ses bras et atterris contre le torse de cet homme qui était le grand amour de ma vie. J'avais envie de pleurer de tout mon être, mais j'avalai les nœuds du fond de la gorge. Il sentait toujours cet après-rasage au parfum tellement discret qu'il fallait littéralement poser ses lèvres contre sa peau pour le sentir. Il m'éloigna un peu, me tenant toujours par les mains, écarta les bras et me regarda d'un air admiratif.

— Mamma mia, dit-il. Eddy, ta fille est une grande dame maintenant.

Mon diplôme de médecine fut célébré par une tournée générale offerte par mon père, puis par Sergio et ensuite par Afshine. Je pense sincèrement que celle d'Afshine fêtait plutôt nos retrouvailles qu'autre chose.

C'était une heure magnifique et pleine de bonne humeur et de rires que je passai avec eux. Je les quittai finalement pour aller voir des copines. Au moment de l'au revoir, je dis à mon père de ne pas m'attendre pour la soirée car je serais avec des amis et que je rentrerais très tard. En réalité, j'avais un autre projet en tête. Voir des copines d'accord, mais je comptais aller retrouver Afshine ensuite. J'avais la ferme intention de me donner à lui. Je ne pouvais plus attendre pour je ne sais quelle raison. Ce désir datait des premiers moments de nos rencontres quand j'avais autour de 13 ans et que la sève montait en moi. Il avait raison de se refuser à moi, je n'étais qu'une gamine. Le temps avait changé et je me devais maintenant de lui réitérer ma passion. Il avait deux fois mon âge, mais je savais qu'en matière de sexe il avait de bons restes. Sa relation avec Viviana m'était connue par l'intermédiaire d'une amie. J'avais entendu que Viviana le qualifiait de chaud lapin et qu'avec lui on grimpait au 7ᵉ ciel. Je devais absolument le prendre en moi. Rien qu'à cette idée mon entrejambe me chauffait. Ça devait se faire maintenant et aujourd'hui ou jamais. S'il refusait, je n'y penserais plus jamais. Mais s'il acceptait, ah oui s'il acceptait. J'avais tramé tout un scénario et je savais par où commencer et comment finir.

Il était vers 9 h du soir quand je poussai sur la sonnette de mon ancienne école. Il m'ouvrit la petite porte du portail, étonné, mais souriant.

— Mais, gente demoiselle, que fais-tu ici ?

— Je peux entrer ?

— Certainement ma chère.

Je peux difficilement qualifier mon ressenti de cette soirée. Tout ce que je croyais compliqué s'avéra facile. Il ne refusa pas ma demande explicite, se dit même honoré.

— De toute façon, me dit-il, il faut éteindre ce feu qui est en toi d'une manière agréable. Je ne te le cache pas, je t'ai souvent désirée, mais j'étais et je suis très mal placé pour donner libre cours à cette idée.

On était tous les deux d'accord que cette soirée serait une parenthèse que nous refermerions en nous séparant.

Je voulais aller vite en besogne, mais son calme habituel m'imposa la patience qui s'avéra juste. Je compris vite que je devais le laisser faire. Et ce qu'il fit ne ressemblait en rien à ce qu'Aello, mon meilleur partenaire jusque-là, faisait. Avec Aello, faire l'amour était une performance physique, non moins valorisante, comme un feu d'artifice un peu à l'instar des films pornos. Nous prenions certes le temps pour que les choses prennent leur place, mais une fois démarré, ça étincelait dans tous les sens et nous sortions tous les deux en nage, épuisés et haletants. Avec Afshine, je restai presque une heure sur le canapé, à côté de lui à évoquer des souvenirs. Il me montra une photo de l'ensemble des élèves dans la cour quand j'avais 16 ans, à l'époque de mes « je ne pense à rien ». Je me voyais toute maigrichonne, tête de garce.

Nos corps se touchaient et les esprits se rapprochaient de plus en plus quand nous parlions des moments vécus ensemble. C'est ainsi que mon ardeur du départ, un peu apaisée de me trouver simplement tout habillée et assise à ses côtés, revenait en surface. Et lorsque nous commençâmes à nous caresser j'étais prête à le laisser mener la danse oubliant le scénario que j'avais préparé.

Il prenait son temps pour chaque geste et me laissait le temps d'en profiter même si j'étais de nature assez speed et que je grimpais vite au plafond. Son amour avait un goût différent que je ressentais pour la première fois. Le goût d'être une femme sous les mains d'un homme dégageant force et tendresse. Et quand il enleva tout le contact de ses doigts caressants et se mit à regarder délicieusement mon sexe, rien que pour ça j'étais prête à rompre le barrage en moi.

J'étais calme, immobile et ne transpirais pas une seule goutte, mais me remplissais petit à petit d'une passion explosive, d'une bête que je sentais rugissante. Savait-il au moins ce qu'il provoquait en moi et où il m'amenait ? Je pense que oui. Visiblement Afshine connaissait son travail.

Avec ses mouvements d'une lenteur extraordinaire en moi, il me titillait chaque molécule, chaque nerf que je ne pouvais contenir. Et il arriva ce qui devait arriver. Je l'empoignai tout à coup de mes deux mains pour le serrer contre moi et pendant un temps interminable les meubles de sa maison m'entendirent crier « Afshine, Afshine, Afshine ».

L'apaisement provisoire s'installa et vint le temps du bavardage. C'était durant cette soirée, et pour la première fois, que je disais à quelqu'un de mon entourage immédiat quel était mon projet d'avenir. J'abordais le sujet lorsqu'Afshine me traita de docteure quand j'écoutais son cœur, allongée à ses côtés, collée à lui de tout mon être. Il avait les battements d'un sportif. Je ne pense pas qu'il était toujours ce bonhomme tranquille dont il avait l'air.

— Tes doigts caressants ranimeraient un homme mort, ma chère docteure.

Je soulevai ma tête de son torse, me couchai littéralement sur lui, pris son menton entre mes dents de féline, ce qui le fit rire et puis :

— Ne m'appelle pas docteure, je ne vais pas pratiquer.

— Problèmes de paperasse ?

— Pas du tout, j'ai l'accréditation de l'Ordre. Mais j'ai d'autres projets.

Il m'enlaça de ses bras pour me tenir fort contre lui et ensuite d'un mouvement sec changea nos positions, lui au-dessus, moi en dessous. Il mit sa bouche entre mes seins, les prit pour les coller contre ses joues, respira un grand coup. Il s'écarta ensuite de moi, s'appuya contre le dossier du lit en fer forgé.

— Quels sont ces projets si importants au point de laisser tomber un métier si honorable ? Je dois savoir, si je dois après te récompenser ou te punir. Et toi, désolé mon vieux, tu attendras un peu.

Cette dernière phrase était adressée à son sexe qui me regardait encore tout intéressé. Il le recouvrit avec l'édredon.

Devoir faire les études universitaires, pour moi, était l'éducation côté paternel. Comme si j'avais besoin de sentir un outil sérieux entre mes mains. Me dire : oui je suis ceci ou cela. Et en plus, je me disais que cette qualification me permettrait d'être utile dans bien des coins du monde où les gosses meurent pour rien. Mais le côté terre-à-terre et nourricier de mon père était concurrencé depuis mon adolescence par le côté bohème de celui qui était dans mes bras ce soir-là. Avec Afshine, j'avais appris une chose fondamentale que je ne pus formuler qu'après quelques années de maturité : « Tout ce que nous possédons contribue à notre identité. Si celle-ci ne te fait pas sourire, c'est que ton choix est mauvais. Tourne le dos à ce que tu as, délestetoi de tes appartenances pour t'en créer d'autres. » Ce qu'il m'apprit n'était pas de simples mots dans le vent. Il le fit lui-même, changea son identité en donnant au vent de la mer du Nord ce qu'il possédait, ses diplômes universitaires et une certaine manière de penser.

J'étais suffisamment persévérante pour finir élégamment mes études, mais la dernière année fut dure. Je savais que j'allais mettre mon diplôme dans un tiroir pour me consacrer à autre chose, là où j'avais placé ma priorité. J'étais capable désormais de guérir, mais je voulais faire sourire les gens. Ceux qui par le hasard des circonstances n'en avaient aucune raison. On peut être en bonne santé, avoir tout ce que l'on désire et néanmoins se sentir malheureux. Mais au moment précis où tu souris tu n'es plus le même, cet instant magique qui biffe par miracle en une bribe de seconde le noir de ton esprit. Je me devais d'offrir ce moment-là à ceux qui en avaient besoin.

— Tu vas faire comédienne ?

Je savais qu'il me taquinait en me posant cette question. Non. J'allais créer une association pour faire sourire. L'idée était d'amener, un tant soit peu, le sourire sur les lèvres des gens dont le quotidien était trop dur.

— Il y a déjà l'association des musiciens ou des comédiens sans frontières non ? me demanda-t-il.

— Certes, mais je ne compte pas faire comme eux. Ces 3 dernières années, j'ai écumé un peu toutes ces associations. Elles ne me conviennent pas dans leur mode de fonctionnement. Leur position souvent liée à la géopolitique version occidentale ne rentre pas dans mes crédos. Je n'ai aucunement envie d'aller prester dans une base américaine à Kaboul parce que les soldats n'ont rien à faire après leur journée de mission et se versent dans l'alcool et la drogue. Pour savoir comment je vois cette activité rien ne vaut un exemple. À la faculté, j'ai une amie arménienne qui joue du duduk et de la cornemuse qu'elle a appris en Belgique. Anouche est la première personne à qui j'ai parlé de cette idée. Elle veut bien me soutenir, mais sans arrêter de pratiquer la médecine. Toujours est-il qu'avant de m'envoyer la dose totale, j'ai fait un test avec elle et son ami Terdat, lui aussi Arménien joueur de daf, tambourin de moyenne et de grande taille. On a décidé d'aller en Arménie, dans un village assez reculé en jouant de la musique, le traversant d'un pas lent sans trop attendre.

— Pourquoi l'Arménie ? me demanda Afshine.

— Mes amis s'y connaissaient et puis l'Arménie, ce n'est pas seulement sa grande capitale, Erevan, neuve et blinquante où on trouve parfois des cendriers dans les rues. C'est aussi un pays meurtri par la guerre des Dieux, par la pauvreté et la misère, l'incompétence de ses dirigeants et c'est surtout un pays gangréné par un capitalisme outrancier. En dehors d'Erevan et de deux ou trois grandes villes, les gens vivent dans le dénuement matériel total, à la médiévale si tu veux. Quand nous avons à peine quitté la capitale et les grands axes routiers, j'ai compris ce que mes amis arméniens disaient au sujet de la pauvreté matérielle et mentale dans leur pays.

J'avais déjà conçu le scénario et je voyais comment les choses allaient se dérouler. Je portais leur sac et eux ont commencé à jouer 5 minutes avant d'arriver à ce petit patelin qui s'appelait Yeghnik, je pense. Une seule rue en terre battue traversait le village de part en part, flanquée de deux rangées de maisons poussiéreuses. Nous avions encore 200 mètres jusqu'au village que l'on voyait déjà les gens sortir de partout pour se mettre au milieu de la rue afin de nous viser de leur regard curieux. Nous n'avions pas encore abordé la première maison qu'un groupe de gosses courut vers nous, criant leur joie. Nous nous sommes approchés de cette masse de villageois, tout étonnés et souriants. Ils avaient laissé momentanément leurs occupations pour venir nous voir. Leurs outils toujours en main, marteau, scie, pelle, ciseaux. La grand-mère tenait bien haut devant son tablier ses mains couvertes de pâte et de farine. L'étonnement se dissipait petit à petit pour laisser place à la détente. Le sourire était sur toutes les lèvres. Certains s'approchaient d'Anouche et de Terdat, les touchaient, comme s'ils voulaient vérifier qu'ils étaient réels. On y est restés quelques minutes pour s'imprégner de tous ces êtres à qui nous avions apporté un peu de bonheur même minime au milieu de leur journée. Anouche était magnifique avec son instrument si puissant et le daf de Terdat muni de guirlandes d'anneaux faisait merveille. N'est-ce pas magique un daf ?

— Oui, tu as raison, dit Afshine. Les soufis utilisent des dafs pour accompagner leur danse, Sama.

— À un rythme régulier, Terdat descendait brusquement son daf et les guirlandes faisaient wooum. Ça me hérissait les poils. Ce mouvement et ce son me suggéraient l'Instant, le présent, l'importance où j'avais mis les pieds et de ce que je faisais, wooum, wooum, wooum. Nous avons pris rapidement la direction de la sortie du village avec une cinquantaine de personnes autour de nous. Les gosses ont continué quelques pas avec nous après la dernière maison. J'avais décidé que nous ne regarderions plus derrière nous. Nos pas lents, toujours au rythme de la cornemuse et du daf, nous éloignaient du sourire de ces hommes et de ces femmes de tous âges.

Derrière un grand rocher, bien loin du village, Anouche a baissé son instrument et s'est assise sur une pierre. J'en ai trouvée une autre un peu plus loin. Terdat continuait à jouer. Le son gracieux et envoûtant du daf au bout de ses bras tendus vers le ciel. Il faisait un mouvement virevoltant avec la tête. Je croyais qu'il allait finir et s'asseoir aussi. Mais non. Il continuait. J'ai regardé Anouche qui à mon grand étonnement pleurait en silence. Je n'étais pas en meilleur état, mais compris que je devais arrêter Terdat qui était dans un état second. C'était la première fois que je voyais quelqu'un en transe. Je l'ai pris par le bras, il n'a montré aucune résistance et s'est mis contre moi tel un petit garçon. Il tremblait comme un oiseau entre mes mains.

Afshine, je te le dis mais il fallait le voir pour le croire. Quand l'émotion semblait s'apaiser un peu, nous avons commencé par un rire un peu hystérique en nous regardant l'un l'autre. Et puis le rire est devenu saccadé comme un moteur qui a du mal à démarrer. Ensuite nous avons chialé tous les trois comme des enfants à qui l'on avait arraché un bonbon des mains. Le trop-plein d'émotion sortait à coup de cris et de hurlements de chacun d'entre nous. À la fin, quand on s'est calmés, mon amie arménienne a dit ce que nous pensions tous : « Je n'ai pas pleuré de tristesse mais de bonheur. Je suis envahie par un sentiment de plénitude. Cette nuit, le sommeil de ces gens aura un goût de daf et de cornemuse. » Terdat s'est levé et m'a embrassée : « Gaëlle, tu as offert, me dit-il, un moment de sourire à mon peuple. Je te remercie. » Pour finir avec l'histoire arménienne qui faisait office de test pour moi, nous avons accepté la proposition de Terdat : « À 3 km d'ici il y a le village de Karmrachen. On peut y passer aussi si vous voulez. Je téléphonerai ensuite qu'on vienne nous chercher. » Là aussi, le même scénario, le même accueil, les mêmes sourires et les mêmes émotions au final, mais plus contenues cette fois. C'était au milieu de ce village qu'un homme d'un gabarit imposant s'est approché d'Anouche pendant une pause et lui a dit quelques mots. Anouche m'a montrée d'un geste de la main. L'homme m'a regardée, souriant, la trace d'une fine moustache au-dessus des lèvres charnues et fraîches. Il a baragouiné ce qu'Anouche a tout de suite traduit : « Il me remerciait, je lui dis que c'est toi la responsable. Il s'appelle Narek, le champion lutteur. Il dit que si tu as le moindre ennui avec quelqu'un à 100 km à la ronde tu peux dire que tu es son amie et tout s'arrangera. » Le lutteur a mis son bras puissant sur mes épaules et m'a tirée vers lui. J'étais toute petite à côté de cet homme aux pavillons d'oreille emblématiques des lutteurs. Cette première expérience a laissé une trace indélébile sur nous trois. Anouche et Terdat ne vont pas me suivre. Leur voie est la médecine et ils veulent offrir le sourire en guérissant. Mais ils m'ont promis leur soutien et leur aide.

— Tes parents sont au courant de tes projets ?

— Pas encore. Ça ira avec papa, mais je redoute la réaction de maman. Après la perte de son travail et ses dépressions multiples, elle est très faible. Pour un oui ou pour un non, elle rechute. C'est très con de dire ça, maintenant que je suis médecin, je comprends les aberrations dont notre discipline fait preuve. Un exemple est le cas de maman. Jadis, on se penchait sur la cause des dépressions, maintenant on y remédie avec une myriade de médicaments qui font l'effet d'une lame à double tranchant. Les gagnants dans cette histoire sont les firmes pharmaceutiques bien entendu.

Afshine s'approcha un peu de moi. Me prit par la main.

— Laisse tomber. Au diable les considérations économico-capitalistes ce soir. Je suis vraiment content de ton choix. J'espère que tu iras loin sur ce chemin et je suis sûr que tu vas embellir ton idée de départ.

— C'est à toi que je dois cela, vois-tu. Je ne sais pas comment je serais sans toi à mes côtés depuis mon adolescence. Et maintenant, je mérite quoi, punition ou récompense ?

— La récompense bien sûr, me dit-il des étoiles dans les yeux. Et tu as le choix entre ce que tu as déjà eu, le vent léchant l'herbe dans la plaine ou la danse du saule sous la tempête.

— N'est-ce pas toi qui disais, enchaînai-je, qu'il est imprudent pour un bon guerrier de donner deux fois le même coup ?

J'ôtai l'édredon qui couvrait le haut de ses cuisses. La tempête s'élevait déjà.

Chose promise, chose due, nous fîmes comme si de rien n'était par la suite. Même si le désir était vif en moi de renouveler les moments que j'avais passés avec lui, je pensais qu'il valait mieux ne pas y donner suite. J'avais une vie à mener et il devait aussi suivre la sienne dans ce milieu où mon père était son meilleur ami. Alors je réprimais sévèrement mes soubresauts de passion chaque fois que je pensais à ce détail que je n'avais jamais aperçu en tant d'années. En effet, au moment le plus intense de notre étreinte, je remarquai une différence peu perceptible dans le pigment de ses yeux, l'un couleur miel, l'autre tirant vers le bleu. Ce gars m'a toujours caché des choses pour que je les découvre moi-même.

26

Le temps passe, les années s'égrènent et les évènements s'entassent. Je pense parfois avec plaisir ou nostalgie à tout ce qui a influencé mes pas et mes pensées, à ceux qui étaient, mais ne sont plus, à ce que j'ai fait ou ce dont j'ai été témoin.

Le temps est infidèle et cruel et cela déteint sur les hommes. J'aime les gens qui éprouvent un certain respect pour les instants écoulés. Personnellement, je ressens toujours le besoin de me revoir dans le passé. Ça ressemble plutôt à un bref coup d'œil dans le rétroviseur pour être sûr de ma position ou tout simplement me repositionner. C'est aussi une façon de donner de l'importance à celui avec qui j'ai fait un bout de chemin.

Sont déjà des souvenirs les années de la fermeture des Forges. C'était une occasion de vivre des moments intenses avec une poignée d'hommes tels qu'Eddy et Sergio. Ensuite, durant ces 20 dernières années, ces braves gens n'ont pas hésité à rendre hommage à leurs compagnons de combat et aux instants vécus. Agréables ou amers, peu importe, ils les évoquent avec beaucoup de sérénité. Justes ou sujets à critique, ils revoient leurs actions avec lucidité. Ils n'en sont ni fiers ni déçus. Pour eux, la vie est un ensemble de bonnes et de mauvaises décisions qu'il faut assumer.

Ils me réchauffent le cœur avec leur fraternité à l'italienne et je me sens entouré d'attention bienveillante et d'un soutien sans bornes. La météo maussade de la Belgique n'a rien enlevé à la chaleur de leur cœur qu'ils offrent si généreusement à leur entourage.

Et ce n'est pas le cas de tout le monde, croyez-moi.

Je me rappelle un jour dans le bus 71 à Bruxelles, en allant vers Ixelles, je vois sur le trottoir près de l'arrêt du bus un homme d'origine hollandaise que je connaissais d'un cours de langue. On avait de la sympathie l'un envers l'autre et durant 6 mois nous prenions souvent des verres ensemble. Depuis des années qu'on ne s'était plus revus et voilà que je trouve l'occasion de renouveler le contact. Je descends exprès et il m'accueille avec beaucoup d'enthousiasme aussi. Le temps d'échanger quelques infos concernant nos boulots et nos familles respectives, il me demande ce que je fais là. Je lui dis que je suis descendu du bus pour lui, pour avoir de ses nouvelles. Tout à coup, je vois dans son visage une expression de sentiments pêle-mêle, probablement l'incompréhension que quelqu'un puisse s'intéresser à lui au point d'interrompre son trajet et prendre quelques minutes pour évoquer le passé.

Sara était une de ces personnes qui s'était intéressée à moi, abordant ma mère et demandant des nouvelles de ce jeune homme dont elle était amoureuse en cachette. J'appréciais cet amour et je devais avoir tout près de moi une telle personne d'autant qu'à l'époque je passais des moments difficiles en solitaire. Les quelques années de notre vie commune étaient les années les plus équilibrées pour moi, mis à part quelques tracas inhérents à la vie de couple. Et maintenant qu'elle n'est plus, un trou difficile à combler s'est formé dans mon âme. La nouvelle de sa mort m'était parvenue une bonne semaine avant la réconciliation avec Gaëlle et sa rencontre au bistro.

Elle s'était fait tuer en Irak je ne sais comment. Elle avait encore mon adresse dans ses affaires après tant d'années de séparation. Sa mort tragique me fut annoncée suite à une convocation énigmatique de la police. Vu notre séparation officieuse, elle était toujours considérée comme ma femme, d'où la convocation. Sa dépouille avait été enterrée dans un cimetière en Irak où les Moudjahidines du peuple mettaient en terre leurs martyrs. Aucune indication de la circonstance de sa mort ou autres infos. Seuls quelques objets dans un sac scellé me parvinrent.

On peut imaginer dans quel état j'étais en sortant du commissariat avec Sara réduite à la taille d'un sac et des images fragmentées d'une femme énergique, belle, aimant tellement l'amour. Je n'avais aucune possibilité de m'informer des circonstances du drame. Je pouvais prendre contact avec quelques Moujahids que je connaissais à Bruxelles et leur demander de faire des démarches. Mais les connaissant, il valait mieux que je reste dans l'ignorance et m'apitoie sur son sort. Tout compte fait, elle avait eu ce qu'elle cherchait : se consacrer corps et âme à une lutte qu'elle voulait justifiée.

J'ouvris le sac à la maison. Quelques effets personnels et surtout une petite photo polaroid jaunie de deux jeunes hommes armés souriants, côte à côte, son frère et moi, du temps où nous nous battions contre notre dictateur. Et puis un coquillage de la mer du Nord qu'elle et moi avions ramassé sur la côte belge. Je ne savais pas qu'elle le chérissait à ce point.

Je gardai pour moi sa mort pendant quelques jours afin de faire tranquillement mon deuil. Puis j'en parlai à mes deux souffre-douleurs Eddy et Sergio. C'était suite à cette nouvelle que deux jours après Sergio émit une hypothèse à laquelle je n'avais pas pensé. Il savait cette affaire de ma rencontre avec l'inspecteur principal Joseph Koen suite au meurtre de l'architecte et les sous-entendus d'être dans le collimateur de leur service. Pour Sergio, on ne suivait pas le simple concierge que je croyais être. J'étais en même temps le mari d'une femme qui avait quitté l'Europe pour aller guerroyer contre l'Iran au sein d'un mouvement nébuleux. Puis venaient mes contacts réguliers d'il y a quelques années avec le PTB. Ce mouvement qui avait injustement sur lui l'ombre des CCC (Cellules Communistes Combattantes). Et ensuite mon implication aux côtés des syndicalistes des Forges de Clabecq, le rôle un peu ambigu que je jouais par rapport aux ouvriers. J'agissais, dit Sergio, comme un recruteur de mouvements occultes qui tâte le terrain sans vraiment être de l'évènement. Et puis aussi, cette habitude saugrenue de marcher si tôt le matin et d'arpenter la ville avant même le lever des chiens. Tout cela faisait probablement de moi un sujet intéressant à mettre sous la loupe pendant un certain temps. Sergio nous exposait son hypothèse avec assez de conviction pour que ce soit plausible, mais j'y mettais des réserves même si ce qu'il disait semblait cohérent. La Sécurité n'avait-elle pas d'autre chose à faire que de courir après ce genre de cas ?

— Si, dit Eddy. Depuis des années elle a la tuerie du Brabant à résoudre et cela dans un pays où tes voisins comptent combien de fois tu as pété par jour. Cela dit, Sergio a toujours vu juste avec ses analyses, assez…

Et c'était à ce moment que Gaëlle entra avec sa bonne nouvelle pour nous tous et un regard prometteur pour moi.

Le temps passe et par malchance sur certains comme moi, il laisse des traces marquées au fer rouge. Impossible de les oublier ou de neutraliser leur impact sur la personnalité. Il faut tout simplement vivre avec elles tel un œil crevé, un membre amputé.

Je parlais de la cruauté du temps décriée depuis l'éternité. Tu vieillis, tu perds tes moyens et tu supportes ces dégâts par résignation, mais le plus dur c'est d'être témoin de la décadence des êtres qui te sont proches. Voir dégringoler un homme tel qu'Eddy, une force de la nature, ça me fait vraiment mal. Ces dernières années je le vois se dégrader à une rapidité incroyable. Il fait tout pour s'en sortir, mais visiblement n'y arrive pas. À chaque tentative il nous revient un peu plus amoindri.

Il postula dans un atelier protégé et fut engagé. Travailler avec les handicapés avait ses bons côtés, certes. Hormis ces moments amusants qu'il nous racontait, son travail n'avait rien de joli à entendre. Finalement, après deux ans, il laissa tomber et refusa d'être plus longtemps un instrument de l'exploitation des handicapés. « Vous me voyez exiger de mes 20 ouvriers handicapés la compétitivité et la rentabilité, mots clés quotidiens de mon travail de moniteur ? »

Eddy est un gars qui ne peut rester inactif. Pendant longtemps il fit toute sorte de petits boulots, y compris chiffonnier. Grâce à un ancien collègue des Forges engagé comme surveillant aux dépôts communaux, il allait en catimini repêcher des mitrailles du conteneur de métaux pour les vendre à son tour, ce qui était interdit. Et le gars risquait sa place, mais le noble sentiment de solidarité peut-il être contenu par une loi ou un misérable règlement ?

Bref, je vois mon ami Eddy s'effacer tout doucement, goutte à goutte et cela me fait mal. Un homme comme lui est un pilier sur lequel on peut s'appuyer et se sentir en sécurité, rien que par sa présence. Et pourtant, ce n'est pas l'avis de tout le monde au vu de quelques exemples que j'entendis à son sujet. Un homme comme lui n'était pas seulement à isoler physiquement. Il fallait le discréditer, l'anéantir aux yeux de tout le monde et la Belgique y est parvenue. Si le terrorisme aveugle et stupide est la panacée de quelques individus aux idéologies sombres, l'assassinat moral est l'art exercé avec finesse par les hommes de pouvoir, l'État et ses composants surtout médiatiques. Et on a éliminé mon ami Eddy en jetant l'opprobre sur sa personnalité. Hicham, un ami d'origine maghrébine, père de famille à la bonne bouille volontaire, me disait que dans leur local d'un parti politique à Tubize, un des membres avait rapporté la volonté d'Eddy de s'y intégrer. La demande fut exposée officieusement comme un sujet sans importance entre les membres. Hicham avait un sourire amer quand il évoquait certaines réactions :

— Tu aurais dû voir ces gens-là, me dit-il. Certains étaient pâles de peur rien qu'à entendre son nom, d'autres criaient au scandale tout tremblants, les lèvres blanchies par la terreur. Un de leur membres, un mandataire communal pourtant lui aussi d'origine italienne, bavant comme un bœuf, débitait frénétiquement les qualificatifs attribués à Eddy dans les médias tels que manipulateur, dictateur, mafioso, à la solde de Kadhafi, etc. en mettant un « quoi » appuyé après chaque mot. Il a postillonné toute sa salive ce soir-là tellement il était angoissé en médisant derrière le dos d'Eddy.

Et lorsque je lui demandai le pourquoi de cette réaction épidermique, il se dit étonné sur tous les plans. Il me parla alors longuement de son parti politique qui était selon lui un lieu de tous le rebus des autres partis aux discours ô combien pompeux et prétentieux. Les gens qui ne surent se caser ailleurs par trop d'ambition ou manque de capacité à la hauteur de leurs attentes se mirent ensemble en s'offrant de jolis mots gratuits tels que « faire de la politique autrement ». Alors je m'en voudrais de ne pas vous dire ce qu'Hicham me rapporta au sujet d'une pratique de son local pas plus nombreux que deux classes de gosses réunies. Après cela, je vous laisse avec les partis politiques pour ravaler ce goût amer qui se forme dans ma bouche.

Hicham dit qu'un jour il fut invité par leur présidente à venir prendre un verre avec quelques-uns à la friterie L'Atrium. Elle lui expliqua entre-temps que vu quelques décisions importantes à prendre dans les prochains jours, ils devaient se mettre d'accord en aparté sur certaines choses. Or pour Hicham tout devait être débattu au sein même de ce petit groupe de 40 personnes. Pour lui, faire de la politique autrement voulait aussi dire cela et non pas les habituelles pratiques occultes. De la même manière qu'il n'assista pas à cette réunion, il refusait toute longue discussion médisante téléphonique des membres sur les sujets et les gens. C'était pour ces raisons que lorsqu'Hicham refusa de remplacer un de leur mandataire démissionnaire, il me fit part de ses sentiments et de la raison de son refus :

— Ah non, ce n'est pas un milieu pour moi, me dit ce brave gars plein de bonne volonté et un courageux travailleur. Je suis allé quelques fois au conseil communal parmi le public et j'ai compris pourquoi celui qui a démissionné et que je devais remplacer était au bout de sa patience traitant son équipe de bande d'individus médiocres qui se réunissent pour parler, penser, décider et agir médiocrement. En toute sincérité il avait raison de ne pas supporter ses coéquipiers et son groupe politique. Moi-même, chaque fois que j'assistais parmi le public à une séance du conseil communal, j'avais honte de faire partie de gens pareils. Je me rappelle, lors d'une de ces séances, la transpiration me coulait le long de l'échine. Tu sais pourquoi ? Eh bien, une mandataire de l'équipe de trois de mon parti distribuait de petits arbres en plastique fabriqués en Chine pour sensibiliser les gens à la protection des sapins du Canada. J'avais honte car je remarquais avec quel sourire méprisant, à juste titre, tous les conseillers communaux prenaient ces babioles de la main de cette demeurée conseillère qui les distribuait en disant à chaque fois « pour les sapins du nord, pour les sapins du nord, pour les sapins du nord ». Alors moi aussi, à l'instar de la personne que j'aurais pu remplacer, j'ai refusé le mandat pour ne pas tomber si bas.

Je ne savais vraiment pas pourquoi mon ami Eddy voulait se mettre avec ces gens et parler des affaires de sa ville. Pragmatique, fin et sensible qu'il était, il ne les aurait jamais supportés lui non plus et cela aurait été un échec de plus parmi tant d'autres qui avaient laissé des traces indélébiles sur son âme. Un besoin d'appartenir très fort en lui, un désir de donner, de se consacrer et de partager, mais oui il est comme ça Eddy D'Amico, mon ami d'origine italienne. Mais quelque chose m'inquiète ces derniers temps. Il est en train de prendre une mauvaise tournure. Il va s'attirer un grand danger sans commune mesure avec ses ennuis de syndicaliste.

27

Je ne sais pas, ma chère fille, si je dois te parler de mes projets. Et pourtant tu sais que je ne t'ai jamais rien caché. Je te vois à peine une fois par an, venue du bout du monde pour quelques jours prendre un peu de repos et je m'en voudrais alors de t'inquiéter avec mes idées. Mais je vais les écrire tel que tu nous l'avais demandé, à Afshine et à moi. Au moment de la lecture de ces lignes, tu as le choix entre les supprimer, vu leur confidentialité, ou les conserver si le sujet n'est plus d'actualité. J'espère que tu ne m'en voudras pas pour ce que je vais te dire, c'est moi tout craché, ton papa, un homme qui ne peut rester tranquille dans son coin à siroter son allocation de chômage et se lamenter sur le sort du monde. Je dois agir encore tant qu'il est temps car avec ces années qui défilent, bientôt je n'aurai plus que la force d'aller de la maison jusqu'à l'épicerie du coin. Malgré mon âge avancé, je vais très bien physiquement, je me sens encore en pleine possession de mes capacités d'organisation et je vois la nécessité de les mettre au service de la population.

Dans deux ans tu auras 40 ans et je vais te donner ces papiers, prends en soin et garde les infos pour toi afin de ne pas compromettre mes collaborateurs ou d'autres membres. Pourvu que tout aille bien.

J'avais l'intention depuis quelques années de créer un parti politique, mais j'y ai renoncé et pour cause, une discussion avec Afshine qui, sans qu'il le veuille, me mit sur une autre voie. Nous allions parfois nous promener le long du canal pour « régler quelques affaires du monde » selon lui. Je lui parlai alors à un moment donné de mon projet de parti politique. Il m'écouta comme d'habitude avec patience et ne dit rien jusqu'à ce que je lui demande son avis. Il se dit outré de tant de stupidité de ma part.

— On est sur la dernière ligne droite de notre vie Eddy et tu vas la compliquer lamentablement. L'âge n'a rien diminué de ta force de caractère, mais il ne t'a pas assagi à ce que je vois.

— Mais pourquoi le prends-tu ainsi ? Je suis sûr que le programme politique que j'ai concocté intéresse beaucoup de monde. On est dans ce besoin actuellement et tu sais que les Belges en ont marre de cette aristocratie politique à la belge.

Je lui parlai alors point par point de ce que j'avais à proposer et qui selon moi pouvait faire des émules. Mais il resta intraitable. D'après lui, notre mode de fonctionnement était la méthode la plus acceptable de tout ce que nous avions inventé jusqu'alors. Seulement, pour qu'il n'aboutisse pas à ce désastre présent, il fallait payer un prix et consentir à certains efforts. Et la volonté manquait pour payer ce prix qui consistait en un effort permanent pour neutraliser cette tendance héréditaire et commercialisante en politique. Voilà à quoi je devais remédier selon lui et non pas à rajouter un autre parti politique parmi tant d'autres. Il avait raison, mais n'était pas du tout sur la même longueur d'onde que moi. J'étais dans la pure ligne marxiste-léniniste, de provoquer, d'accélérer et de révolutionner et lui s'inquiétait pour ma santé mentale. Il avait entendu de notre bourgmestre, en un moment de sympathie avec ce dernier à l'époque où il était le président de la chambre, que les pires ennemis d'un politicien se trouvaient dans son propre parti. Afshine se disait inquiet pour moi, mais cela ne m'arrangeait pas. La distance se creusait jusqu'à ce que je sois parvenu à une impasse.

— Tu ne vas pas me dire, rétorquai-je, que chacun mérite ce qu'il a. En tant que marxiste, je ne pourrai jamais accepter cela. On a deux bras pour changer le monde. Je ne peux rester les bras croisés pendant ces quelques années qui me restent à vivre. Et je ne suis pas un poseur de bombes comme tes copains des CCC. Mon arme c'est mes idées.

Nous rigolâmes ensuite longuement sur cette image où on me voyait en poseur de bombes. Notre hilarité avait un goût amer car je croyais avoir un soutien et je me trompais. Il comprenait ma volonté, mais ne cautionnait pas du tout mon élan. Et c'était ainsi qu'en parlant des impasses imposées par le système, nous parlâmes des différentes réactions qui pouvaient en résulter. Des réactions qui tantôt pertinentes tantôt insensées remplissent les pages de nos histoires. Chose intéressante, il m'expliqua comment il y a à peu près mille ans, un homme eut une idée géniale d'imposer la droiture aux hommes politiques et bien entendu ses efforts furent infructueux. Il m'expliqua dans les détails la démarche de ce gars dont j'ai à peine retenu le nom et les détails de son vécu. J'étais plutôt subjugué par l'éclair d'idée que cela provoqua en moi que de m'attacher à l'historique du phénomène.

Hassan était lettré et ambitieux à une époque où la méritocratie avait le vent en poupe. C'est ainsi qu'il arriva à la cour d'un puissant sultan flanqué d'un premier ministre tout aussi puissant que ce dernier. Il parvint à être un des comptables de la trésorerie royale. Tête remplie d'idéaux, il eut l'occasion d'assister à toutes sortes de fourberies des hommes de pouvoir et d'argent. Toutes les issues honorables d'une évolution douce étaient bouchées par le premier ministre omnipotent et son administration. Hassan dut se résigner à vivre une vie d'employé jusqu'à ce qu'une occasion se présenta à lui de faire valoir sa capacité sincère aux dépens de la corruption. Le sultan avait demandé à son premier ministre s'il était possible de lui faire un inventaire comptable de sa trésorerie. Celui-ci se lança alors dans une tirade poético-élogieuse de la fortune du sultan qui dépassait toute dimension comptable et que, bref, il faudrait des années pour satisfaire ce désir au prix d'efforts insurmontables. Bon, on a compris le manège du ministre qui tenait les rênes des affaires d'une main de fer n'ayant aucune envie que son supérieur hiérarchique mette le nez dedans. Et ce petit comptable était là aussi à écouter ce langage politiquement correct de la corruption. Alors, au grand étonnement de tout le monde, il intervint et dit au sultan qu'il était, lui, capable de faire cet inventaire en 40 jours s'il disposait des documents nécessaires. On peut imaginer l'étonnement et l'indignation dans la cour. Le défi était lancé et il ne fallut pas longtemps pour que le sultan l'accordât à Hassan.

Le petit comptable se mit à travailler nuit et jour entouré de quelques commis et d'espions. À l'approche du jour J et selon le rapport de ces derniers, le premier ministre au pouvoir tentaculaire voyait déjà sa tête tomber dans le plateau du bourreau. Les espions avaient effectivement rapporté que le bonhomme était fin prêt pour faire son rapport tel que le sultan avait demandé.

— Ce n'est pas une histoire inventée par toi-même Afshine ? lui demandai-je. C'est vrai tout cela ?

— En tout cas, tous les livres d'histoire de l'époque Seldjoukide relatent cet épisode avec suffisamment de détails pour que ce soit faux. La véracité du récit est aussi probable vu son importance dans l'ascension politique d'Hassan. Cet événement était la goutte qui débordait le vase chez cet homme fort de caractère et vertueux pris dans un milieu pourri.

Le premier ministre, l'homme politique forgé et trempé par le passage de quelques-uns sur le trône, celui qui avait résisté aux grandes tempêtes des événements, se voyait en danger imminent par un petit homme de rien du tout. Il était capable de parer les grands coups dans ce milieu impitoyable et pourtant l'initiative d'un subordonné sorti du peuple allait avoir raison de lui. Celui qui avait écrit un « traité de gouvernance » à l'adresse des hommes de pouvoir leur prodiguant toutes sortes de conseils, des plus cléments aux plus intransigeants, ne savait que faire face à un élément si insignifiant dans son administration. Alors il tenta un dernier coup, celui qui allait lui sauver la tête.

Le regard de la grande cour était fixé sur Hassan, chargé d'une grande pile de documents soigneusement rangés. Il commença son exposé et chercha la preuve, la première fois avec un peu de difficulté et se rendit vite compte qu'il y avait du désordre dans ses papiers. Au fur et à mesure qu'il avançait, il mettait trop de temps à mettre la main sur le document adéquat que l'un de ses assistants avait entremêlé à la demande bien rémunérée du premier ministre. La séance devint vite ennuyeuse pour le sultan devant un rapporteur qui n'avait pas les preuves de ce qu'il avançait. Du haut de sa morgue, le premier ministre conseilla ironiquement au sultan de la patience et de l'indulgence envers celui qui avait fait le travail de plusieurs années en 40 jours, mais rien n'y fit. Hassan se noyait tant et plus dans ses chiffres, ses lignes et ses documents éparpillés.

Le petit grain de sable dans l'appareil administratif fut vite retiré du circuit et Hassan eut la chance d'échapper à la sanction immédiate. L'histoire de sa fuite pour sauver sa peau est longue ainsi que son parcours pour devenir le chef d'un groupe « terroriste ». S'inscrivant dans une guerre de religion de son époque, une série de ses actions était axée sur l'élimination des politiciens corrompus. Les historiens sont tous d'accord sur l'habileté de ses hommes entraînés pour guetter, approcher et éliminer leur cible d'un seul coup de poignard. Beaucoup de récits et d'anecdotes témoignent dans ce sens. Le grand vizir lui-même connut le dard de la lame d'un de ses séides déguisé en mendiant.

Afshine avait horreur de parler de ces gens qui avaient semé la panique durant deux siècles.

— On construit sur du solide, disait-il, et non pas sur une fondation qui peut disparaître à tout moment. La peur des sanctions est efficace, mais pas durable.

— Et pourtant, continuai-je, l'idée était géniale, avoue-le Afshine. Tout le monde a peur, même les grands salopards. Profiter de quelque chose si inné pour imposer ne fût-ce que pendant un moment le droit chemin à celui qui a toute la possibilité de mettre le pied en dehors. Celui à qui l'on confie les deniers publics sait qu'il peut avoir tout le respect et le prestige qu'il cherche en tant qu'élu s'il reste honnête. Par contre, on sera sans pitié avec lui s'il trahit la confiance du peuple. Tu te rends comptes, tous ces gros et gras de ces dernières années en Belgique qui ont fait main basse sur l'argent public savaient qu'ils allaient se trouver un jour ou l'autre face à quelqu'un de bien entraîné au poignard.

Je me rappelle qu'Afshine me regarda avec un sourire aigre-doux.

— C'est trivial, me dit-il. C'est très primitif la justice et la violence privées. L'homme civilisé a légué à l'État ses droits. En tant que communiste et privilégiant à outrance le droit de l'État, tu devrais savoir de quoi je parle.

— L'État, l'État. Depuis longtemps l'État se montre incapable d'assumer son travail et ne peut assurer la justice et la protection physique et financière de ses sujets.

— D'accord avec toi, me dit-il d'un air sincère. Mais ce n'est pas une raison pour faire marche arrière. Sinon il y a des centaines de prétextes pour remonter sur l'arbre. Il faut aller plutôt vers l'avant au lieu de replonger dans la loi de la jungle. La culture de la terreur n'a rien de bon, même si, je l'avoue, ça me ferait moins mal au cœur de savoir que la victime est un voleur en col blanc plutôt que de pauvres gens conduisant leur gosse à l'école ou allant visiter leurs vieux parents. En Chine, on tire une balle dans la nuque des fonctionnaires corrompus. Cela arrête-t-il la prolifération de cette espèce ?

— Ah ! Tu veux que tout soit parfait, durable et permanent, lui dis-je.

— Pourquoi pas ? On a souvent un fort penchant pour la facilité et le ringard. Un peu de perfection ne fait de mal à personne et ça offre une base, aussi minime soit-elle, pour s'y greffer et progresser pas à pas. Cela dit, je te trouve très intéressé par Hassan et son mouvement qui ont eu, au demeurant, le privilège de s'attirer toutes les mauvaises considérations.

— L'histoire est écrite par le pouvoir.

— Exact. Évidemment, ce que nous savons d'eux, pour certaines raisons historiques, c'est à travers les écrits des adversaires qui n'ont pas hésité à les salir. L'intoxication était telle que le nom « hassissi », consommateur de hachisch en arabe, a probablement donné le mot assassin en français. On disait qu'ils fumaient cette drogue pour se mettre en transe et commettre de tels actes.

— Alors il fallait qu'ils soient sous perfusion permanente jusqu'à l'aboutissement de leur mission.

— C'est ça mon cher, tu as tout compris. Même les plus éminents hommes de lettres français ont disserté en ce sens dans la littérature. Ainsi, ces derniers ont contribué à épaissir un brouillard opaque sur l'espoir que représentaient de telles réactions extrêmes à la perfidie tout aussi extrême dont nous sommes capables. Mais bon, c'est l'histoire et on n'y peut rien. Des infos plausibles nous disent comment ils sont partis à la dérive.

— Quoi, on ne tuait plus par la suite pour établir la justice et pourfendre la corruption ?

— Évidemment que non. Ils utilisèrent l'arme de la terreur dans les régions sous leur contrôle dans un but de prosélytisme. Ils demandaient de dire une phrase en guise de profession de foi et celui qui s'en abstenait passait par le poignard. Ça aussi, nous a été rapporté par des sources hostiles, mais cela ne m'étonne pas du tout. Ça correspond bien à l'idiotie dont les hommes sont capables.

Afshine voyait toujours tout en noir. Avec lui, on était vite à l'apocalypse et il était inutile que je lui parle de l'idée qui avait germé dans mon esprit remplaçant la création d'un parti politique. Ces deux derniers siècles, tous les mouvements contestataires et partisans qui s'étaient versés dans la terreur prenaient la population pour cible. Ce qui contribuait à juste titre à leur discrédit. Et en attendant, les hauts responsables vivaient dans leurs grandes salles veloutées décidant en toute impunité du sort du monde. Il était temps que la donne change : protéger la population contre ces chancres.

J'en parlai à mots couverts et sans dévoiler les détails du mouvement à Sergio. Il était contre tout ce qui ne rentrait pas dans le moule du marxisme-léninisme pur et dur. « Du temps perdu, des efforts inutiles, disait-il, qui ne rentrent pas dans la ligne chronologique de l'aboutissement du communisme. »

Quelques questions et demandes d'éclaircissement m'obligèrent à en reparler à Afshine. Ses connaissances historiques m'étaient utiles, mais il me chassa tel un chien galeux. Il regrettait amèrement cette discussion dans laquelle, selon lui, j'avais pioché pour retenir la partie la plus inacceptable de l'histoire. Il était dans un état de désespoir et de colère à mon égard que je n'avais jamais vu depuis plus de trente ans. Il me voyait déjà en gourou entouré de mes séides, me mêlant des règlements de compte entre les voisins. Finalement, je décidai de me passer de ses avis et me contentai de boire notre bière en parlant de choses et d'autres.

Mes idées sont claires à présent, le choix est fait. Je sais comment je vais rendre service à la population et quelles seront mes activités futures. Aussi, les passages au Bistro de la Gare deviennent un peu difficiles pour moi. La réalisation d'une idée est chronophage, surtout que je ne suis plus seul depuis quelque temps. Le mouvement est lancé et je suis ravi de quelques soutiens de grandes volontés.

28

Il y a trois jours, nous prenions notre verre au bistro et aujourd'hui j'apprends la nouvelle de sa mort, celle de mon ami Eddy.

À mon arrivée, Sergio et Eddy se détachèrent tel un ressort de leur chaise.

— Mais, qu'est-il arrivé ? demanda Eddy.

— Tu t'es battu ? enchaîna Sergio.

L'œil au beurre noir que j'arborai ne m'empêchait pas de sourire, ce qui, selon eux, me rendait encore plus ridicule. Assis sur la chaise, je dus rassurer un par un les copains habitués du bistrot qui venaient me voir comme une bête de foire.

Depuis mon engagement à l'école, je participais activement à la fête de fin d'année organisée par l'ensemble de l'école et l'association des parents. Durant ces 30 ans de service, je n'avais jamais vu ce à quoi j'assistais ces deux dernières années.

Des bandes de casseurs viennent et mettent sens dessus-dessous la cour de l'école. Déjà l'année passée, ils avaient amoché gravement le prof de gym qui leur avait tenu tête. Et cette année, je savais qu'ils allaient revenir car ils étaient toujours dans les parages d'après ce que j'avais entendu des élèves.

— Et quoi, tu n'as pas parlé au directeur ? demanda Sergio.

— Je lui ai fait part de mon inquiétude, effectivement. Il a téléphoné à la police. Et la police lui a proposé de dialoguer avec eux le temps qu'elle arrive.

— Je suis sûr que toi, tu pensais différemment, lança Eddy tout souriant.

— Bien sûr. Que veux-tu dialoguer avec des jeunes qui sont venus casser et détruire les tables des petits exposants, tous élèves et parents d'élèves ? J'ai alors proposé au directeur d'annuler la fête, vu que résister n'était pas à l'ordre du jour ni pour lui ni pour moi.

— Résister, dis-tu, lança encore Eddy provocateur.

— Tu sais Eddy, en Iran, des casseurs, je n'en ai jamais vus, ils n'existaient même pas. Tu sais pourquoi ? Parce que tu peux entrer dans une telle fête pour casser, mais tu n'en sortiras que pour être amené à l'hôpital et ce grâce à l'intervention de tout le monde, du plus faible au plus fort. Mais je me fais vieux et je ne suis plus depuis belle lurette dans ces histoires. Ensuite, je n'ai pas trop insisté pour l'annulation non plus parce que je voulais voir un de mes protégés, un peintre en herbe, présenter ses œuvres.

— Et ce qui devait arriver arriva, dit Sergio.

— Comme tu le dis, cher ami. Ils ont renversé des tables dès l'entrée. Je vous épargne les détails. Benoît, mon ami peintre de 5e année, était livide. Je lui ai proposé de remballer aussi vite que possible ses tableaux le temps qu'ils arrivent jusqu'à nous. Il emballait ses deux dernières œuvres quand un des casseurs lui en a arraché une des mains. Il a frappé le tableau sur sa propre tête qui sortit alors du cadre. Je le voyais avec ce collier autour du cou vouloir prendre un autre tableau des mains de Benoît. Je me devais de l'empêcher. Il était étonné de me voir brusquement entre lui et sa victime. Il m'a lancé trois coups au visage, mais je pense que personne ne lui avait dit qu'il n'était guère facile de toucher un vieux guerrier, et pourtant une boîte de thé au jasmin venue de nulle part a explosé sur ma tempe.

— Et alors ?

— Plié en deux par la douleur, j'ai été roué de coups. Finalement les gens se sont interposés pour m'éloigner. Après leur départ, la police est arrivée. Elle s'étonnait que les casseurs s'en soient pris seulement à moi et insinuait une provocation de ma part. Je ne leur ai rien dit. De toute façon, s'ils n'avaient rien compris jusque-là, il n'y avait aucune raison que ce soit autrement.

On commenta le temps d'un verre la mollesse de la police à notre époque. Finalement, Sergio fit une réflexion qui était la formulation finale de bien des discussions entre nous trois au sujet des organes tels que la police :

— Sur le coup ça fait râler, mais c'est bien qu'elle soit comme ça, un peu à l'écart de la société et bridée. Chaque fois qu'on a demandé plus de pouvoir pour la police on l'a regretté après. C'est triste pour toi Afshine, mais je pense qu'il vaut mieux avoir la gueule cassée par des bandes de jeunes qu'une balle dans la nuque, parce que de la part d'une police toute puissante c'est ça que l'on risque n'est-ce pas ? Tu disais qu'en Iran il n'y a pas de casseurs, mais la police n'y fait pas grand cas de la vie humaine.

Malgré ces mots de Sergio, mes amis avaient l'air assez agacés, comme si quelque chose les avait touchés de plus près. Eddy regarda Sergio et lui demanda s'il pouvait faire quelque chose.

— Non et non, il ne faut rien faire, dis-je. Qu'est-ce que vous voulez, les amener devant chez eux dans un coffre de voiture ?

— Tais-toi un peu Afshine, me dit Eddy autoritaire en interrogeant du regard Sergio qui grattait son crâne dégarni.

— On devient vieux et hors du coup tu sais, dit ce dernier en commandant une série de bières. Il y a actuellement deux bandes de ce côté-ci. Je sais que le fils de David-tête-losange est dans l'une d'elles. Je vais lui demander des nouvelles. Si ce n'est pas eux, c'est la bande de Momo, alors là, je ne connais personne.

— Laissez tomber s'il vous plaît, dis-je encore. Ce sont des gosses et dans quelques années ils deviendront des pères et des mères de famille respectables.

— Des mères ?

Je ne répondis à l'étonnement de Sergio qu'en acquiesçant de la tête. Il y avait parmi les casseurs deux filles que je connaissais. L'une s'appelait Anissa, une vraie peste qui ne mesurait pas plus de 1m50 et l'autre était Delphine, grande, costaude avec au moins une dizaine de piercings apparents. À vrai dire, sur 6 je connaissais au moins 5 d'entre eux. Je disais que ça avait du bon d'être concierge d'une grande école depuis 30 ans.

Le lendemain soir, j'étais à table avec Viviana quand la sonnette retentit. J'y allai pour me trouver devant un médecin généraliste que je connaissais de loin. Il me salua chaleureusement et sans détour me fit part de ses regrets en montrant mon œil tuméfié. Je sus ainsi que c'était à son fils que j'avais eu affaire. Il avait été mis au courant du méfait de son garçon grâce à l'intervention d'Eddy par le biais de plusieurs personnes interposées. Il proposa même de me dédommager tout de suite et de prendre tous les soins en charge. Je voyais un père en désarroi face à son fils unique qui tournait mal. Je n'avais vraiment que peu de choses à lui dire surtout qu'une Parmigiana di melanzane (aubergines à la parmesane) m'attendait accompagnée d'une Viviana particulièrement consolante ce soir.

— Je ne sais que faire avec lui, me dit-il sur le point de partir. Impossible de lui parler calmement sans s'emporter. J'ai insisté qu'il vienne avec moi pour s'excuser, mais notre discussion a tourné à la dispute et il a quitté la maison avant mon départ pour ici. Ma femme vous connaît par le biais de quelques amies de son cercle de lecture et voulait m'accompagner, mais elle a dû rester à la maison au cas où il reviendrait.

Il me tourna si tristement le dos, les épaules basses et les pas traînants que je ne pus m'empêcher de murmurer : « Histoire d'enfant, histoire de chagrin et de sang. »

Comment ne pas être triste devant le sort lamentable d'un parent qui a vraisemblablement tout pour réussir ? Comment ne pas fermer à la hâte le portail et rejoindre à pas rapides ma si jolie Viviana, à une table bien garnie, qui me promettait une soirée pleine de tendresse ?

Et aujourd'hui, ce fut elle, Viviana même, qui me téléphona vers 15 h pour m'annoncer en hoquetant la mort d'Eddy.

Vers 18 h, la cour de chez Eddy était bondée. Tous les amis et voisins étaient là, débordant sur la rue. Gaëlle était absente et sa femme était là, mais elle aussi absente d'une autre manière. Les médicaments et les antidépresseurs avaient eu raison d'elle. Elle avait des mouvements involontaires, tremblait, les yeux hagards. Un débris laissé après une utilisation boostée par la compétitivité, la rentabilité et l'efficacité.

Le récit de la mort de mon ami circulait de bouche en bouche et se répétait inlassablement à chaque nouvel arrivant.

Il était avec un homme, marchant le long du canal entre le pont de Clabecq et celui de Oisquercq côté Forges. La jeune fille à cheval racontait qu'elle les avait ensuite vus de loin s'asseoir à deux mètres de distance l'un de l'autre et continuer à se parler. Elle passa devant une péniche, une sorte de garage avec un tas de pièces détachées de voitures éparses sur la bordure en herbe. Et un berger allemand squelettique dans une cage métallique aboyant par je ne sais quelle fidélité envers je ne sais qui. Son cheval avait peur, mais elle le maîtrisait. Elle arriva 30 mètres plus loin à la hauteur d'une autre péniche, celle-ci aussi délabrée que la première. Elle dit qu'elle vit l'homme avec Eddy 20 mètres plus loin se lever brusquement. Son cheval prit peur, se cabra, la désarçonna et mit un de ses pieds avant dans le vide et bascula entre le quai et la péniche. Elle dit qu'elle hurlait et criait au secours. Les deux hommes coururent vers elle.

Eddy vérifia qu'elle n'avait rien de cassé et la rassura sur ses légères égratignures. Mais le cheval était en train de se noyer dans l'espace étriqué entre le bateau et la berge. Ses rênes, bloquées dans les débris lors de la chute, tiraient son cou vers l'arrière, ce qui l'empêchait de nager ou d'avancer.

— Il faut couper ses rênes, dit Eddy. Ça lui tord le cou. Il pourra alors se dégager.

La fille dit qu'Eddy cria une deuxième fois assez fort, mais l'autre ne bougea pas.

— Donne-moi ton poignard, lui dit Eddy en enlevant ses chaussures.

L'autre fit « non non » avec la tête et Eddy demanda cette fois d'une voix autoritaire. Il sauta dans le canal, poignard à la main, pour sauver le cheval. Un court face à face entre l'homme et la bête qui se débattait et Eddy put couper la corde. Le cheval redressant son cou redoubla d'efforts. Eddy n'eut pas le temps de s'en écarter, le genou du cheval prit appui sur lui et puis le sabot de l'autre pied l'enfonça pour ne plus refaire surface.

Une heure et demie après, les pompiers retiraient l'homme et le cheval noyés des eaux du canal sous les yeux toujours effarés de la jeune fille.

— Et l'autre monsieur ? lui demandai-je quand je suis allé la voir chez elle, il a fait quoi l'autre monsieur ?

— Je ne sais pas. Je ne l'ai plus revu et je ne sais même pas quand il a disparu.

— Il était comment, quel âge il avait, il était du coin ?

— Non, je ne pense pas. Je ne l'ai pas entendu dire un seul mot. Il était vieux, entre 35 et 40 ans.

J'avalai ma salive à cette réflexion.

— Écoute ma fille, rappelle-toi bien. Eddy lui a demandé quoi précisément : donne-moi ton canif, donne-moi ton couteau ou comme tu as dit il a crié donne-moi ton poignard ?

— Non, non, ce n'était pas un canif. C'était un gros machin que l'homme a retiré de sa ceinture. Et quand le monsieur a sauté à l'eau, j'ai vu sa grande lame courbée briller sous le soleil.

Il est 11 h du soir et je suis seul chez moi enfoncé dans le fauteuil, pensif et perplexe. Je ne parviens pas à fixer mes idées. Tout vient et part en dehors de ma volonté et je me laisse aller à cette oisiveté. Je me surprends avec une phrase que je murmure toutes les x minutes. « C'est bien ainsi pour tout le monde. » Je pense que je n'ai jamais été aussi peu triste de la disparition d'un ami. Ils avaient été nombreux et pas un seul n'avait quitté la vie d'une mort naturelle. Le chagrin s'accumulait en moi à chaque perte sans jamais avoir le temps de faire leur deuil. Et l'ironie de l'histoire, maintenant que j'ai le temps, que je suis en paix et que personne ne me persécute, je suis à peine triste de la disparition de l'homme qui m'était tel un frère. Suis-je victime de la cruauté du temps, à me laisser emporter par un calcul stupide pour oublier mon ami Eddy, le père, le mari et l'homme généreux qu'il était ?

Je pense que le manque de tristesse vient peut-être du fait que je ne le crois pas mort. La trace d'un homme tel que lui ne s'efface pas avec quelques tasses d'eau dans les poumons ou le thorax défoncé par un cheval. Il a toujours décrié l'injustice, le mensonge et l'aberration déguisées en vérité au prix fort de s'exposer à toutes les flèches. Il a toujours utilisé les mots les plus durs pour défendre le droit des plus faibles. Mais Eddy, que faisais-tu accompagné d'un homme avec cette merde à la ceinture ? Tu n'avais pas besoin de ça mon ami ! Que dois-je faire maintenant avec ce que je sais ? Qui d'autre est au courant de tes agissements ?

***

Avant d'évoquer l'enterrement d'Eddy, deux mots sur un homme du peuple. Alain avait été élu ouvrier communal modèle il y a quelques années et il le méritait largement. Il parcourait les trottoirs à la recherche du moindre déchet. Après son passage, plus un mégot de cigarette ne traînait par terre. Il avait toujours refusé la pince à longue manche pour ramasser les déchets et se penchait à chaque fois pour les prendre et les mettre dans sa poubelle sur le chariot. De grande taille, sa démarche était celle d'une mère qui ramassait d'un geste court et rapide les objets éparpillés par ses enfants. Ce faisant, il bougonnait sans cesse en happant les déchets de sa longue main gantée. Injuriait-il, se disait-il écœuré de tant de détritus qui traînaient, ou se parlait-il par exemple de ses propres problèmes familiaux ? En tout cas, son air râleur pouvait suggérer l'un ou l'autre.

C'était le précédent bourgmestre qui l'avait pistonné pour avoir ce job à la commune. Un tel travailleur ne pouvait rester sans ressource à cause des petits handicaps qui le rendaient inapte à postuler ailleurs. À Tubize tout le monde connaissait Alain, l'employé communal, nettoyeur des rues super rapide, super consciencieux et râleur. Il répondait de la même manière qu'il travaillait au bonjour que les gens lui adressaient :

— Bonjour Alain.

— Oui, oui, bonjour, répondait-il en levant à peine la tête pour voir la personne.

— Bonjour, dit un autre passant.

Pas de réponse. On n'avait pas dit son nom donc cela pouvait être destiné à quelqu'un d'autre et il n'avait pas de temps à perdre avec ce genre de connerie.

Il connaissait très bien Sergio avec qui il faisait copain-copain. Il se redressait et se courbait vers l'arrière pour faire craquer ses vertèbres devant son ami.

— Salut mon vieux.

— Salut mon Genou, répondait-il à Sergio faisant référence à son crâne dégarni.

Leur amitié remontait à quelques années, à un moment où Sergio comprit avec l'intelligence qui le caractérisait que quelque chose n'allait pas entre lui et le propriétaire chez qui Alain louait un petit appartement. Sergio était intervenu et, en épluchant les preuves de versement du loyer, il s'était aperçu que de temps en temps Alain payait un mois en plus suite à la réclamation du propriétaire. Preuve sous le nez, ce dernier fut obligé de restituer les indus, ce qui valut à Sergio une amitié sincère de cet employé communal de mauvais poil aux yeux de tout le monde.

La journée particulièrement ensoleillée du mois de juin rendait cette cérémonie d'enterrement assez supportable. Appuyés contre le mur en pierre bleue de la paroisse Sainte Gertrude à la Grand-Place de Tubize, nous attendions l'arrivée du cercueil. Une cérémonie religieuse pour un communiste notoire peut sembler saugrenue. Mais c'était la volonté d'Eddy. D'ailleurs, Sergio et moi, nous voudrions la même chose aussi. À plusieurs reprises, nous avions parlé en ce sens et tous les trois, on était d'accord que la cérémonie d'enterrement à l'église répondait mieux au désir de rassemblement amical que le passage à la salle du crématorium. Dieu, l'église, la mort, la résurrection et l'idée que nous sommes sur terre pour une meilleure raison que d'autres animaux, le curé avec sa soutane et ses prières, l'odeur de cierges et la lumière tamisée, nous avons inventé tout cela depuis des siècles pour mieux rendre hommage à un disparu et il n'y avait aucune raison de s'en priver.

— Salut Alain.

— Oui oui salut Afaf, me répondit-il en ramassant une paille en plastique.

— Comment va Al ? lui demanda Sergio.

— Ça va mon Genou. Qu'est-ce vous faites ici ?

— On est venus à un mariage, patate, c'est pour ça qu'on est habillés en noir, tu vois.

Alain mit du temps à comprendre la vanne de Sergio. Pour ce faire, il continua à ramasser tout autour des gens qui attendaient le cercueil.

— Haha ! dit-il finalement en se levant de toute sa taille pour faire craquer sa colonne vertébrale. C'est l'enterrement de celui qui a foutu la merde aux Forges. Il paraît qu'il traversait la rue courant après son chat et il s'est fait écrabouiller par un cheval.

— Oui c'est ça Al, c'est bien lui, dit Sergio.

— Et qu'est-ce que vous foutez ici alors ? Vous êtes des gens bien, vous.

— Va travailler Alain, va travailler mon vieux, lui dis-je. Ne t'occupe pas de ces histoires.

Et il se remit à la recherche des déchets et à chaque pas qu'il faisait pour se lancer sur sa cible il s'éloignait d'un mètre de nous, tout en se parlant à lui-même. Et quelques minutes après, il nous revint avec la même allure, dans le même souci de ramasser le moindre objet par terre et aux mêmes pas de géant :

— Dis mon Genou, tu es sûr qu'il ne s'est pas fait écraser par un cheval ?

— Bien sûr Al qu'il s'est fait écraser par un cheval.

— Donc il courait après son chat quand il a eu le cheval en pleine poire ? C'est ça que les gens disent, tu sais.

— Oui c'est ça Al. Ça se passe toujours comme les gens le disent. Bonne journée Al.

Alain prit un air confus et céda au signe de main non moins amical de Sergio de s'éloigner. Je sentais une telle tension chez Sergio. Il s'était affaissé d'un coup, le dos courbé, les épaules pendantes, la tête baissée. Je mis la main sur ses épaules, le serrai contre moi. Je sentis une vibration continue de tout son torse. Je n'avais jamais vu Sergio pleurer auparavant.

Le corbillard s'arrêta sur l'esplanade, suivi par la voiture de Gaëlle et de sa maman. Je me précipitai pour aller soutenir la maman et Sergio fit autant avec la fille. Gaëlle était magnifique même en habit de deuil.

Le moment extraordinaire de la cérémonie d'hommage et d'adieu fut le passage de Gaëlle. On attendait d'elle un discours de circonstance comme à l'accoutumée. Mais elle alla vers le cercueil, munie d'un violon au bout du bras. Je ne savais pas qu'elle jouait du violon. Personne ne savait à vrai dire. Depuis quand était-elle devenue musicienne ? Elle se positionna face à son père, de profil au public. Elle épaula le violon et tint la tête avec tant d'élégance que j'eus difficile à réprimer la montée des larmes en moi. Alors que tout le monde attendait une prestation merveilleuse de sa part, elle sortit quelques notes les plus grinçantes, les plus crispantes et les plus désagréables qui puissent être. Des notes à griffer le mur jusqu'au sang. Puis vint un long moment de silence où elle garda sa position de violoniste. On était tous contents qu'elle ait mis fin à cette agression sonore. Quand elle remit l'archet sur les cordes, nous étions, je crois, tous prêts à nous boucher les oreilles. Mais il n'en fut rien. Ma chère Gaëlle sortit de son magnifique instrument une courte mélodie d'à peine 15 secondes d'une douceur extraordinaire dont seuls les instruments à cordes sont capables. Les muscles se décrispèrent et le sourire revint sur toutes les lèvres. Elle rabaissa aussitôt le violon, s'inclina devant son père et sans dire un mot, revint prendre sa place à côté de Sergio et de sa maman.

J'avais la chair de poule. Quelque chose de chaud et de rassurant se déplaçait dans ma poitrine. Je ne pouvais tenir sur ma chaise. Je devais sortir et prendre l'air. Mais ma place était trop précieuse pour la quitter à la première émotion, aussi énorme fût-elle. J'espérais de tout mon cœur que les autres avaient compris ce que cette fille voulait dire à son père. Un hommage grandiose, digne, à un homme qui était d'un amour sans condition pour sa fille. C'est le genre de choses que l'on ne peut dire à la personne tant qu'elle est vivante. Sinon vous imaginez le bonheur d'un parent à qui l'enfant dirait : peu importe aussi grinçant que tu sois pour les autres, pour moi tu es la mélodie la plus douce.

Le vide laissé par Eddy ne fut même pas rempli un seul jour par Gaëlle. Elle était pressée et était partie le lendemain sans que je puisse la rencontrer une seule fois plus calmement.

Sergio et moi continuons à nous voir une fois par semaine devant un verre de bière. Il est fatigué. Il se dit au bout du rouleau et a besoin de changer de vie. Il pense aller vivre en Italie dans son village natal où il a quelques ares d'oliviers, héritage familial.

— Bonne idée et en partant tu me laisseras ton Code civil. Dis, tu le mets à jour au moins ?

— Chaque année mon ami, chaque année. Promis, tu l'auras d'ici mi-août. Je ne sais pas si je vais regretter la Belgique mais je ne regrette pas ce que j'ai été dans ce pays. La seule personne qui me manquera c'est toi.

— Ça ira tu crois ? lui demandai-je. Tu pourras supporter l'Italie avec tout ce que tu racontais des tiens ?

— C'est vrai qu'ils sont un peu bizarres, mais je pense que ça ira. Tu m'as dit un jour que tu n'as pas fui la dictature, mais ton peuple et son milieu intello. Moi aussi, je ne supporte plus la foule et je vais m'occuper de mes oliviers et laisser tomber le social. J'ai assez donné et je suis plein de bosses et de cabosses. Je vais vivre sans chamailleries le temps qui me reste à vivre. Viens avec moi Afshine. Tu as encore un an à tirer ici et c'est le temps qu'il me faut pour m'installer convenablement. Dès que tu as ta pension, viens me rejoindre.

— Merci pour ta proposition, dis-je. Mais tu es vieux et tu as des poils au menton et au cul.

Il rit à gorge déployée se renversant sur le dossier de sa chaise et puis il revint se pencher sur la table, expression joyeuse du visage d'un sidérurgiste à la retraite.

— Salaud va. Qu'est-ce que tu en sais toi de mes poils au cul ? me dit-il. Toutes les femmes me disent que j'ai la peau des fesses comme celle d'un enfant.

— Mon dieu, mon dieu. Je ne connaissais pas cette qualité chez toi. Je vais bien réfléchir à ta proposition de mariage.

— Tu me dégoûtes, dit-il les yeux mouillés tellement il avait ri. On trouvera une mère et sa fille italiennes. Et puisque je suis plus âgé et plus mûr que toi, je te laisse la mère et je m'occuperai de la fille.

— La tête dans l'armoire à casseroles, c'est ça ?

— On fait comme on peut mon vieux quand il y a si peu de matière pour prendre son pied.

— Tu as raison, lui dis-je, mais la matière, il faut l'inventer mon ami.

— Quoi ? Fouet et menottes ?

— Ah, je déteste ça. À propos, tu n'as finalement pas su qui était avec Eddy au bord du canal, n'est-ce pas ?

— Non, volatilisé, me répondit-il. J'ai fait le tour de tout le monde. Impossible de savoir qui c'était. Ce qui m'étonne, dans ce que racontait la fille, c'est cette histoire de poignard. Comment Eddy savait-il qu'il avait un poignard sous la chemise ?

— Oui, c'est bizarre, en effet, enchaînai-je en me disant qu'un jour lointain je lui avouerais tout sauf si d'ici là quelques vermines de ce monde tombaient sous les coups de cette arme qui nous fait tellement peur.

29

Ça fait plus au moins 15 ans que mon association parcourt le monde pour offrir un moment de sourire à des gens qui en sont privés. Je n'ai jamais voulu qu'elle se transforme en une grande organisation internationale multi branches. De ce fait, mon équipe composée de 5 organisateurs, moi compris, s'installe dans un seul pays à la fois, on y tâte le terrain et puis on y organise des sauts de puce ou des circuits. En engageant les musiciens indigènes, nous prenons un soin particulier à choisir des instruments atypiques par rapport à leur culture pour avoir un effet inattendu.

Les quelques mois passés dans un pays donné n'ont que rarement été sujets à des surprises désagréables ou des incidents majeurs. Une cheville tordue par-ci, un instrument endommagé par-là, les désagréments se sont limités jusqu'à présent à un niveau tout à fait accidentel et acceptable. Mais ce qui nous a quelques fois laissé un sentiment d'amertume et d'incompréhension est la politique menée dans certains pays. Une politique de la peur, voulant surveiller ou contrôler tout ce qui bouge. D'habitude, je la remarque à mon premier passage à l'ambassade pour la demande de visa. Quand, au nom de l'association, je dépose les 5 passeports devant le ou la fonctionnaire, c'est le moment de vérité malgré tout ce qu'on aura dit de positif ou de négatif au sujet de ce pays. Les noms des peuples qui font rêver deviennent cauchemardesques face à 20 pages recto-verso du formulaire à remplir et au mépris dont je me sens l'objet sous le regard du grand portrait souriant qui supervise les visiteurs. Si la pauvreté matérielle attire souvent nos choix, la pauvreté politique y contribue aussi. Par expérience nous savons que les pays dominés par une politique religieuse ou au nom composé tel que République socialiste, République démocratique, République islamique ne sont pas à négliger. Quand on voit la nécessité d'accoler un adjectif à la république, autre que le nom du pays, on se donne sûrement le droit de réprimer la joie de vivre de sa population pour des raisons militantes. Jusqu'à présent, je ne me suis pas trompée. Et dans ces pays, un de principaux éléments de la politique intérieure tout comme celle de l'extérieur est la peur. Une région telle que le Moyen-Orient et ses alentours sont animés par la peur entretenue grassement et invariablement par tous ces États. C'est leur raison d'exister et de justifier leur despotisme.

Mais ces états ne sont pas tombés du ciel, ils émergent de la population. Ils puisent leur légitimité dans l'histoire et la culture de leur peuple même si ce dernier est souvent la victime immédiate de cette politique. Autrement dit, l'état est despotique parce que la culture l'est et l'admet. Le sommet cruel et criminel de la pyramide de l'autorité est basé sur une large fondation culturelle. Mais ça, c'est un discours loin d'être politiquement correct et n'a pas sa place ici, dans mes propos. Dire comme les Wallons, « bon chat bon rat », va m'attirer les flèches de tous les bien-pensants.

La conséquence logique de cette réciprocité relationnelle entre les états dictatoriaux et leur population est l'omniprésence de peur de nature multidirectionnelle. Ce qui veut dire que le danger est présenté d'une part et admis d'autre part. Il est alimenté et abreuvé par son ensemble d'acteurs : la population, l'État et l'Autre. L'Autre est souvent le voisin, parfois l'ennemi lointain et parfois, croyez-moi, inventé de toutes pièces. Pour schématiser, ainsi la Turquie a peur du Kurdistan, le Kurdistan a peur de l'Iran, l'Iran d'Israël, Israël du Liban, Le Liban de l'Arabie Saoudite, l'Arabie Saoudite de la Turquie, la Turquie de l'Arménie, l'Arménie de l'Azerbaïdjan et j'en passe. Si par magie on enlève la peur de ces régions, une des raisons principales de toutes ces tensions et guerres disparaîtrait. Mais pour ce faire, il faut d'abord déraciner une myriade de salauds de cette région ainsi que leurs soutiens en occident. Et puis surtout inculquer une culture de non-violence à ces régions hautement tribales, nationalistes et religieuses, trois graves maladies qui gangrènent les esprits de ces peuples. Est-ce possible ? Arrivant à cette conclusion, nous avons décidé de ne faire aucune démarche partisane ou militante. Tourner le dos à tout clivage politico-religieux et ne jamais participer à de chaudes discussions politiques le soir autour du feu. Il n'y a donc de prime abord aucune raison de se méfier de nous et de nous malmener. Malgré cela deux pays, par leur intransigeance et leur exécrable politique de terreur, nous ont marqués profondément. Animés par deux dieux différents, ces deux pays protagonistes se sont montrés particulièrement désagréables et agressifs sur le plan administratif et aux contrôles intempestifs. L'Iran et Israël ne toléraient notre présence sur leur sol qu'au prix fort de grandes tracasseries administratives et sécuritaires avant et pendant notre séjour. Ce qui nous encourageait bien entendu pour y aller, car celui qui ne tolère pas l'art est sans pitié avec ses semblables. Supporter un sourire innocent n'est pas dans la nature du despotisme. Heureusement, ce goût amer était neutralisé par l'accueil chaleureux de ces deux populations. On avait donc raison d'y aller.

Ainsi, nous circulons de pays en pays, accumulant la joie et la déception qui sont devenues les membres immatériels et à part entière de notre équipe d'organisateurs.

C'était précisément le dimanche 6 septembre 2015, vers 7 h du matin, dans un village haut perché de Géorgie que je reçus un e-mail de Viviana m'annonçant la mort d'Afshine le jour précédent. Elle s'excusait de me déranger et disait qu'elle avait demandé mon adresse à ma mère pour m'informer de cette triste nouvelle. Aucune explication sur la circonstance ni la nature du drame.

Cela faisait à peine trois mois que j'étais endeuillée par la mort de mon père et maintenant Afshine qui me quittait. Qu'est-ce qu'ils ont tous, mes amours, à mourir à de si courts intervalles ? J'étais assommée par la nouvelle et n'y croyais pas. Je lus et relus le mail. Sans trop y croire, je me dis que c'était peut-être une sale blague d'une ancienne concurrente. Raison pour laquelle je décidai de donner un coup de fil à ma mère. Elle me confirma la nouvelle de sa voix frêle et rajouta que Viviana était aussi au bord du suicide. La nouvelle était trop fraîche pour qu'elle connût les détails, mais je sus qu'il était mort asphyxié et brûlé dans l'incendie de l'école. Je décidai de rentrer en Belgique malgré tout ce que j'avais à faire en Géorgie. C'était mon Afshine à moi et je n'en avais pas 36 autres comme lui.

Arrivée en Belgique, je demandai à l'ami qui vint me chercher à l'aéroport de Charleroi de me conduire directement à l'école. Grille fermée, l'immeuble semblait effectivement avoir souffert d'un incendie sans être tout à fait démoli.

La surprise et la joie de ma mère avaient quelque chose de gratifiant. Je ne peux me rappeler, et ce depuis mon enfance, qu'elle m'ait prise dans ses bras. Mais cette fois-ci, elle me serra contre elle dès que je mis ma petite valise à terre. Son corps vieilli était tout petit. Je pensai tout de suite à une sous-alimentation assez avancée.

Sans tarder je téléphonai à Viviana que je pus voir 30 minutes après puisqu'elle vivait à 200 mètres de chez ma mère. Elle aussi fut surprise de me voir, se jeta dans mes bras et se mit à pleurer à chaudes larmes. Assise à ses côtés, sur le même canapé, je la laissai faire. Pendant 30 minutes, elle pleura et marmonna des phrases incomplètes et incompréhensibles se limitant parfois à un « je » ou « il était ». Finalement, elle se calma et me permit de lui poser quelques questions.

Afshine préparait l'ouverture de l'école en organisant une exposition de peinture de 3 élèves selon lui assez prometteurs, 2 filles et un garçon. Il l'avait déjà planifiée à la fin de l'année passée et les 3 artistes avaient tout l'été pour préparer leurs tableaux. Au début de la semaine, les peintres avaient décoré les couloirs à l'aide de leurs parents et d'Afshine, et collé des affiches explicatives. Ils passèrent tous ensuite dans son petit salon pour fêter entre eux l'évènement. Les parents étaient aux anges et les gosses un peu à cran malgré les mots rassurants des adultes. Afshine les avait drillés contre ce stress de première sortie de l'artiste, mais l'une des filles disait que depuis hier elle allait faire pipi toutes les demi-heures.

— Pendant toute la semaine Afshine peaufinait les détails, continua Viviana après un court sanglot, et vendredi soir quand je suis allée chez lui il se disait enfin prêt. Il avait préparé ses macaronis à l'iranienne.

— Une hérésie, une insulte à l'encontre des pâtes italiennes, dis-je à la manière de mon père.

Je lançais cet intermède amusant pour calmer Viviana qui se montrait prête à partir en pleurs chaque fois qu'elle prononçait le mot « il ».

— Il l'a fait parce que j'aimais ce plat. J'avais les yeux qui brillaient comme une gosse chaque fois qu'il retournait la casserole pour sortir ce gâteau de macaronis. Il ne le ratait jamais et prenait soin pour que le fond de la casserole soit doré. Tu sais qu'il prenait toujours ce plat et nos spaghettis avec un verre de vin rouge ?

— Non, dis-je.

— Si, si. Il paraît que les tout premiers jours, quand il s'était réfugié en Belgique, il était fatigué de la file qu'il y avait devant l'ONU à Bruxelles et il était allé prendre un spaghetti dans un petit bistro. La patronne le voyait fatigué et désespéré et lui demanda s'il voulait un verre de vin. Il s'en souvenait toujours et depuis je ne pense pas qu'il se soit mis devant une assiette de spaghetti sans un verre de vin rouge. Il disait que ce verre de vin offert et ce regard compatissant de la patronne étaient des souvenirs qui le gardaient debout quand le désespoir lui courbait le dos. Je ne l'ai jamais entendu se plaindre, mais il a souffert dans cette putain de vie, tu sais.

Viviana s'arrêta, prise par l'émotion, elle avalait sans cesse sa salive. Je ne savais que peu de choses de lui, des bribes d'histoires et ce par l'intermédiaire de mon père. Ça suffisait largement pour comprendre ce que Viviana disait au sujet de l'homme qui m'avait durablement marquée.

— Je restais chez lui pour la nuit, continua-t-elle. J'adorais me blottir dans ses bras quand il me lisait ses derniers poèmes. Il aimait ça aussi et m'a dit qu'il regrettait que cela ne plaisait pas à Sara, sa pauvre femme tuée en Irak. Apparemment la poésie donnait des boutons à Sara alors comment veux-tu qu'elle se mette dans ses bras et écoute ses vers ? Qu'est-ce tu veux, on ne peut pas tout avoir non plus chez une personne. Il était tout content de l'organisation de cette expo et tenait à ne pas trop se manifester et à la surveiller de loin. Cette idée de faire du bien et de rester invisible pour ne pas faire de connerie, il me le lisait en forme de poème mais je ne peux pas te le dire. Je pense qu'il est toujours sur sa table de chevet. Bref, ce soir-là, on était en train de faire... humm...

— Mamour, dis-je pour la soulager.

— Oui c'est ça, quand il s'est levé en disant qu'il avait entendu des bruits. Je viens avec lui au pas de la porte. Il regarde et me dit qu'il va jeter un coup d'œil parce qu'il ressentait une présence. Il s'habille brièvement et court vers la porte d'entrée. Je fais de même après m'être couverte un peu plus. C'est quand je suis arrivée devant l'entrée que je le vois sortir précipitamment avec deux tableaux en main.

Il avait l'air effrayé, je ne l'avais jamais vu comme ça mon Afshine, lui qui était toujours calme. C'est alors qu'il me dit d'aller téléphoner aux pompiers que j'ai senti l'odeur du feu. « Je ne peux pas aller vers les bureaux. Va vite téléphoner, je vais essayer de dégager les tableaux que je peux. » Je le prends par la main et lui demande de ne pas entrer dans le bâtiment en feu et il me dit simplement « d'accord je vais faire attention ». Je reviens vite après mon coup de fil. Le feu avait pris de plus belle et maintenant je voyais la fumée sortir de partout. Je regarde les tableaux qu'il avait sortis, il n'y avait que les deux que j'avais vus. Donc après mon départ il n'était plus revenu vers l'extérieur. J'entends la fenêtre d'une classe s'ouvrir et plusieurs personnes ont sauté dans la cour en rigolant. C'était de jeunes voix, peut-être bien aussi celle d'une fille. Ils ont déguerpi et m'ont laissée seule devant l'entrée. Je criais après Afshine mais il ne revenait pas. J'ai essayé d'entrer, mais il y avait trop de fumée. Je reviens vers les deux tableaux et me suis mise de côté, très bêtement, comme si je devais les protéger. Les pompiers arrivent et je leur dis qu'un homme est à l'intérieur. « Bien madame, on va s'occuper de votre mari, dit le commandant. Olivier tu veux bien éloigner madame s'il te plaît ? » C'était bizarre qu'il m'ait traitée comme sa femme. Le pompier qui me ramenait vers la conciergerie me rassurait tout le temps et avec son appareil il a demandé quelqu'un pour m'accompagner. Une femme est venue quelques minutes après pour le remplacer.

Je ne sais pas combien de temps cela a duré, peut-être bien 45 minutes, pour qu'ils arrivent à maîtriser le feu. Le même pompier, Olivier, est venu me revoir. Il a d'abord demandé à sa collègue si tout allait bien et puis m'a dit sèchement : « Madame, nous avons trouvé votre mari. Il est mort brûlé. Une ambulance l'a emmené à la morgue. Je suis désolé. »

Viviana se remit à pleurer, mais dans un silence digne. Je ne pouvais me retenir, je l'accompagnai aussi. Elle continua son histoire morbide et celle de la nuit épouvantable qu'elle passa toute seule d'abord à l'école et ensuite à la maison quand au milieu de la nuit elle regagna son domicile à Clabecq.

— Les pompiers sont partis et m'ont laissée seule. La dame qui était avec moi, la psy, s'est assurée que je pouvais rester seule avant de me quitter. Après leur départ, je reviens vers l'entrée, les deux tableaux étaient piétinés et démolis par le passage des pompiers. Je reste je ne sais combien de temps à cet endroit et puis je reviens vers la conciergerie. Ah, j'aurais donné toute ma fortune pour revoir Afshine à l'intérieur sur le canapé, mais la maison et le lit défait étaient vides. J'y attends quelques heures et puis je rentre chez moi. Le lendemain, vers midi, un policier vient me voir ici à la maison pour le suivi de l'enquête. Il paraît que les casseurs avaient tout démoli au premier étage. Et on avait trouvé Afshine allongé à côté de trois tableaux. Une barre de fer un peu plus loin au milieu du couloir indiquait une agression contre lui. Selon le policier, il était mort sous le coup qui lui avait défoncé le crâne et les brûlures étaient postmort...

— Post mortem.

— Oui c'est ça.

— Ils ont arrêté les casseurs ? demandai-je.

— Je ne pense pas. Ça ne fait qu'une semaine tu sais. Mais je sais qu'ils ne savent pas qui c'était.

— Et toi, tu les connais ? Tu les as vus, n'est-ce pas ?

Viviana ne les connaissait pas et dans l'obscurité elle n'avait décelé que des ombres traversant la cour vers le portail.

Je passai une nuit blanche parsemée de cauchemars dès que je m'assoupissais un peu. Afshine n'était pas n'importe qui pour moi. Je ne pouvais tourner le dos à sa mort tragique et m'en aller vaquer à mes occupations. Il était la moitié de ce que j'étais et tant que je n'étais pas fixée sur les circonstances exactes de sa mort je ne pouvais me permettre de le laisser tomber. Au début, j'étais résolue à aller à la police et demander à connaître la suite de l'enquête car mon Afshine n'avait pas de famille de premier degré ici en Belgique. Pensant toute la nuit à lui, à la police et à ses meurtriers, je décidai finalement de rester dans l'ombre. Et pour cause, une idée germait en moi. Je la rejetais au début et au fur et à mesure de l'avancement de la nuit, elle prenait corps, devenait évidente. Au petit matin, un plan s'était échafaudé et j'étais sûre que j'allais le réaliser, seule ou avec Viviana.

À 8 h sonnantes, je lui téléphonai. Elle n'était pas encore tout à fait réveillée. J'allai la voir une demi-heure après. Devant la tasse de café j'allai vite au sujet.

— Veux-tu venger ton homme ? lui demandai-je.

Comme si elle attendait une telle question, sans se montrer surprise, elle avala d'un seul trait le restant de son café.

— Je donnerais la moitié de la fortune que mon père m'a laissée, me dit-elle assez résolue. J'y ai pensé, mais que veux-tu que je fasse seule ? Tu sais, j'ai dit à la police que je n'avais aucune idée de qui étaient les casseurs, mais avec ce qu'Afshine m'avait dit au mois de juin suite à son agression et aux quelques noms que je lui ai soutirés, je pense bien que c'étaient eux. En tout cas, j'ai cru reconnaître ce gros boudin de Delphine. Si c'était elle alors l'autre, Jacques, le fils du médecin, je le connais aussi.

Elle se replongea dans le silence, caressant le rebord de la tasse avec son fin index manucuré.

— On parle de vengeance, dit-elle finalement, mais je ne pense pas qu'Afshine aurait aimé ça, tu sais. Au cours de ces années avec lui j'ai appris qu'il n'aimait pas du tout les gens qui s'étripent.

— D'accord, mais il n'est plus, dis-je en oubliant tout ce que moi aussi j'avais appris de lui. Il est à la morgue, dos cramé et crâne défoncé. Maintenant c'est toi et moi et nous n'allons pas laisser ses meurtriers se balader en toute liberté et se dire quand ils se saoulent : « Tu as vu comment j'ai démoli la gueule à ce sale concierge de merde. » On va le venger Viviana. Aide-moi à le faire. J'ai fait tout un plan, si tu les connais ça me facilite déjà la première étape.

— Il ne faut pas de plan tu sais. Je peux mettre facilement la main sur Jacques. Je l'ai vu quelques fois au supermarché. Il me fait des yeux doux et pourtant j'ai l'âge de sa grand-mère.

Elle était retombée sur ses pattes. Je revoyais maintenant sur son visage le désir de vengeance.

— Tu vois, à deux c'est plus simple, lui dis-je. Comme ça tu gardes l'héritage de ton papa. Au fait, ça s'élève à combien la moitié de sa fortune ?

Je posai cette question connaissant son père. Elle sourit :

— 1000 Euros, me dit-elle en italien. Pourquoi tu t'étonnes ? Je lui disais toujours, papa si tu pouvais gagner l'argent aux casinos, ils fermeraient, ils n'impriment pas de l'argent quand même. Et encore heureux qu'il ne m'ait pas laissé de dettes.

Elle se replongea dans le silence et son doigt retomba sur le rebord de la tasse.

— Je n'ai pas la chance avec les hommes tu sais. Un père dépensant tous ses sous pour l'amour des cartes et des jupons. C'est moi qui ai dû payer son enterrement. Un mari voleur, un videur d'usine, une crapule, qui se fait assassiner et puis on me dit de me taire si je voulais garder ma pension de veuve. Et puis mon Afshine, celui-ci ne jouait pas, n'était pas voleur et il ne passait pas toutes ses soirées au bistrot et ne rentrait pas agressif et puant l'alcool. Il avait la tête à ses livres et à ses écrits. Il était serviable, son café était dégueulasse, il cuisinait mal, mais était magnifique au lit, un amour quoi. Et on me l'assassine aussi. Je ne sais pas ce que j'ai fait au bon dieu pour mériter tout ça. Il vivait de son côté, moi du mien et on se mettait ensemble deux ou trois soirées par semaine pour passer des moments agréables. Regarde maintenant où j'en suis. Ici dans mon salon, pensant à le venger. Vie de merde et de chien.

Elle dit la dernière phrase en italien.

— Je suis désolée Gaëlle, reprit-elle aussitôt, j'ai beaucoup chialé, mais tu sais, tu es la seule à qui j'ai dit ces petits détails de ma vie. Parlant de ces détails, on ne va pas faire comme s'il n'y avait rien entre toi et moi. Tu as fréquenté mon mari pendant longtemps et nous ne sommes jamais expliquées depuis la mort d'Aello. Je ne sais pas ce que tu peux me dire là-dessus sinon me présenter des excuses.

— Ça s'est passé il y a 20 ans Viviana. J'étais jeune et un peu déboussolée. Aello n'était qu'une aventure de passage pour moi, sans plus. Je ne suis même pas allée à son enterrement. Pourtant il était un bon amant.

— Un bon amant, c'est ça ? répliqua-t-elle sans animosité. Et dire que c'est moi qui lui ai appris comment faire. Au début il était bête, ne pensant qu'à tirer son coup mais c'est vrai qu'il apprenait vite.

— Eh bien tu étais une bonne professeure. Si ma relation avec Aello t'a fait mal je suis mille fois désolée et je te demande pardon.

— Pour finir avec cette histoire, sache que tu ne m'as pas causé de tort. Tu me soulageais même d'un fardeau lourd à porter pendant à peu près 5 ans.

— Dis, revenons à cette histoire de casseurs. On en expédie en enfer un ou plusieurs ?

— On va d'abord piéger ce connard de Jacques. Nous allons voir la suite, tu es d'accord ?

— Si. À partir de maintenant on va s'ignorer au grand jour et on ne se téléphone plus, surtout pas de SMS ni de mails. Si tu veux me voir, tu mettras un mouchoir en papier dans notre boîte aux lettres. J'en ferai autant si je vois la nécessité de te rencontrer. N'écris rien dessus. Alors je viens chez toi la première fois à 8 heures, à chaque fois je recule le rendez-vous d'une heure et après trois passages je l'avance d'une heure en reprenant à partir de 8 heures. Mais je ne pense pas que c'est nécessaire ces détails. On va essayer de finir ça le plus tôt possible.

— Je n'ai pas du tout compris comment faire avec les heures.

Je lui réexpliquai et elle me regarda les yeux arrondis d'étonnement.

— Tu es dans l'espionnage dis donc ? me demanda-t-elle.

— Moi non, répondis-je. Mais il paraît que mon père était un espion des Russes et des Libanais.

— Pauvre Eddy, dit-elle tristement. Au fait, tu me talonnes toi. On a eu les mêmes hommes dans nos sillons si je peux dire ainsi. Et tu as perdu les tiens comme j'ai perdu les miens. Avec 20 ans en moins, tu n'es pas mieux lotie ma pauvre.

Quelque chose me poussait à verser des larmes à mon tour et à me lamenter sur mon sort, mais j'étais trop prise par ce désir fou de me venger. Au fait, elle avait raison, mes hommes me quittaient et laissaient des vides autour de moi. Je n'avais que 38 ans et aucun homme sur qui compter dans les parages.

— Tu as raison et je ne sais pas ce qui se passe, lui dis-je. Ils me quittent tous.

— C'est qu'ils vivent comme des chiens, les hommes. Ils mangent, boivent, baisent et puent comme des chiens, c'est tout. C'est leur vie et nous sommes là à les regretter et à les pleurer. Toi qui voyages beaucoup, tu me diras un jour, si ailleurs, ils vivent mieux qu'ici.

Avant de quitter Viviana, je lui fixe rendez-vous pour le lendemain soir à 8 h. J'allais lui déposer ce dont elle avait besoin pour Jacques.

— Tu peux le mettre, lui dis-je, dans n'importe quelle boisson, même alcoolisée. Pendant plus ou moins une heure il sera comme un enfant sage. Prends-le par le bras et conduis-le où tu veux. Attention ne le bois pas toi-même par hasard sinon c'est lui qui te conduira où il veut.

Nous réglâmes encore quelques détails et puis elle me remit une enveloppe contenant les écrits d'Afshine que je lui avais demandés.

— Je sais qu'il les faisait pour toi. Une fois fini, il collait le rebord de l'enveloppe et ne les ouvrait jamais. Je les ai prises avec quelques autres trucs tant que la conciergerie et l'école n'étaient pas sous scellés. Sache que je ne les ai pas ouvertes non plus. Si un jour tu veux, tu me diras ce qu'il écrivait. Je ne sais pas pourquoi au juste, mais il t'aimait beaucoup. Va maintenant, a domani allora.

— A domani.

Le lendemain, je vis Viviana excitée telle une puce.

— Tiens, prends-le, me dit-elle en me tendant un trousseau de clés. Ce sont les doubles que j'ai gardés. Va à l'école demain avant nous, au premier étage, je l'amènerai vers 19 h 30. Tu peux briser les scellés et abîmer les cylindres avec un clou pour qu'on ne voie pas qu'on est entrées avec une clé. Sinon on viendra vite me chercher.

— Comment tu as fait si vite ?

— Je te raconterai après. Va maintenant j'ai des coups de fil à donner. Au fait, tiens, ce coquillage. S'il m'arrive quelque chose dans cette histoire, tu le mettras dans sa main quand la police autorisera l'incinération. Il l'avait sur son bureau et le manipulait entre ses doigts en réfléchissant quand il écrivait.

Une semaine après, dans l'avion vers Tbilissi, je révisai mon acte. Impossible de lui fixer une autre qualification que celle de meurtre. J'avais assassiné un garçon de 23 ans au nom d'un sentiment personnel. Jacques s'était montré très agressif quand l'effet du sédatif fut estompé et pour nous défier et nous menacer du même sort, il avait même expliqué ses gestes dans les détails et le coup qu'il avait porté à la tête d'Afshine. Mais fallait-il le tuer pour autant comme je le fis aidée par Viviana ? Face à l'arrogance de Jacques, celle-ci était tellement en colère qu'elle voulait le brûler vif mettant une deuxième fois le feu à l'école. Je dus la calmer à plusieurs reprises, sa voix aiguë en criant aurait pu alerter des voisins pourtant assez loin. Est-ce que cela justifiait que je le tue de la même manière qu'il l'avait fait avec Afshine ? J'avais tordu la barre de fer que j'avais prise avec moi tellement que je l'avais frappé à la tête. Je me rappelais qu'au premier coup, il cessa de nous insulter. Il commença à baver quand Viviana lui demandait continuellement « Ça fait quoi ça heeein ? Ça fait quoi connard, pourquoi tu ne parles plus ? » La colère que j'avais contre lui ne s'était pas calmée avec le premier coup. De toute façon, je devais finir le travail que nous avions commencé. J'écrasai littéralement la barre de fer contre sa nuque et sa tête et je n'arrêtai que quand il se courba. La transpiration me coulait le long de la colonne vertébrale et je commençai à baver aussi. Je me rappelle qu'en assénant les coups je fermais les yeux. Je ne me rendis compte de ce détail que plusieurs jours plus tard et ce fut important pour moi. On ne ferme jamais les yeux en faisant le bien. Une autre chose étrange encore, une excitation purement sexuelle s'était emparée de moi dès les premiers instants où je sentis ma domination sur lui. Étonnée au début, je sentais mon entrejambe chauffer. Je mouillais. Et quand je l'achevais de mes coups c'était aussi pour finir mon orgasme.

La dernière image qui m'est restée à jamais c'était celle de Jacques, les mains liées au dossier d'une chaise et la mousse des extincteurs que Viviana et moi vidions derrière nous pour effacer les traces de notre passage.

À quoi servit ce meurtre sinon à m'offrir le plaisir d'assouvir un désir ? J'ôtai une vie, en effet, pour me faire plaisir et ce au nom de quelqu'un qui avait horreur de la violence sous toutes ses formes. Aveuglée par une colère indomptable j'avais même oublié ce que je m'étais donné comme direction de vie. J'avais laissé un diplôme de médecine pour offrir le sourire et je venais pourtant de commettre un acte qui ne faisait sourire personne. Un fait non réversible et incompatible avec ce que je m'étais donné comme but ces 15 dernières années. Je n'avais pas besoin de ça, non. Tuer pour venger la mort d'un être cher était l'acte le plus insensé que l'on pouvait commettre. Que devais-je faire maintenant ? Je ne croyais pas trop à la justice des hommes pour aller me dénoncer. Dans ce cas je mettrais Viviana en cause. Je devais donc me punir moi-même. Oui c'était ça, je devais me punir. D'ailleurs, Afshine agissait comme cela avec lui-même chaque fois qu'il faisait une connerie à ses yeux. Il se punissait selon le cas d'un jour, deux ou trois jours de jeûne total. Il se privait de nourriture car c'était son point faible. C'était son péché mignon de manger et il se plaisait à dire ensuite qu'il s'était régalé. Mais moi qui me foutais de la nourriture, qu'est-ce que je pouvais faire pour un meurtre ? Je mis longtemps à penser à ce que mon père et Afshine auraient dit si je leur avais raconté l'histoire. Papa n'aurait probablement pas approuvé, mais pas rejeté non plus. Il était d'ailleurs capable de ce genre d'acte à mon sens. Il était très légaliste, mais n'aurait pas hésité à donner un coup de main personnel à la justice. Mais avec Afshine, lui, cela aurait sûrement été autrement. Il aurait certainement souri amèrement, sans dire un mot. Mais son silence aurait été l'équivalent d'un grand discours, comme s'il me disait : Ainsi, tu as admis la nature la plus inadmissible, la plus archaïque et la plus ignoble de l'homme. Toi qui étais si prometteuse et si attentive à tes faits et gestes.

J'aurais voulu visualiser le nombre de kilomètres que l'avion parcourait en m'éloignant de Clabecq, mon lieu de naissance, de tous les gens que je connaissais, de ceux qui m'avaient appris à être à la fois la meilleure et la pire

Le ronronnement du moteur de l'avion me berce. J'ai les yeux qui se ferment, je rêvasse.

Je pense que je vais arrêter à mon tour la rédaction de mes mémoires pour les relire dans un an et demi, à l'anniversaire de mes 40 ans, tel que c'était convenu avec Afshine et mon père. Leurs textes à eux sont dans une farde à l'abri chez maman et je me garderai de les lire avant cette date par fidélité à la parole donnée. Je ne sais pas ce qu'ils ont écrit sur les événements des Forges, sur eux-mêmes et mon adolescence. Il me tarde de les lire. J'ai énormément de questions auxquelles des réponses me feront un grand bien. J'en ai grandement besoin car je me suis toujours offert ce chic de mettre les choses à leur place dans ma tête. Je vous avoue que ces derniers temps je suis un peu perdue parmi tous ces débris que j'ai accumulés dans ma pensée sans me donner la possibilité de les ranger. Ils m'encombrent et je dois trouver quelques jours de retraite pour y mettre un peu d'ordre.

Une longue randonnée de 20 jours à pied, peut-être dans les montagnes de Géorgie. Je me lèverai au matin avec l'idée de consacrer la journée à telle ou telle personne. Je me vois déjà lui dire tout ce que j'ai sur le cœur et puis me mettre à sa place pour se défendre. Je vais parler, raisonner calmement ou me mettre en colère, hurler et crier des noms à déchirer le silence de ces magnifiques montagnes. Je sais qu'au bout de plusieurs journées de marche j'en serai quitte avec mon père et Afshine. Il me faudra aussi un jour entier pour ma mère et peut-être même quelques matinées pour des amis et des amants. Je ne dois oublier personne et rien : ceux qui m'ont permis d'avancer et d'autres qui m'ont freinée, ceux avec qui j'ai passé des moments agréables et d'autres qui constituent le trait noir et les points puants dans ma mémoire. L'important c'est qu'au bout du temps imparti à chacun, je puisse mettre le compteur à zéro, que tout soit dit et que je ne revienne pas à mes occupations avec le cœur encore encrassé. Je sais d'avance que j'aurai fort à faire avec quelques personnes. Mais je sais surtout que j'aurai très difficile avec une question encombrante qui me taraude depuis une semaine. Pourquoi mon histoire avec Afshine s'est-elle finie de cette façon ? Pourquoi je n'ai pas osé l'arracher de cette école, aller par exemple nous installer dans une vallée perdue en Sicile ? J'aurais pu le raser de mes propres mains deux fois par semaine, percer tous les points noirs sur ses fesses, le bichonner, le couvrir de bisous, lui faire l'amour une fois par jour, lui offrir quelques gosses et l'entendre parler et transmettre à mes enfants tant de tendresse qu'il portait en lui.

Qu'ai-je fait avec celui qui était mon idole, celui qui a quitté un coin pourri du monde pour ne pas tuer ni être tué, pour rendre son dernier soupir dans les bras aimables d'une femme et dans un lit douillet au lieu de mourir tel un chien dans une rue sous les balles ? Rien, je l'ai ignoré, je l'ai laissé périr dans les flammes du temps et brûler dans la bêtise de notre jeunesse décadente. Je n'étais pas assez forte pour prendre en main mon destin sentimental, ni pour tendre le bras et ramener tout près de moi la personne qui m'était si chère.

Notre histoire d'amour avait tous les éléments pour nous rendre heureux et constituer une bulle d'espérance.

Mais elle a fini de la manière la plus noire qu'il soit et j'en suis en partie responsable. Lui à la morgue et moi en vulgaire meurtrière et puis c'est tout. Comme tant de rencontres sans suite, inachevées et oubliées, tant d'espoirs et de désirs jamais réalisés. Cette histoire nous a condamnés à un éloignement forcé dans la mort et la peine. Je ne suis pas étrangère à cette tournure, moi qui ai toujours voulu écrire moi-même mon destin.

C'est dans mes habitudes de tout détruire derrière moi. Et puis vouloir reconstruire sur les débris que j'ai laissés. Épargner pour mes vieux jours n'était jamais un souci pour moi. Je n'ai pas eu la sagesse de préserver de petits éléments de bonheur, de conserver jalousement de menues étincelles dans mon bagage secret.

Un petit signal sonore indique aux passagers de boucler la ceinture. C'est vrai que les trous d'air commencent à secouer réellement l'avion. J'exécute l'ordre sans trop de conviction. Entre nous soit dit, un crash m'arrangerait beaucoup. Cela m'est égal de mourir. Je suis vidée de toute pulsion de survie. Alors, ces maudits trous d'air peuvent m'emporter moi et ce petit monde autour de moi. En attendant, je ferme les yeux et je songe. Une page s'ouvre à moi, l'image de mon père. Une chaleur m'envahit tout entière. Il est là, devant moi, avec son sourire habituel, ses yeux qui m'ont toujours exprimé l'amour et la tendresse. Je tends les bras et prends sa main dodue entre les miennes. Je voudrais lui dire tellement de choses mais les mots se bousculent et j'en sors pêle-mêle quelques-uns. Je sens ses bras solides m'entourer pour me soutenir, me calmer et m'insuffler cette force qu'il avait en lui. Je me suis toujours sentie en ce moment aimée à l'extrême, intouchable, inviolable telle une place forte qui peut traverser le temps sans crainte aucune. Je sens le parfum délicat de son after-shave mêlé à une odeur un peu âcre comme celle de l'eau dormante du canal. Parmi tout ce que je voulais lui dire, je ne parviens qu'à prononcer quelques mots disparates : « Paaa, pourquoi... tu ne m'as... pourquoi ? » Il s'écarte tout doucement de moi, mais je ne vois plus son visage. Il n'y a que la douceur de sa main au contact des miennes qui me dit que c'est lui. Et puis le parfum de son after-shave mélangé à cette maudite odeur d'eau du canal. Je baisse un peu mon regard pour déceler au travers des tissus mouillés son torse défoncé, un trou noir sans fin. J'essaie de crier sans savoir si je dois m'éloigner de lui ou le reprendre dans mes bras. Je me réveille brutalement. Le passager voisin, un monsieur âgé à la moustache abondante toute blanche, laisse aimablement ma main dans la sienne. Je suis en nage et je me sens un peu honteuse. « Je me suis permis de demander un verre d'eau pour vous, me dit-il. Vous faisiez un cauchemar. »

Je ne savais que répondre à ce brave homme qui tenait toujours tendrement ma main. Il me la lâche, en la déposant attentivement sur l'appuie-bras. Puis, il me tend le verre d'eau et me sourit pour exhiber dans toute leur splendeur ses dents clairsemées aux couleurs repoussantes.

Je le remercie et bois une gorgée avant de refermer les yeux.

Parus chez maelstrÖm reEvolution

Poésie

La poésie est un acte. La meilleure poésie c'est notre vie.
Désocultez votre poésie.

René Daumal *Poème à Dieu et à l'Homme* · Anne Waldman *Harmonies Jaguar / Jaguar Harmonics* (livre/CD) · Tom Buron *Nadirs* · Collectif L-SLAM *On ne s'excuse de rien !* · Dominique Massaut *Débordements* (livre/CD) · Pascal Leclercq *Analyse de la menace* · Laurence Vielle *Domo de Poezia* (livre/CD) · Gioia Kayaga *Tram 25* (livre/CD) · Léo Beeckman *Poèmes quantiques* · Otto Ganz *Du fond d'un puits* · Daniel De Bruycker *9 Neuvaines 4 à 6* · Cee Jay *Le prophète du néant* · Rolf Doppenberg *Sel de nos veines* . Sohrab Sepehri *Histoire de lune d'eau et de vent* · Benjamin Pottel *J'infiniments nous* · David Giannoni *La foi la connaissance et le souvenir* · Michel Bulteau *Fantômes et vivants* · Antonio Bertoli *Astres et Désastres/Astri e Disastri* (livre/DVD) · Jack Hirschmann *L'Arcane du Viêt-Nam* · Amir Or *Dédale* · Laurence Vielle *OUF* (livre/CD) · Kenny Ozier-Lafontaine *Billes* · Daniel De Bruycker *9 Neuvaines 1 à 3* · Lawrence Ferlinghetti *Poésie Art de l'Insurrection* · Lawrence Ferlinghetti *A Coney Island of The Mind* · Lawrence Ferlinghetti *Blind Poet (Poète aveugle)* · Alejandro Jodorowsky *Solo de Amor* · Alejandro Jodorowsky *Les pierres du chemin* · Alejandro Jodorowsky *De ce dont on ne peut parler* · Serge Pey *Droit de Voirie* · Serge Pey *Appel aux Survenants* · Antonio Bertoli *Territoires du Cœur* · Gaston Compère *Lux Mea* (livre/CD) · Fernando Arrabal *La pierre de la Folie* · Anne Waldman *Fast speaking woman* · Dwayne Morgan *Le Making Of d'un Homme* · Martin Bakero *ViceVersa* · Marianne Costa *Pin-Up Chrysalide* · Werner Lambersy & Otto Ganz *Ecce Homo* · André Beem *La Traversée d'Ici* · Daniel De Bruycker *Jātaka de l'Arbre*

Romans & Nouvelles

Evrahim Baran *Le Syndicaliste, le Soufi et moi* . Sophie Favennec-Buyse *Amour et Kabbale* . Jean Claude Bologne *L'âme du corbeau blanc* . Otto Ganz *Les Vigilantes* . Rose-Marie François *La Belle enceinte* . Patrick Lowie *Le rêve de l'échelle* . Luc Baba *Chroniques d'une échappée belle* . Carmelo Virone *Battre les cartes* . Gilles Farcet *La joie qui avance chancelante le long de la rue* . Chantal Deltenre *La Forêt-Mémoire* . Krzysztof Styczynski *Rien d'Officiel* suivi de *Ç* . Serge Delaive *Nocéan* . Gustave Flaubert *Madame Bovary*, adaptation théâtrale de Paul Emond . Nicolas Ancion *Invisibles et remuants* . Rose-Marie François *Course lente avant l'aurore* . Kenan Görgün *Delia on my mind* . Gérard Mans *Poche de noir* . Martin Ryelandt *Le Cavalier* . Ben Arès *Tromba, une transe* . Serge Noël *Aux premières heures d'un jour nouveau* . Isabelle Wéry *Marilyn désossée* . Paul Emond *Les vingt-quatre Victoires d'étape du peintre Belgritte* . Paul Emond *Tristan et Yseut* . Evrahim Baran *Pressé Immobile* . Evrahim Baran *La septième ville* . Evrahim Baran *De ce côté du Mur* . Gaston Compère *Au plus blanc de la nuit* . Vladimír Mináč *Le Producteur de bonheur* . Chantal Deltenre *La Maison de l'Âme* . Chantal Deltenre *La Cérémonie des poupées* . Chantal Deltenre *La Plus que mère*. Corentin Jacobs *Compte à rebours contre l'Occident* . Éric Dejaeger *Le Seigneur des Ânes* . Gaetan Saint-Remy & Mathieu Pierloot, *Charly Solo* . Renaud Coppens *La Ligue Hollywood* . Damien Spleeters *Tout ça c'est dans ta tête* . Damien Spleeters *Transere* . Patrick Roegiers *Le Journal d'Aurore* . Sophie Buyse *L'Organiste* . Sophie Buyse *Confidences de l'Olivier* . Sophie Buyse *Autopsy* . Olivier Dombret *Journal d'un jeune branleur* . Anne Guilbault *La Cour* . Otto Ganz & Anne Guilbault *On vit drôle* . Denys-Louis Colaux & Otto Ganz *L'Arbre d'Apollon* . Denys-Louis Colaux *Je Hais les poètes (vivants) !* . Collectif *Descentes dans le Maelström* . André Beem *Asymptote/Quatre positions du dormeur* . Guy Montens *H.V.T. Hysterical Visionary Tour*

Livres graphiques et hors collection

Collectif *zOOdiac* . Chantal Deltenre *Écrire en marchant* . Marianne Costa & Vince Larue *Filles seules*, BD . Kenny Ozier-Lafontaine & Vincent Lefèbvre *bulles* stripoétique . Marcheurs des Temps présents *Pays dans un pays,* récits . David Giannoni & Daniele Bacci *La Face cachée de la Ville*, L'intégrale BD . Collectif *L'Arcane de la Force* . Jean-Luc Lupieri *L'art d'action à l'ombre de Diogène,* Essai . Collectif MANIFESTEMENT *Chronique du Rattachement de la Belgique au Congo* . Collectif MANIFESTEMENT *Dégagisme du Manifeste* . Collectif MANIFESTEMENT *Manifeste du Dégagisme* . Aliette Griz, Anne Versailles & Julien Le Gallo *Neuf.0* . Luvan *Le Chevalier rouge,* illustré par Ambre . Thierry Van Roy *Sibérie noire* . Paul Emond *Les Aventures de Mordicus* mises en images par Maja Polackova . David Giannoni *Contes de Nod* mis en images par Sylvie Leroy . Soline de Laveleye *Les phrases de la mâcheuse* contes mis en images par Dominique Maes . Martine Cornil *Bords de Mondes* (avec textes de 29 auteurs) . Damien Spleeters *West We Go* . Philippe Remy-Wilkin *Le Livre de Mahomet,* illustré par Nikolas List . Philippe Remy-Wilkin *L'Épopée de Gilgamesh,* illustré par Nikolas List . O. Ganz & C. Amatheü *La Toute fine ombre des fleurs* . Nele Paxinou *Ne laissez pas mourir vos rêves* . Nikolas List *La Vallée des Rois* . Collectif *Devoir de Mémoire*

Ainsi que de nombreux *Booklegs*
(livrets à 3€ – poésie théâtre contes) et livres de poche

Imprimé dans la dignité sur les presses de la
Maison de la Poésie d'Amay (Belgique) pour l'intérieur et la finition
et chez Vervinckt (Liège, Belgique) pour les couvertures